Gaby Memenga

Rosa Violata

Originalausgabe – Erstdruck

Für meine Eltern,
Nadja und Fred Memenga

Gaby Memenga

Rosa Violata

Kloster-Krimi

Schardt Verlag Oldenburg

Bibliographische Information der Deutschen Bibliothek:

Die Deutsche Bibliothek verzeichnet diese Publikation in *Der Deutschen Nationalbibliografie*; detaillierte bibliographische Daten sind im Internet über *http://dnb.d-nb.de* abrufbar.

Titelbild: Rainer Griese, Troisdorf

Ähnlichkeiten mit Lebenden sind als Zufälligkeiten zu deuten.

1. Auflage 2009

Schardt Verlag
Uhlhornsweg 99 A
26129 Oldenburg
Tel.: 0441-21 77 92 87
Fax: 0441-21 77 92 86
E-Mail: kontakt@schardtverlag.de
www.schardtverlag.de
Herstellung: DPG, Erlangen

ISBN 978-3-89841-437-1

Schaufel, Schatz und Mädchen

Bunte Fetzen von Papierblumen, die auf dem Teppichboden liegen, erzählen von einem Kindergeburtstag, der noch nicht einmal einen ganzen Tag zurückliegt. Völlig rein und ohne Papierschnipsel ist der Geburtstagtisch mit seinen bunten Spielsachen geblieben. Seit einigen Minuten wirft die intensive Sommersonne ihr Licht auf eine rote Metallschaufel, die dem sechsjährigen Mädchen nun aus der großen Anzahl der Geschenke entgegenleuchtet. Es entfaltet sich eine besondere Innigkeit zwischen der Schaufel und der Vorstellungskraft der Sechsjährigen. In ruhigen, inneren Sommerwelten hat das Kind schon komplizierte Sandburgen gezaubert, die durch sichere Wälle und Dämme geschützt sind. Schließlich hat es in Gedanken gegen die Fluten bereits einen neuen Kanal freigeschaufelt, in welchem das Wasser bis hin zu der geliebten Bude fließen kann, wo Eis und Limo verkauft werden. Schaufel und Besitzer können stolz aufeinander und auf die gemeinsam geschaffenen Werke sein.

Jetzt blendet die grelle Sonne die Träumende so, dass ihre Vorstellungskraft einbricht. Nun will sie selbst teilhaben an der gerade entworfenen Welt. Sie ergreift das Werkzeug und eilt in den Garten, wo die Sommersonne trotz ihrer Intensität die Schattenbereiche noch nicht erwärmt hat.

Gut, dass Mutti gerade nicht da ist. So kann ich die Schaufel schon ausprobieren! Auf dem Blumenbeet wächst eh nichts mehr. Es soll doch bald dort etwas Neues wachsen! denkt das Mädchen und umfasst entschlossen den glatten Stiel der Schaufel.

Rasch und zügig arbeitet sich das Metall durch den noch feuchten Boden und gibt der jungen Arbeiterin Selbstvertrauen. Sie findet immer mehr Gefallen daran, ein Loch im Boden entstehen und dieses immer größer werden zu lassen. Auch ist sie bald von dem durch die Schaufel aufgeworfenen Berg von Blumenerde beeindruckt und genießt das Gefühl, wirklich etwas geschafft zu haben, was man sehen und bestaunen kann.

Plötzlich stößt die Schaufel auf einen Widerstand, und durch ein lautes ächzendes Geräusch schreckt die Arbeitende zurück und lässt sie innehalten.

Da ist etwas vergraben! Ein Schatz? treibt die Hoffnung die gerade sechs Gewordene noch eifriger an und enttäuscht die Suchende nicht. Mit verschmutzen Händen wird ein kleines Metallkistchen geborgen, das ungefähr so groß wie ein Schuhkarton ist. Die Schaufel entert die Beute und bricht sie auf.

Gierig nehmen die jungen Augen den Inhalt der Kiste auf. Ein zweites Kistchen, kleiner als die große Kiste, will zu den von der Erde dunkel gefärbten Händen. Zielsicher dringen die kleinen, dünnen Finger in das Innere des neuen Behälters, und mit der ganzen Hand wird vorsichtig ein Schriftstück herausgehoben.

„Mist, dass ich nicht lesen kann!" flucht die Kleine laut durch den Garten, während sie behutsam die Blätter voneinander trennt. Sicherlich ist das hier ein großes Geheimnis, denkt sie. Vielleicht der Plan zu einem Schatz? Keine Bilder, kein Plan vom Schatz, aber hier steht bestimmt, wo ich ihn finde. Wenn ich die Erwachsenen frage, was da steht, kriegen die den Schatz. Ich muss es solange aufbewahren, bis ich lesen kann, beschließt das Mädchen und schon will es das Schriftstück unter das T-Shirt stecken, da hält sie in der Bewegung inne, weil ihr jemand von hinten die Hand auf die Schulter legt.

„Na, meine Kleine, was hast du denn da Schönes gefunden?" hört es eine unbekannte Stimme.

„Nichts. Das war nur was, was ich selbst vergraben und wieder herausgeholt habe", versucht die Lüge den Schatz zu decken.

„Aber die Seiten sind doch schon vergilbt und ganz alt. Auch die Schrift ist sehr altmodisch. So schreibt heute keiner mehr. Zeig doch mal her!"

„Nein. Das ist meine Schrift! Das ist meins!"

„Na, wenn das so ist und du das so genau weißt, dann will ich dir den Schatz nicht nehmen. Aber sag mal: Kannst du denn schon schreiben? Das sieht ganz und gar nach einer Handschrift von einer erwachsenen Person aus, oder?"

Am Tatort

Der Vormittag hat mit der Erledigung zahlreicher unterschiedlicher, aber notwendiger Pflichten die 46jährige Frau aufgewühlt, erschöpft und ganz allmählich aus der Mitte gedrängt. Unkonzentriert und mit den Gedanken von einem Problem zum nächsten hüpfend, greift sie nach wiederholtem Klingeln des Telephons nach dem Hörer.

„Claßen, Mordkommission. Ja ... ja ... ich bin heute noch am Tatort. Ja ... Luisenstraße 24. Ja ... ich komme sofort. Das ist ja schrecklich ... ja ... hoffentlich bleibt das ein Einzelfall ... ja ... alles Weitere am Tatort

... ja ... ja ... ja, natürlich ... bringe ich mit ... ja. Weiß man eigentlich schon ... ach so ... okay ... dann bis später."

Wieder hat die Erschöpfung die Kommissarin im Griff. Ihr Dienstwagen hält sie wie ein Käfig in ihrem öden Dasein fest. Die ruhigen Blicke über die Wiesen mit ihren kauenden Kühen schieben sie immer näher an jene Phase heran, in welcher sie sich kurz vor einem Einnicken befindet. Jetzt umklammert sie das Steuer fester, um wach zu bleiben und sich auf das Lenken konzentrieren zu können.

Das Ziel ihrer kurzen Reise reizt sie überhaupt nicht, und durch langsameres Fahren versucht sie die Ankunft hinauszuzögern. Immer diese Kindermörder! Sicherlich wieder eine Vergewaltigung! Warum hat die Schöpfung uns überhaupt mit einem Sexualtrieb ausgestattet? Dadurch entsteht nur Unheil! entfaltet sich der innere Dialog immer intensiver, als plötzlich ein Schaf auf der Fahrbahn steht.

Die Bremsen haben den Wagen im Griff, und wenige Zentimeter vor dem zottigen Tier zeigt das Auto seinen Respekt und bewahrt die Grenzen. Ein Landwirt schreitet in die Szene hinein und dankt der Weiterfahrenden mit einer kurzen Handbewegung.

„Diese Bauern! Die spinnen doch wirklich", murmelt Frau Claßen laut vor sich hin, während sie einen Knopf ihrer dünnen Lambswooljacke öffnet. Ich hätte nicht die Landstraße nehmen sollen, obwohl ich so immer schneller am Ziel bin, denkt die Kommissarin, sinkt in ihre nachdenkliche und nach außen fast apathisch wirkende Haltung zurück und setzt den Fuß auf das Gaspedal. Plötzlich wird der Wagen wieder in seinem Tempo gebremst. Nervös streicht die Kommissarin mit ihren Fingern durch ihr Haar und mustert kritisch die Menschenmenge, die ihr die freie Sicht auf die Straße versperrt. Ach herrje! Die Fronleichnamsprozession! Heute ist ja dieser katholische Feiertag! Dass die ausgerechnet hier entlanglaufen müssen. Typisch diese Stiftsdörfer! Da ist so ein Tag doch immer ein Highlight, stellt die Kommissarin für sich fest, und ihr Blick fällt nun auf einen Geistlichen, der, unter einem Baldachin im priesterlichen Pomp gekleidet, stolz daherschreitet.

„Der hat es gut. Dieser Priester muss sich jetzt nicht um irgendwelche Morde kümmern und kann in Ruhe seine Weihrauchgefäße schwenken", muffelt die Kommissarin vor sich hin, und nachdem sie ihr Selbstmitleid noch ein wenig heftiger entfacht hat, gibt sie sich plötzlich einen Ruck, weil sie nun ihrem Reiseziel näher kommt.

Der Tatort liegt in einer netten Gegend. Spießig und heile Welt, aber da geschehen ja oft die schlimmsten Verbrechen. Die Luisenstraße. Natürlich eine noble Gasse, wenn man schon den Namen einer Kaiserin für diese Straße ausgewählt hat, kommen die Gedanken, welche die Kommissarin immer näher an den Tatort heranlocken.

„Das ist Kommissar Backhaus, der Nachfolger von Kommissar Frese“, sind die ersten Worte eines engagierten Kollegen, die nach dem Öffnen der Autotür an Frau Claßens Ohr dringen.

„Claßen“, antwortet sie und reicht dem unbekannten Gegenüber die Hand. „Tut mir leid, dass ich mich verspätet habe, aber da waren diese Schafe und die Fronleichnamsprozession.“

„Das macht nichts! Backhaus mein Name. Ich habe schon von Ihnen gehört, und ich bin froh, dass wir in dieser Sache gemeinsam arbeiten werden, wo doch schon das vierte Kind in dieser Gegend vergewaltigt und umgebracht worden ist.“

„Ja? Hat man schon eindeutige Spuren für eine Vergewaltigung gefunden?“

„Nein. Das wird noch die Obduktion ergeben. Aber es ist ja zu vermuten, wo es doch dieses Mal wieder ein gerade schulpflichtig gewordenes Mädchen ist“, hält Kommissar Backhaus nicht mit den Vermutungen zurück.

„Bisher deuten der Sitz der Kleidung und die Lage der Leiche nicht auf eine Vergewaltigung hin“, mischt sich die engagierte Hauptkommissarin Mahlmann ein. „Dieses Mal ist das Opfer nicht erwürgt worden. Es wurde von hinten mit einem spitzen Gegenstand, wahrscheinlich einem Messer, erstochen, wahrscheinlich auch mitten ins Herz und war gleich tot.“

„So, Sie glauben also, dass der Täter nach einer Vergewaltigung sein Opfer immer in einer bestimmten Position zurücklässt, damit die Kommissare rasch erkennen können, um welche Art des Verbrechens es sich handelt? Das ist ja ganz neu!“ hält Kommissar Backhaus dagegen.

„Nun wir haben so manche Dinge auf der Polizeischule gelernt!“

„Ja? Welche Polizeischule war denn das?“ fragt Kommissar Backhaus nach.

„Hat man die Tatwaffe schon sichergestellt?“ versucht Kommissarin Claßen dic Auseinandersetzung in eine andere Richtung zu lenken.

„Nein, die Tatwaffe hat vermutlich der Täter mitgenommen“, erklärt Hauptkommissarin Mahlmann. „Wir sind noch auf der Suche nach der Tatwaffe.“

„Wer hat die Leiche gefunden?“ will Claßen wissen.

„Die Tante der Ermordeten“, ergreift Kommissar Backhaus wieder das Wort. „Ich schätze, dass der Tod vor etwa ein bis zwei Stunden eingetreten ist. Die Tante der Ermordeten kam zufällig auf dem Weg zum Einkaufen an diesem Haus vorbei und sah dann ihre Nichte dort vor dem Beet liegen. Die Tante, Frau Wasenar, ist jetzt noch im Haus und steht noch unter Schock. Viel werden wir von ihr heute nicht mehr erfahren. Ein späterer Termin für ein Gespräch wäre da sicherlich ratsamer.“

„Und die Mutter der Ermordeten?“ hakt Kommissarin Claßen nach.

„Ist auch im Haus und wird dort ärztlich betreut. Es hat sie noch schlimmer als ihre Schwester getroffen. Sie hat sofort einen Asthmaanfall bekommen. Wir sollten sie auch später vernehmen. Sie hat ihre Tochter wohl nur ein paar Stunden alleine gelassen, weil sie plötzlich zum Arzt musste. Jetzt macht sie sich die größten Vorwürfe.“

„Welche Spuren und Indizien haben Sie schon am Tatort gefunden?“ spult Kommissarin Claßen ihre Fragen wie von einem Tonband ab.

„Die Spurensicherung ist schon weit vorangekommen“, spielt sich Hauptkommissarin Mahlmann wieder in der Vordergrund. „Wir haben unterschiedliche Haare an der Leiche gefunden. Es gibt ein graues, ein schwarzes und ein blondes Haar. Außerdem wurden auf dem feuchten Boden Abdrücke von Schuhen hinterlassen, die noch ausgewertet werden müssen. Der Täter hat sich durch das Tor von der Straße her genähert. Das Holztor stand offen, als die Tante kam, obwohl das Kind immer die strikte Anweisung hatte, das Tor geschlossen zu lassen und diese Anweisung auch wohl immer befolgt hat, laut Aussage der Mutter. Der Täter hat das Tor also aufgelassen, weil er vielleicht überrascht wurde oder im Affekt schnell handeln musste.“

„Wahrscheinlich haben wir es dann nicht mit einer geplanten Tat zutun, bei welcher der Täter sorgfältig das Tor schließt und vorher noch alle Spuren ordentlich beseitigt“, fasst Kommissarin Claßen zusammen und schaut mit einem abwartenden Blick zu ihrem neuen Amtskollegen herüber.

„Die Spurensicherung hat schon einige Abdrücke von den Spuren im Garten gemacht“, greift Kommissar Backhaus die unausgesprochene

Aufforderung auf. „Das Schwierige ist nur, dass ausgerechnet gestern hier die Geburtstagfeier der jungen Lisa, unseres Opfers, stattgefunden hat. Die Kinder haben im Garten gespielt, und da sind natürlich unzählige Fußabdrücke zustandegekommen."

„Aber wir haben uns eine Liste der Geburtstagsgäste geben lassen und werden auch bald wissen, welches Kind welche Schuhe getragen hat und wie viele Erwachsene an der Feier teilgenommen haben. Dann bleiben vielleicht nicht mehr viele Abdrücke übrig", macht Hauptkommissarin Mahlmann die Effektivität ihrer Arbeit deutlich.

„Ja. So kurz nach dem eigenen Geburtstag aus dem Leben zu scheiden. Wer hat so etwas verdient, so ein kurzes Leben und in all dieser Sonne und dieser schönen Umgebung. Die Kleine liegt da wie eine verletzte Rose, die gerade erst angefangen hat zu blühen", spricht Claßen laut vor sich hin, und die Haut ihres Gesichtes scheint dabei immer blasser zu werden.

„Wollen Sie den Fall nicht so gerne übernehmen?" sticht Hauptkommissarin Mahlmanns Frage in Claßens versunkene Blicke.

„Natürlich. Da sind mir nie Zweifel gekommen", verteidigt sich die Angesprochene, während in ihren Augen die Wut blitzt.

„Interessant dürfte für Sie, liebe Kollegin, auch das Stück Papier sein, welches das Kind noch in seinen Händen gehalten hat", nähert sich Backhaus mit einem charmanten Lächeln der Kommissarin.

„Ein Stück Papier?" reagiert Claßen mit versöhnlicherem Gesichtsausdruck.

„Ja, das Mädchen muss mit seinem ganzen Körper zum Zeitpunkt der Ermordung auf dieses Papier gefallen sein. Es müssen mehrere Zettel gewesen sein, auf denen jemand etwas mit der Hand geschrieben hatte. Die Zettel müssen auch schon älteren Datums sein. Die Laboranalyse wird da Genaueres ergeben. Jemand muss versucht haben, dem Mädchen die Papiere wegzureißen. Eine Seite hat die Kleine noch festhalten und bis in den Tod verteidigen können. Sie ist wohl von hinten erstochen worden und dann auf das Schriftstück gefallen. Ihr Blut hat die Schrift erst einmal unleserlich gemacht, aber wir werden bald im Labor den genauen Text rekonstruieren können."

„Den Text muss das Opfer hier im Garten ausgegraben haben. Er war wahrscheinlich in der Kiste, die wir hier gefunden haben", mischt sich Frau Kaeser, eine Mitarbeiterin der Spurensicherung, in das Gespräch ein. „Vorsicht, die Absperrung, Ihre Fußabdrücke wollen wir hier nicht auch noch haben."

„Ob der Text, den das Labor noch herausarbeiten will, ein Anlass für den Mord gewesen sein kann? Das ist eigentlich unwahrscheinlich, es sei denn, dass jemand hier ein wichtiges Testament vergraben hat“, denkt Claßen laut, ohne dabei irgendjemanden direkt anzuschauen.

„Die Erde hier ist frisch aufgeschaufelt worden. Das Kind muss wohl gerade die gefundene Kiste geöffnet haben, als der Täter auftauchte“, zieht Frau Kaeser die Schlussfolgerung. „Aber wir werden das noch genauer untersuchen.“

„Wieso gehen Sie eigentlich immer von einem Täter aus?“ fragt Claßen.

„Seit sieben Jahren leitete ich nun schon die Abteilung Spurensicherung, und immer sind wir zu einem Ergebnis gekommen: Die meisten Kindermörder sind männlich! Und mal ehrlich: Können Sie sich vorstellen, dass eine Frau so ein aufgewecktes und hübsches Kind umbringt?“ gibt Kaeser zur Antwort.

„Auf den ersten Blick betrachtet, vielleicht nicht, aber ich habe auch gelernt, nicht mit irgendwelchen Vorurteilen an einen Fall heranzugehen und selbst das Unmögliche und das, was man auf den ersten Blick ausschließen kann, auch anzunehmen und diesem Verdacht nachzugehen“, rechtfertigt sich Kommissarin Claßen.

„Tun Sie das. Die meisten Verbrechen sind allerdings Beziehungstaten. Männer, die in einer Beziehung zu einem Kind stehen, bringen dieses meist mit einem Messer um oder erwürgen das Opfer. Frauen vergiften eher ihre Kinder, lassen sie verhungern oder tun ihnen Spülmittel in das Essen. Der Stich von hinten ins Herz ist sehr unweiblich“, führt Kaeser im leicht erregten Tonfall ihre Vermutungen weiter aus.

„Greifen Männer, weil sie so mutig sind, nicht eher von vorne ihr Opfer an?“ sucht Kommissarin Claßen nach Gegenargumenten. „Einer unserer Lehrer hat immer erzählt, dass Wunden, die man im Rücken hat, schändlich sind. Sie zeigen, dass man vor dem Gegner geflohen ist. Ein selbstbewusster Mensch sieht dem Gegner ins Auge.“

„Haha! Ja, ja“, prustet Kommissar Backhaus los. „Solche Sprüche erinnern mich an unseren alten Lateinlehrer, der selbst die Werte der Römer verinnerlicht hatte und der es nicht haben konnte, wenn man seinen Blicken nicht standhielt! Hören Sie auf! Bei solchen Werten wird mir ganz schlecht! Mir ist es eigentlich ganz egal, ob der Täter eine Frau oder ein Mann ist. Hauptsache, wir haben den Fall bald geklärt!“

„Welche Spuren gibt es noch hier am Tatort?“ versucht Kommissarin Claßen das Gespräch in der neutralen Richtung zu halten.

„Von der gestrigen Geburtstagsfeier sind hier im Garten alle möglichen Speisereste von Süßigkeiten, Keksen, Torten und jede Menge Verpackungsmaterial von eben diesen Dingen zu finden“, ergreift Backhaus wieder das Wort. „Dort eine Hülle von einer Kinderschokolade, dort das Papier von irgendeinem anderen Schokoriegel. Sie können sich ja sicherlich gut vorstellen, wie das so im Garten nach einer Kindergeburtstagfeier aussieht. Es gibt aber noch nichts Konkretes, was uns weiterbringen kann. Wie soll man auch zwischen Schokoladenpapier etwas finden?“

„Ja, ja“, stimmt Claßen leise zu.

„Haben Sie selbst auch Kinder?“ richtet Kommissar Backhaus die Frage an Claßen.

„Nein. Herr Backhaus, Sie?“

„Nein. Aber jeder von uns kann sich in so einen Kindergeburtstag gut hineinversetzen, weil wir alle gerne in unserer Kindheit Geburtstage gefeiert haben.“

„Lisa ist die einzige Tochter“, mischt sich Hauptkommissarin Mahlmann, die gerade einen Papierrest in eine Plastiktüte schiebt, wieder in das Gespräch ein, und in diesem Augenblick beginnt sie auf Claßen einen sympathischeren Eindruck zu machen. „Man braucht sich erst gar nicht zu fragen, was das für Frau Behme bedeutet. Es wird noch Tage dauern, bis sie wirklich vernehmungsfähig sein wird.“

„Ja“, stimmt Claßen zu.

Die erste Teamsitzung

„Wir haben jetzt die neue Verordnung bekommen, dass wir zunächst alle Details und Fakten im Team besprechen sollen und dann in die Einzelarbeit gehen dürfen“, eröffnet Claßen die Sitzung und nickt mit einem eher aufgesetzten Lächeln in die Runde. „Ich begrüße Herrn Kommissar Backhaus, den Nachfolger von Herrn Frese, Frau Kaeser von der Spurensicherung, Frau Dr. Uhlich und Herr Dr. Seil von der Gerichtsmedizin, Frau Zymbel, welche sich mit den Laborergebnissen beschäftigt, und vor allem begrüße ich Hauptkommissarin Mahlmann, die in Zukunft die Leitung für alle Polizeieinsätze in diesem Fall übernehmen wird. Hauptkommissarin Mahlmann wird auch in Zukunft an meiner Stelle die Sitzungen leiten.“

„Bravo! Herzlichen Glückwunsch! Alles Gute!“ kommen die Aufmunterungen aus dem Team.

„Haben Sie, Herr Backhaus, der Sie ja neu in unser Kommissariat hinzugekommen sind, zunächst noch irgendwelche Fragen?“ fährt Claßen fort.

„Nein, zunächst nicht. Ich höre erst einmal zu, wenn das möglich ist.“

„Ja, dann darf ich erst einmal Sie, Frau Zymbel, bitten, Ihren Bericht aus dem Labor vorzustellen.“

„Das Wichtigste, worauf wir unsere weiteren Untersuchungen konzentrieren sollten, ist ein Brief, den wir bei der Toten gefunden haben und den wir nach einer genauen Laboranalyse säubern und entziffern konnten. Es handelt sich bei diesem Schriftstück um einen Abschiedsbrief von einer Inge Sassen, geborene Mehrhaus, die sich 1959 erhängt hat. Diese Frau Inge Sassen hat mit ihrem Mann von 1951 bis 1959 in dem selbigen Haus in der Luisenstraße 24 gewohnt. Nach ihrem Tod hat ihr Mann 1960 das Haus an die Großeltern der ermordeten Lisa Behme verkauft. Die Großeltern sind dann 1990 in das Nachbarhaus gezogen, und seit dieser Zeit lebt die Familie Behme mit ihrer einzigen Tochter, der Ermordeten, in eben diesem Haus. Die Familie Sassen und Behme stehen in keiner verwandtschaftlichen Beziehung zueinander und haben auch sonst keinen Kontakt. Es existierte eben nur jener geschäftliche Kontakt. Leider hatten Lisas Großeltern vor zwei Jahren einen Verkehrsunfall, bei dem beide starben. Die Großeltern hätten wichtige Zeugen in diesem Prozess sein können.

Hier ist der genaue Inhalt des Briefes von Inge Sassen, die 1959 Selbstmord beging und damals dreißig Jahre alt war:

Das sind die letzten Worte von Inge Sassen. Ich schreibe von mir wie von einer Fremden, als sei ich nicht diese Inge Sassen. Sie ist auch eine Fremde für mich, weil ich das Leben, was ich jetzt habe, nicht gewollt habe. Nichts von all dem, in das ich verwickelt und verstrickt bin, habe ich mir gewünscht, und doch ist es so gekommen.

Es kommt mir vor, als sei ich in einen falschen Zug eingestiegen, aus dem ich nicht mehr aussteigen kann. Selbst wenn ich den Zug anhalten und verlassen könnte, wüsste ich nicht, mit welchem anderen Zug ich reisen sollte. Ich habe das Gefühl, dass kein Zug mich wirklich zum Ziel bringt. Alle Züge fahren irgendwohin, wohin ich nicht will.

Wo will ich wirklich hin? Zur Liebe. Doch kein Zug fährt wirklich zur Liebe! Keiner! Das weiß ich genau. Selbst wenn Liebe als Endziel auf der Zuglokomotive geschrieben steht, fährt der Zug nicht dorthin.

Dabei gibt es in meinen Leben einige Menschen, die behaupten, dass sie mich lieben. Ich erlebe Sinnlichkeit mit mehr als einem Menschen, und doch liebe ich sie alle nicht. Ich will diese Sinnlichkeit nicht. Ich habe sie nie gewollt. Ich bin überrollt und gar nicht gefragt worden. Jetzt werde ich gezwungen weiter mitzuspielen.

Vielleicht gibt es da einen Menschen, der mich meinem Ziel vielleicht näher bringen könnte, doch diese Person darf gar nicht in Zügen fahren, sie darf nicht mit uns reisen. Diese Person ist so einsam, und ich bringe sie auch durch meine Zuneigung in Gefahr und reiße sie mit in mein Dunkel. Ich wage noch nicht, den Namen dieser Person zu nennen, mogele mich noch um die konkrete Offenbarung herum, aber ich muss es auf den nächsten Seiten tun, muss mich warmschreiben und dann den Mut haben diese Person zu schützen, weil meine Liebe zu ihr schon die Eifersucht erweckt haben könnte. Wird man dich auch töten? Es ist meine Schuld! Ich bin schon Täterin. Ich habe das Raubtier auf dich gelockt. Ein Opfer hat die Schlange schon verschlungen. Ach, hätte ich doch auf den mutigen Adler gehört, der mich warnen und mir den Weg zeigen wollte. Es wäre ein Ausweg gewesen. Ein innerer auf jeden Fall. Du hattest so recht, als du sagtest, dass ich auch noch mit dem Papst verheiratet bin. Ja, es ist richtig. Ich habe auch noch den Papst geheiratet. Wir alle haben auch noch den Papst geheiratet. Er muss raus aus unserem Bett! Da hast du so recht, aber die Schlange hat dich schon erwischt. Jetzt will die Schlange ihre zweite Beute! Jetzt ist sie auf dem Weg zu einer Person, die ich noch mehr liebe. Werden wir uns beide nach meinem Selbstmord in einer anderen Welt wiedersehen, in einer Welt, in der ...

Ja, an dieser Stelle bricht der Abschiedsbrief von Inge Sassen ab, die am 11. Mai 1929 in Erfurt geboren ist und sich am 2. Mai 1959 in eben dem Haus in der Luisenstraße 24 durch eigene Hand das Leben genommen hat. Interessant wäre eben die Fortsetzung dieses Abschiedsbriefes gewesen, aber da fehlen uns die entsprechenden Seiten. Das Opfer hatte nur die erste von mehreren Seiten in der Hand. Die Seiten waren oben in der linken Ecke mit Nadel und Faden durchstochen und zusammengeheftet. Das Opfer muss die Seiten in der ausgegrabenen Kiste gefunden haben, und der Täter hat dann die uns fehlenden Seiten mitgenommen. Das nehmen wir jedenfalls an", erklärt Zymbel und macht in ihrer Berichterstattung eine Pause.

„Das wirft natürlich ein ganz neues Licht auf diesen Fall", übernimmt Claßen wieder die Leitung des Gesprächs. „Wollen Sie die Berichterstattung fortsetzen, oder sollen dazu erst Gedanken aus der Gruppe gesammelt werden, Frau Zymbel?"

„Letzteres wäre gar nicht schlecht. Bitte!"

„Der Fall wird jetzt kompliziert, weil sich die Frage stellt, ob der Täter nun wirklich an dem Inhalt des Abschiedsbriefes interessiert gewesen ist und deshalb das Mädchen umgebracht hat", äußert sich Kommissar Backhaus als Erster. „Wusste der Täter, dass es einen solchen Abschiedsbrief gibt? Wenn ja, dann wusste er offenbar nicht, dass dieser im Garten vergraben ist."

„Wieso vergräbt jemand seinen Abschiedsbrief im Garten? Normalerweise würde man doch so ein wichtiges Schriftstück irgendwo im Schreibtisch oder an irgendeinem Ort, wo es nach dem Ableben garantiert gefunden werden kann, aufbewahren. Schließlich wollte doch Inge Sassen, dass man ihren Brief findet, oder?" wendet Dr. Uhlig ein.

„Ja, sehr merkwürdig", übernimmt Hauptkommissarin Mahlmann nach einem Räuspern das Wort. „Vielleicht sind die Zusammenhänge, die wir herstellen, ja auch falsch, und es ist eher eine Zufallstat. Auf den ersten Blick scheint der Mörder natürlich ein Interesse an dem Brief gehabt zu haben, aber wer weiß schon, was der Täter wirklich wollte. Vielleicht ist es einer von diesen psychotischen Jugendlichen gewesen, die sich irgendetwas von dem Kind mitnehmen wollten, weil sie das Kind um die schöne Welt beneiden, in der es lebt. Wir dürfen uns nicht auf einen einzigen Verdacht fixieren!"

„Es kann natürlich sein, dass wir mit der Vermutung, dass der Mord an dem Mädchen etwas mit diesem Abschiedsbrief zu tun hat, in die Irre gehen", lenkt Kaeser ein und fährt dann mit ernstem Gesichtsausdruck fort: „Wir müssen jedoch erst einmal diesem Verdacht nachgehen und sehen, wie ergiebig das Ganze ist."

„Das halte ich auch für gut", äußert Dr. Uhlig ihre Zustimmung. „Es wird natürlich schwierig. Schließlich handelt es sich um eine Frau, die schon 37 Jahre tot ist. Wir müssen versuchen, uns in das Leben dieser Inge Sassen hineinzuversetzen. Wir müssen also 37 Jahre mit einer Zeitmaschine zurückwandern, und dabei dürfte es natürlich schwierig sein, noch Spuren zu finden. Wenn wir welche finden, dann sind sie wirklich nicht mehr ganz frisch."

„Und wenn jemand tatsächlich irgendwelche Nachteile durch das Auffinden des Briefes zu befürchten hat, dann muss er heute mindestens sechzig Jahre alt sein", zieht Backhaus die Schlussfolgerung. „Hat jemand in diesem Alter überhaupt noch so viel Kraft, um jemanden zu erstechen?"

„Es könnte sich doch auch ein Siebzehnjähriger in Inge Sassen verliebt haben, der sie aus Eifersucht umgebracht hat, der wäre dann ein paar Jahre jünger", witzelt Hauptkommissarin Mahlmann. „Oder es ist einer der Nachkommen von einem Menschen, der mit Inge Sassen in Beziehung stand. Einer der Nachkommen, der etwas von dem Brief weiß. Vielleicht hätte der Rest des Briefes einen Verdacht ans Licht gebracht, der berechtigt ist. Vielleicht steht das Wohl einer ganzen Firma auf dem Spiel."

„Moment mal, wir dürfen uns jetzt nicht verzetteln", unterbricht Zymbel die Kollegin energisch. „Wir haben Nachforschungen angestellt. Frau Inge Sassen ist laut Obduktionsbericht tatsächlich durch Erhängen gestorben. Fremdeinwirkungen konnten ausgeschlossen werden. Im Übrigen konnte festgestellt werden, dass sie im dritten Monat schwanger war, wohl regelmäßig Schlaftabletten nahm und an dem Tag ihres Selbstmordes nichts gegessen hatte. Spuren von Körperverletzung hat man am ganzen Körper nicht finden können. Der Fall wurde eindeutig als Selbstmord geklärt."

„Frau Kaeser, wollen Sie vielleicht unter Einbeziehung der Ergebnisse vom Tatort sagen, wie Sie bei diesem Fall weiter vorgehen würden?"

„Ja, wir haben am Tatort im feuchten Boden des Gartens überall im Gras, beim Sandkasten und beim Blumenbeet Abdrücke von Schuhen gefunden, und wir konnten die meisten den Kindern, die an der Geburtstagsfeier teilgenommen haben, den Eltern und den Verwandten zuordnen. Nicht identifiziert sind noch der Schuhabdruck von einem Damenschuh, etwa Größe 37/38, deren Besitzerin eher ein leichtes Gewicht gehabt haben muss. Ebenfalls noch nicht identifiziert ist der Abdruck eines Schuhs, Größe 44, eines breiten und kräftigen Schuhs. Wir können wohl davon ausgehen, dass keine Frau diesen Schuh getragen hat. Der Abdruck verrät auch ein Gewicht, das eher zu einem Mann gehört. Es ist natürlich auch möglich, dass Spuren im Garten verwischt wurden. Das Opfer Lisa Behme hat diese Verwischung wohl auch selbst ungewollt mit ihrer Schaufel vorgenommen. Es kann natürlich auch sein, dass der Täter selbst noch Spuren beseitigt hat. Die Tatzeit ist etwa zwischen 9.00 und 9.30 Uhr einzuordnen. Eine Vergewaltigung des Kindes hat nicht stattgefunden. Wir haben keine Spermaspuren und keine Hinweise auf eine gewaltsame sexuelle Handlung. Auf jeden Fall halte ich diesen Brief schon für ein ausreichendes Motiv, um jemanden umzubringen. Wir sollten dieser Spur nachgehen."

„Herr Dr. Seil, was denken Sie?"

„Bei der Obduktion der Leiche sind wir zu folgenden Ergebnissen gekommen: Das Opfer ist mit einem spitzen Gegenstand erstochen worden. Der Stich ging direkt ins Herz. Nur ein Stich."

„Das nenne ich aber gekonnt. Da ist wohl jemand ein Profi, oder?" unterbricht Hauptkommissarin Mahlmann den Bericht.

„Ja, das kann man wohl sagen. Vielleicht ist der eine Stich auch durch Zufall, sozusagen aus dem Affekt heraus geschehen, und dann hatte der Täter nicht den Mut, noch ein zweites Mal zu zustechen", übernimmt Dr. Seil wieder den Bericht. „Die Mordwaffe, die wir noch nicht gefunden haben, ist etwas stumpfer und schlanker als ein Messer gewesen. Wir denken dabei eher an einen Brieföffner oder etwas Ähnliches. Außerdem haben wir vier verschiedene Haare an dem T-Shirt von Lisa gefunden. Ein Haar von einem Kind, das auf Lisas Geburtstagfeier gewesen ist, ein weiteres, blondes Haar von einer Person, die weiblich und um die vierzig sein muss, und ein Haar, das ursprünglich grau gewesen sein muss, eine Färbung mit schwarzer Farbe hinter sich hat und das von einer wesentlich älteren weiblichen Person stammen muss. Schließlich fanden wir an der Kleidung der Ermordeten noch ein kürzeres graues Haar, das zu einem älteren Mann, etwa zwischen sechzig und siebzig Jahren, gehören muss. Keines der Haare konnte bisher irgendwelchen bekannten Personen zugeordnet werden.

Lisa Behme hat heftige Druckstellen am Handgelenk. Auch haben wir Hautabschürfungen – wenn auch in sehr geringer Form – unter Lisas Fingernägeln gefunden. Das Opfer hat sich gewehrt, aber zu einem sehr gewaltsamen Kampf ist es wohl nicht gekommen.

Im Mageninhalt haben wir nur die Dinge gefunden, die das Mädchen auch laut Auskunft der Mutter gegessen hat. Eine Vergewaltigung, also gewaltsamer oraler Sex liegt eindeutig nicht vor, so dass der Täter eindeutig nicht im Kreise der Sexualtäter gesucht werden muss.

Ja, und wenn Sie mich so nach der weiteren Vorgehensweise bei diesem Fall fragen, dann halte ich es auch für ratsam, wenn wir diesen Abschiedsbrief ernst nehmen und ihn als Anlass für den Mord ansehen, auch wenn wir bei den dann folgenden Untersuchungen erst einmal im Dunkeln tappen werden."

„Ja, danke, Herr Dr. Seil. Frau Dr. Uhlig, schließen Sie sich dem Urteil Ihres Kollegen an?" fragt Claßen nach.

„Ja, in jeder Hinsicht, zumal das schwarzgefärbte Haar, das wir gefunden haben, von einer Frau stammen muss, die um die siebzig oder auch älter sein wird. Es kann sich hierbei um eine Person handeln, die aus jener Zeit stammt, in der Inge Sassen Selbstmord begangen hat, die noch eine gewisse Beziehung zu dem Haus in der Luisenstraße 24 hatte, das Kind beim Ausgraben dieses Schriftstückes beobachtet und dann den Exitus eingeleitet hat. Außerdem haben wir ja noch dieses graue Haar, das auch von einem Mann stammen kann, der mit Inge Sassens Vergangenheit zu tun hat."

„Aber das muss dann ja jemand sein, der wusste, dass Inge Sassen so einen Brief geschrieben hat, eine Person, die wusste, dass noch so ein Brief existieren muss. Also jemand, der all die Jahre im Ort gelebt hat, da gibt es doch nicht so viele Möglichkeiten, oder?" zieht Claßen die Schlussfolgerungen.

„Wir dürfen aber auch nicht vergessen, dass der Täter Spuren im Garten beseitigt hat", mischt sich Hauptkommissarin Mahlmann ein. „Außerdem kann schnell einmal ein Haar an die Kleidung eines anderen gelangen. Als ich neulich Obst gekauft habe, hatte ich an meiner Jacke am Ärmel plötzlich ein sehr langes, dunkles Haar, und mein Mann witzelte schon: ‚Ingrid? Wie heißt sie?'"

Ausgiebiges Gelächter erfüllt die Runde.

„Sie haben natürlich recht, Frau Mahlmann", bestätigt Backhaus den Einwand. „Ein Haar auf einer Leiche macht noch niemanden zum Täter. Es befinden sich manchmal Haare von Menschen auf unserer Kleidung, zu denen wir keine nähere Beziehung haben."

„Beziehung! Sie sagen es, Kommissar Backhaus", ergreift Mahlmann wieder das Wort. „Wir haben doch in der hohen Schule der Kriminalistik gelernt, dass die meisten Taten Beziehungstaten sind. Warum schließen wir eigentlich die Verwandten und Freunde des Opfers aus? Vielleicht hat jemand aus der Familie das Auffinden des Briefes nur als gute Gelegenheit gesehen, das Kind umzubringen und uns auf eine falsche Fährte zu locken.

Wenn wir von Beziehungstaten ausgehen, dann sollten wir uns zunächst immer auf gegenwärtige Beziehungen konzentrieren. Ich glaube, dass Beziehungen, die mehr als dreißig Jahre zurückliegen, nicht mehr die Kraft für einen Mord in sich haben. Ich würde doch nicht jemanden umbringen, der mir vor dreißig Jahren meine große Liebe weggeschnappt hat. Gefühle verblassen doch, und auch dem Zorn wird die Schärfe genommen. Wenn es aber gerade entfachte und noch lodernde Empfindungen sind, dann gibt es auch bei mir Affekte, aus denen heraus ... na ja, Sie wissen ja, in uns schlummert vieles ..."

Hauptkommissarin Mahlmanns Monolog wird von allgemeiner Heiterkeit unterbrochen, und es fallen scherzhafte Bemerkungen wie: „Ach, das hätten wir gar nicht von Ihnen gedacht" oder „Ich glaube, der Fall ist geklärt. In welcher Beziehung standen Sie eigentlich zu dem Opfer?"

„Ihr Einwand ist natürlich berechtigt, Frau Mahlmann", versucht Kommissarin Claßen die Arbeitsruhe wieder herzustellen.

„Ja!" nickt Frau Mahlmann ihr zu. „Außerdem wissen wir gar nicht, ob der Brief auch wirklich von Inge Sassen stammt. Er kommt zwar aus der Zeit von Inge Sassen, aber ist er auch wirklich von ihr selbst verfasst worden?"

„Das ist noch eine unsichere Stelle", gesteht Dr. Uhlig ein. „Wir haben noch die Unterschrift vom Personalausweis der Toten gefunden. Außerdem hat die Schriftanalyse unseres Graphologen ergeben, dass der Brief zu achtzig Prozent von Inge Sassen geschrieben sein kann. Wir sollten aber auch Ausschau nach näheren Beweisen halten."

„Ich fasse also zusammen, dass die Zweifel an der Echtheit des Abschiedsbriefes und damit an dem Mordmotiv, das sich auf das Umfeld von Inge Sassen bezieht, sehr berechtigt sind", zieht Claßen die Schlussfolgerung. „Das Mordmotiv, das sich aus dem Abschiedsbrief von Inge Sassen ergibt, bleibt aber trotzdem bestehen, und wir müssen dieser Spur nachgehen. Ferner werden wir die Alibis aller Verwandten und Personen überprüfen, die in irgendeiner Beziehung zu Lisa Behme standen. Weiter werden wir versuchen, die entsprechenden Personen zu den im Garten hinterlassenen Schuhabdrücken zu finden. Gut, dass es einen Tag vor der Geburtstagfeier geregnet hat. Das Schicksal ist auf unserer Seite."

Aus unseren Komplexen bilden sich die Interessen

„Je öfter ich diesen Brief von Inge Sassen lese, desto künstlicher finde ich ihn!“ stellt Claßen mit einem tiefen Seufzer fest.

„Ja, wieso? Ehrlich gesagt, war das auch mein erster Eindruck. Dann dachte ich, dass ich das als Mann nur so sehe und Frauen eben poetischer sind und anders schreiben“, antwortet Kommissar Backhaus.

„Genau das ist es. So schreibt doch kein Mensch, der wirklich in Not ist. So schreibt man höchstens, wenn man im Deutschunterricht den Arbeitsauftrag erhält, sich in die Situation einer Selbstmörderin hineinzuversetzen und einen Abschiedsbrief zu formulieren. Wer schreibt denn so? Ich erlebe Sinnlichkeit ... Wer von jemandem zur Sexualität gezwungen wird, der wählt ganz andere Worte.“

„Also, Sie meinen, dass sich die Schreiberin dieses Briefes in künstlichen Empfindungen befand, vielleicht nur einen schweren Zugang zu ihren Emotionen hatte, oder dass der Brief nicht echt ist?“

„Im Augenblick scheint er unsere einzige Spur zu sein. Alle Angehörigen von Lisas Familie haben ein Alibi für die Tatzeit. Das betrifft sowohl die Freunde als auch die Bekannten. Selbst wenn ein Alibi nicht wasserdicht wäre, so hätten wir bis jetzt auch kein Motiv. Wir können diesen Mord auch nicht in die Serie von Kindermorden, die nach einer Vergewaltigung geschehen sind, einordnen. Wir haben kaum Anhaltspunkte für einen Täter.

Gut, es fehlt noch die Zuordnung einiger Abdrücke von Schuhen, und wir haben die an der Kleidung gefundenen Haare noch nicht identifiziert. Also bleibt uns erst einmal nur dieser Brief.“

„Wir können versuchen zu rekonstruieren, wer diese Inge Sassen gewesen ist, welche Probleme sie hatte und wer mit ihr in enger Beziehung gestanden und vielleicht ein Motiv gehabt hat.“

„Gute Idee. Wir haben ja hier die Liste der Angehörigen von Inge Sassen, die heute noch leben und etwas über sie aussagen können. Da haben wir die beiden Töchter, die heute 47 und 45 Jahre alt sind und beide in Hannover leben. Ebenso den Bruder des Ehemannes von Inge Sassen, Thorsten Sassen, der zu Lebzeiten von Inge Sassen auch in der Luisenstraße 24 gewohnt hat. Thorsten Sassen wohnt heute in einem Düsseldorfer Altenheim in der Kuthsstraße.

Dann ist da noch der ältere Bruder von Frau Sassen, Ingo Mehrhaus, der heute 84 Jahre alt und auch in einem Altersheim in Düsseldorf untergebracht ist. Bruder und Schwager von Inge Sassen leben beide in Düsseldorf in verschiedenen Altenheimen, wobei sich Thorsten Sassen das exklusivere Altenheim leisten kann. Inge Sassens Ehemann, Harald Sassen, ist zwei Jahre nach dem Tod seiner Frau gestorben. Es lebt jedoch noch die zweite, wesentlich jüngere Ehefrau von ihm, Renate Sassen, geborene Mühlenberg, die heute als 68jährige in Hannover in der Gretchenstraße wohnt. Wen möchten Sie befragen? Sie haben die freie Auswahl, Kommissar!"

„Da ich sowieso meine Schwester in Düsseldorf einmal wieder besuchen wollte, könnte ich die beiden älteren Herren befragen. In der Mittagspause treffe ich mich dann mit meiner Schwester zum Essen."

„Ja, das klingt gut. Was halten Sie jedoch davon, wenn wir gemeinsam erst einmal die beiden Töchter befragen, die in Hannover leben. Manchmal fällt ja zwei Beobachtern mehr auf als einem. Anschließend können wir dann die Ermittlungen getrennt durchführen."

„Wenn Sie wollen. Also, da haben wir die heute 47jährige Dr. Petra Gebert. Sie ist verheiratet, geschieden, hat zwei Kinder und doziert an der Hochschule im Fachbereich Sozialpädagogik, speziell im Bereich Gender-Studies. Die Themen ihrer Vorlesungen sind: Die Rolle der Frau in den Jahrhunderten und der weibliche Körper."

„Ja, ja. Aus unseren Komplexen bilden sich unsere Interessen."

„Sie meinen, weil sich die Mutter von Petra Sassen nicht gerade in einer glücklichen Rolle als Frau befunden hat, setzt sich jetzt die Tochter gegen die Benachteiligung von Frauen ein?"

„Ja. Ist dieser Zusammenhang so unmöglich? Da, wo wir in unglücklichen Verstrickungen oder Zusammenstößen mit unseren Erziehungspersonen waren, bilden sich unsere Interessen heraus. Aus unseren Komplexen entstehen unsere Interessen."

„Ich sehe diesen Zusammenhang durchaus nicht als unmöglich an! Vielleicht sollten wir uns in Bezug auf Inge Sassen auch einmal fragen, welche Interessen sie gehabt hat. Welche tieferen Schichten ihrer Seele können uns zu ihren zentralen Beziehungen und Verstrickungen führen? Vielleicht haben wir dann bald schon ein Motiv."

„Gute Idee! Sehr seltsam klingt für mich auch die Aussage, dass Inge Sassen meint, mit dem Papst verheiratet zu sein."

„Obwohl ich denke, dass Inge Sassen an dieser Stelle sehr authentisch schreibt. Sie scheint ja mächtig wütend auf den Papst zu sein. Er soll raus aus ihrem Bett. Das klingt nach einer Stinkwut. Sie wirkt da gar nicht so poetisch. Da ist ein richtiger Stilbruch im Brief zu erkennen. Sie meint mit dieser Kritik wohl, dass sie innerlich mit dem Papst verheiratet ist. Sie war katholisch, verheiratet und suchte Liebe. Da gab es keinen Ausweg. Sie hätte sich nur scheiden lassen, aber nicht wieder heiraten können. Bei einer zweiten Heirat wäre sie exkommuniziert worden. In den fünfziger Jahren war das eine richtige Schande. Heute ist es den Menschen eher egal, ob sie exkommuniziert werden oder nicht. Viele sind eh aus den Kirche ausgetreten. In den fünfziger Jahren aber musste man sich als Exkommunizierte wie eine Aussätzige fühlen."

„Ja, schlimm, was damals so durch die kirchlichen Vorstellungen angerichtet wurde. Und offenbar wollte da jemand mit ihr einen anderen Weg gehen und sich unabhängig von den kirchlichen Normen machen."

„Vielleicht ihr Geliebter? Auf jeden Fall war es ein intellektueller Mensch. Jemand, der die katholische Kirche kritisch sah. Vielleicht ein Professor, ein Lehrer, ein Journalist. Wir werden da in dem damaligen Umfeld von Inge Sassen genau forschen müssen."

„Vielleicht kann uns die Tochter schon ein paar Anhaltspunkte geben."

„Na, dann wollen wir uns die Dame einmal ansehen. Während der Fahrt nach Hannover können wir uns ja noch ausführlicher über diesen Fall unterhalten."

Frauenhäuser gab es damals noch nicht

„Sie kommen von der Polizei und auch noch von der Mordkommission? Und Sie haben einen Brief von meiner Mutter in der Hand eines ermordeten Mädchens gefunden? Sie haben es mit der Schrift meiner Mutter verglichen und extra einen Graphologen konsultiert? Sie wollen sich mit dem Tod meiner Mutter beschäftigen ...? Es ist Selbstmord gewesen!" kommt es entschlossen und kurz aus einem leicht zitternden Mund, während die Kommissare Backhaus und Claßen zu den vernommenen Worten nicken.

„Wir müssen uns eigentlich erst einmal bei Ihnen entschuldigen, Frau Dr. Gebert. Wir hätten uns natürlich vorher anmelden sollen und Sie schon am Telephon auf unser Anliegen vorbereiten müssen", rechtfertigt sich Kommissar Backhaus. „Aber wir konnten Sie in den letzten

Tagen nicht erreichen, und da man uns heute sagte, dass Sie Sprechstunde haben, da dachten wir ..."

„Wir waren ganz von unserer Arbeit und dem Ziel eingenommen, einen Mordfall zu klären, und daher kam alles etwas überraschend", fügt Kommissarin Claßen hinzu.

„Ja, ja, verstehe. Ein Abschiedsbrief von meiner Mutter. Kann ich ihn lesen?"

„Selbstverständlich! Wir haben Ihnen eine Kopie von dem Original gemacht. Die dürfen Sie behalten", kommt Kommissar Backhaus der Bitte entgegen und reicht die Kopie über den Schreibtisch.

Mit einem ängstlichen Gesichtsausdruck gleiten Dr. Geberts Augen über das Schriftstück, und nach kurzer Zeit erhebt sie sich, schreitet zum Fenster und dreht den Kommissaren ihren Rücken zu. „Entschuldigen Sie", schluchzt sie. „Aber das kam ja nun wirklich unerwartet."

„Wir können auch gern ein anderes Mal wiederkommen. Das macht uns überhaupt nichts aus. Sie können sich dann mit mir oder mit meiner Kollegin ganz alleine von Frau zu Frau unterhalten", schlägt Kommissar Backhaus vor.

„Nein. Dadurch wird der Schmerz nur verlängert. Dass etwas so Altes plötzlich aufgewühlt werden kann? Ja, es kann der Brief meiner Mutter sein. Ich kenne ihre Schrift nicht so gut. Als sie starb, war ich erst sechs. Es sind noch so viele Bilder in mir. Sie hatte ein Verhältnis mit ihrem Schwager, dem Bruder meines Vaters. Onkel Thorsten. Er hat sie dazu gezwungen. Vielleicht hatte sie eine masochistische Ader und hat es auch ein wenig genossen. Mein Vater wusste davon nichts. Ich aber habe es mitgekriegt, auch wenn ich es damals noch nicht verstanden habe. Und ich weiß noch, dass sie zum Arzt gegangen ist und erfahren hat, dass sie schwanger ist. Das war für sie eine Katastrophe. Ich habe als Kind mitgelitten. Meine Mutter wäre, wenn sie heute gelebt hätte, sicherlich in ein Frauenhaus gegangen, aber Frauenhäuser gab es damals ja noch nicht. Und schon gar nicht in der spießigen Gegend, in der meine Mutter damals lebte. So etwas gab es auch nicht im Bewusstsein der Frauen der fünfziger Jahre. Als anständige Frau ertrug man alles in der Ehe. Da hielt man alles aus: Vergewaltigungen, Schläge, Fremdgehen, einfach alles. Der Einfluss des Dritten Reiches saß auch noch tief in diesen Frauen. Als Frau hatte man keine eigenen Bedürfnisse. Man gehorchte und durfte nicht negativ auffallen – und musste dem Mann seine sinnlichen Bedürfnisse erfüllen."

„Und Ihre Schwester? Was weiß die noch von Ihrer Mutter?“ stellt Claßen die Frage in den still gewordenen Raum.

„Die war ja noch viel zu klein. Sie hat davon nichts mitbekommen. Ich selbst habe auch lange Zeit alles verdrängt. Erst mit Mitte zwanzig habe ich angefangen, mit ihr über die Vergangenheit zu sprechen. Sie erinnert sich an nichts.“

„Ihr Onkel ist kurz nach dem Selbstmord Ihrer Mutter aus der Luisenstraße 24 ausgezogen?“ ergreift Kommissar Backhaus wieder das Wort.

„Das weiß ich nicht so genau. Er hat irgendwann nicht mehr bei uns gewohnt. Aber wann das war, irgendwie habe ich alles so verdrängt, dass ich kein Zeitgefühl mehr habe, wissen Sie.“

„Haben Sie mit Ihrem Onkel über das heimliche Verhältnis gesprochen? Oder vielleicht auch mit Ihrem Vater?“ fragt Kommissar Backhaus vorsichtig.

„Mit meinem Vater ...? Nein. Da war ich noch viel zu klein. Lange habe ich den Tod meiner Mutter total verdrängt. Ich konnte gar nicht zu ihrem Grab gehen. Das erste Mal tat ich das mit achtzehn Jahren. Als ich mir als Erwachsene meiner Kindheit bewusst wurde, habe ich zunächst in meiner Schwester eine Verbündete gesucht, die meine Wahrnehmung, die ich als Kind hatte, bestätigen sollte. Meine Schwester wollte mir jedoch auch nicht so ganz glauben. Sie sagte oft: ‚Onkel Thorsten? Das kann doch nicht sein! Der ist doch so etwas von prüde!‘ Auch habe ich den Bruder meiner Mutter, Onkel Ingo, einmal gefragt, ob er sich vorstellen kann, dass Onkel Thorsten und meine Mutter ein Verhältnis hatten.“

„Und er hat das für unmöglich gehalten?“ versucht die Kommissarin sich in die Erzählende hineinzuversetzen.

„Ja. Meine Wahrnehmung zählte da gar nicht. Das gab es keine weitere Diskussion.“

„Und Ihr anderer Onkel? Ich meine Thorsten Sassen, den Schwager Ihrer Mutter? Haben Sie es gewagt, ihn selbst zu fragen?“

„Wir hatten einmal ein Familienfest in einem großen Garten. Da war ich plötzlich allein mit ihm und fragte ihn: ‚Du hattest ein großes Interesse an meiner Mutter, nicht wahr? Vielleicht ein zu großes? Ich weiß davon. Du doch auch, oder?‘“

„Wie hat er reagiert?“

„Er schrie mich an: ‚Du Schlampe! Pass auf! Lenk deinen dreckigen Blick auf dein eigenes Leben und beschuldige anständige Bürger nicht!'"

„War das seine gewohnte Ausdrucksweise?" will Kommissar Backhaus wissen. „Schließlich hat Ihr Onkel doch, genauso wie Ihr Vater, den Beruf des Architekten ausgeübt, oder?"

„Ja. So barsch habe ich ihn auch nie erlebt. Da wehte mir plötzlich eine solche Aggression entgegen, dass ich das Thema nie wieder ansprach. Schließlich war ich ja die Einzige in unserer Familie, die diese kühne Behauptung aufstellte. Und ich war damals noch ein Kind."

„Und Sie zweifeln manchmal selbst an der Wahrnehmung aus der Vergangenheit?" zieht Claßen die Schlussfolgerung.

„Ja, weil ich damals so jung war, und als Kind fasst man vielleicht manches anders auf, als es ist."

„Gibt es irgendetwas in diesem gefundenen Brief, was Ihre Wahrnehmung als Kind bestätigen könnte?" lenkt Kommissar Backhaus das Gespräch weiter.

„Wenn ich das hier lese: *Ich erlebe Sinnlichkeit mit mehr als einem Menschen ...*, dann knüpft das sehr eng an das an, was ich als Kind gefühlt und gesehen habe. Onkel Thorsten hatte ein Verhältnis mit meiner Mutter. Ich habe auch jetzt noch eindeutige Gefühle in mir, die mir sagen, dass es eine unglückliche Beziehung gewesen ist. Sie hat das nicht wirklich gewollt. Im Brief finde ich diesen Eindruck auch wieder, wenn meine Mutter schreibt, dass sie keinen liebt."

„Wir werden Ihren Onkel, der ja heute in Düsseldorf lebt, noch befragen. Er stand sowieso auf unserer Liste. Könnten Sie sich vorstellen, dass Ihr Onkel ein Motiv gehabt hat, eine Sechsjährige umzubringen, die gerade einen Brief gefunden hat, der von Ihrer Mutter geschrieben ist?" treibt Kommissar Backhaus die Befragung voran.

„Ja, wenn er nicht gewollt hat, dass das Verhältnis zu meiner Mutter herauskommt."

„Was könnte denn dabei noch herauskommen? Was denken Sie? Manchmal haben uns schon Imaginationen weitergebracht und sogar zur Klärung des Mordes beigetragen", erklärt Kommissar Backhaus.

„Ich weiß nicht. Irgendwie war an dieser Affäre etwas nicht ganz koscher. Vielleicht hat er sie geschlagen, vielleicht erpresst. Vielleicht wusste sie irgendetwas, was auch in dem Brief stand, was aber nicht ans Licht kommen sollte. Das ist doch wirklich erstaunlich und fast ein

Wunder, dass dieser Fall jetzt noch mal in den Mittelpunkt einer Untersuchung rückt, nicht wahr?"

Die beiden Kommissare nicken.

„Einen klaren Anhaltspunkt habe ich nicht für das Motiv meines Onkels oder für weitere Tatverdächtige. Bitte geben Sie mir noch Zeit. Ich muss das alles auf mich wirken lassen."

„Selbstverständlich. Das, was Sie uns mitgeteilt haben, ist schon sehr aufschlussreich gewesen. Vorher dachte ich, dass ich in diesem Fall völlig im Dunkeln tappe, und jetzt habe ich zumindest eine Spur, auch wenn sie noch unsicher ist", räumt die Kommissarin ein und fährt etwas zögernd fort: „Verstehen Sie eigentlich den Satz, dass Ihre Mutter behauptet, auch noch den Papst geheiratet zu haben?"

„Nein. Ganz und gar nicht."

„War Ihre Mutter sehr katholisch?"

„Ja. Sehr gläubig und sehr streng katholisch erzogen."

„Gab es da jemanden, der ihr diesen strengen Glauben ausreden wollte?"

„Nein, nicht dass ich wüsste. So sehr haben die in unserer Familie auch gar nicht über den Glauben nachgedacht. Man war eben katholisch und ging zuverlässig wie ein Uhrwerk in den Gottesdienst."

„So, so. Na ja, das wird uns wohl noch länger beschäftigen", erwidert die Kommissarin.

„Sie wollen also wirklich in dieser Sache weiterforschen?"

„Ja. Und es wäre für uns sehr hilfreich, wenn Sie uns, falls Sie das nicht zu sehr aufwühlt, viel über Ihre Mutter erzählen könnten. Hier haben Sie meine Visitenkarte mit Telephonnummer."

„Ja, danke. Gerne werde ich Ihnen später mehr berichten. In meinem Inneren sind diese Schicksalsschläge aus der Vergangenheit auch noch nicht geklärt und verarbeitet."

„Eine letzte Frage noch: Hatten Sie eigentlich einen guten Kontakt zu Ihrer Stiefmutter, Renate Sassen? Haben Sie einmal versucht, mit ihr so von Frau zu Frau über ihre Erinnerungen zu reden?" formuliert die Kommissarin vorsichtig die Fragen.

„Nein. Meine Schwester und ich sind nach dem Tode meines Vaters zu Adoptiveltern gekommen. Zu meiner Stiefmutter hatte ich seitdem keinen Kontakt mehr."

„Das tut mit sehr leid für Sie. Das ist ja eine sehr harte Kindheit. Ich hoffe, dass wir Sie jetzt nicht zu sehr aufgewühlt haben", sagt Backhaus.

„Nein. Vielleicht doch. Aber ich werde über alles in Ruhe nachdenken und Ihnen Nachricht geben."

„Das würde uns sehr weiterhelfen", spricht die Kommissarin ihre Anerkennung aus und reicht die Hand zum Abschied.

Die Hochschule hält durch ihren großen und kräftigen klassizistischen Bau die Kommissare beim Hinausgehen noch in einem Staunen fest.

„In solch einem Gebäude hätte ich auch gerne studiert. Das hat wirklich Atmosphäre", stellt die Kommissarin mit einem tiefen und zufriedenen Atemzug fest.

„Ich auch."

„Ja? Ich dachte, dass das Gebäude Männern nicht so wichtig ist. Die Polizeischulen sind immer so nüchterne Bauten und fast immer von männlichen Architekten konstruiert."

„Also, ich darf doch sehr bitten! Welche Vorurteile haben Sie denn gegenüber Männern?"

Die Mordwaffe

„Wir haben jetzt die Mordwaffe", triumphiert Hauptkommissarin Mahlmann, während sie Claßens Zimmer betritt.

„Gute Arbeit, Frau Kollegin!" gibt die Kommissarin ihre Anerkennung.

„Es handelt sich in der Tat um einen Brieföffner mit einer scharfen Spitze. Wir haben Blutreste an diesem Gegenstand gefunden, die mit dem Blut des Opfers übereinstimmen."

„Und wo hat man die Waffe gefunden?"

„Dieser Brieföffner lag etwa hundert Meter vom Tatort entfernt in einem Gebüsch, das an einen Sportplatz angrenzt."

„Gibt es sonst noch Spuren, die sich an der Tatwaffe befinden?"

„Ja. Lippenstiftreste und natürlich die Speichelreste."

„Dann war der Täter also eine Frau?"

„Sehen Sie, wenn ich jetzt Ihren Brieföffner nehme – und stellen Sie sich vor, dass Sie sich vorher die Lippen nachgezogen und Ihren Mund mit einem Finger berührt haben, und dann haben Sie diesen Brieföffner angefasst. Ich nehme dann jenen Brieföffner und bringe damit jemanden um. Sind Sie dann der Täter?"

„Aber es ist doch wirklich seltsam, dass sich Lippenstiftreste an einem Brieföffner befinden, oder?"

„Es sind auch nur ganz winzige Reste. Vielleicht hat die Täterin den Brieföffner in einer Handtasche gehabt, und dann lag da noch ihr Lippenstift drin."

„Die Lippenstiftreste aber sind noch nicht identifiziert worden, oder?"

„Nein. Sonst wären wir schon ziemlich weit in diesem Fall."

„Vielleicht hat der Täter ja auch vorher eine Handtasche mit diesem Brieföffner gefunden und ihn dann spontan als Mordwaffe eingesetzt. Wäre auch möglich."

Glitschig wie ein Aal

Ein karger, grauer Haarschmuck ziert das von feinen Falten und Altersflecken durchzogene Gesicht eines Mannes, den zwei Pfleger von einer Liege in einen Rollstuhl heben.

„Herr Thorsten Sassen?" richtet Kommissar Backhaus die Frage auf den von blutjungen Männern umringten Mann, der ihm zunickt.

„Wer sind Sie?" fragt einer der beiden Pfleger mit einem strengen Gesichtsausdruck zurück.

„Kommissar Backhaus. Ich hatte mich bei der Rezeption, unten an der Pforte, bereits angemeldet."

„Der Gesundheitszustand von Herrn Sassen ist sehr schlecht. Er bedarf der Schonung. Es ist nicht gut, ihn zu verhören!" setzt der zweite Pfleger dem Kommissar die Grenzen.

„Es soll auch kein Verhör sein. Ich habe lediglich einige kleine Fragen an Herrn Sassen. Hatten Sie kurz von dem Ableben von Inge Sassen ein Verhältnis mit ihr?"

Jäh ringt der Angesprochene nach Atem. Hält sich die linke Hand auf die Brust und keucht, während seine rechte, den Oberschenkel berührende Hand kräftig zittert.

„Sie sehen doch, dass Herr Sassen in keiner Weise vernehmungsfähig ist! Das ist unverantwortlich. Wir sind hier für die Sicherheit und das Wohl unserer Patienten verantwortlich. Wir haften, wenn etwas schiefgeht. Sie nicht, Kommissar!"

„Doch, wir Polizisten können auch für alle Fehler haftbar gemacht werden."

„Gehen Sie. Sie sehen doch, welche Schwierigkeiten wir jetzt haben, sonst rufe ich sofort den Leiter dieser Station!"

„Ja, ja“, fügt sich der Kommissar und beginnt den langen Gang zurückzuschreiten, an dessen Ende er sich umdreht und bemerkt, wie die Pfleger mit dem alten Mann mit aufgeregten Gesichtsausdrücken tuscheln. Rasch schlüpft der Kommissar unbemerkt hinter einen Vorhang, hinter welchem sich eine kleine Nische mit Reinigungsgeräten und Putzmitteln befindet. Leise zieht er den Vorhang wieder zu und hört, wie das Geflüster der Dreiergruppe immer näherrückt.

Jetzt ist es totenstill, und Herr Backhaus hält in seinem Versteck den Atem an.

„Ist der Typ weg?“

„Ich glaube ja. Er ist uns entkommen wie ein glitschiger Aal aus der Hand! Wir hätten kontrollieren sollen, ob er wirklich weg ist und nicht noch hier herumspioniert.“

„Ja. Ich mag diese aalglatten Typen nicht, die so pseudoeinfühlsam sind!“

„Danke, Herr Sassen, für das Geld.“

„Keine Ursache.“

„Und wenn Sie wieder einmal Hilfe brauchen, dann sind wir jederzeit zur Stelle.“

„Danke, es ist gut, Freunde zu haben, auf die man sich verlassen kann.“

„Das können Sie, Herr Sassen. Sie können sich ganz beruhigt auf uns verlassen!“

Thorsten Sassen hatte plötzlich Geld

„Das finde ich richtig gut, dass der Tod meiner Schwester noch einmal aufgerollt wird! Es gibt doch noch Gerechtigkeit, wenn es so tüchtige Menschen wie Sie gibt“, lobt Ingo Mehrhaus, ein hagerer und zäher, älterer Mann den Kommissar.

„Das ist schön, dass Sie das so sehen. Inge Sassens Schwager ist nicht so kooperativ gewesen.“

„Sie haben ihn besucht und befragt?“

„Ja, ich habe es versucht, aber er hatte zwei Pfleger mit Geld bestochen, die mich abgewimmelt haben. Es selbst täuschte einen Schwächeanfall vor.“

„Ach. So schwach ist er doch gar nicht. Ich sah ihn vor einer Woche noch in der Stadt spazieren gehen. Natürlich mit Handstock.“

„So, und ich habe ihn im Rollstuhl sitzen sehen. Aber er hat für die Tatzeit ein Alibi, das diese beiden Pfleger stützen. Was wissen Sie über das Leben Ihrer Schwester? Hatte Thorsten Sassen ein Verhältnis mit ihr?“

„Ich habe es immer still für mich gedacht, dass es so ist. Aber das war eben die Zeit damals. Über solche Dinge sprach man nicht.“

„Frau Dr. Gebert, Inge Sassens Tochter, glaubt auch daran. Haben Sie mit ihr einmal darüber gesprochen?“

„Nein. Leider ist der Kontakt zwischen uns nicht so gut. Als sie studierte, kam sie in Geldnot und bat mich, ihr zu helfen, was ich nicht tat und auch nicht konnte. Seitdem ist da ein Graben zwischen uns. Schade. Sagt sie das konkret, dass Thorsten und Inge eine Affäre hatten?“

„Ja. Aber sie war eben noch ein Kind. Was könnte in dem Abschiedsbrief Ihrer Schwester so Wichtiges gestanden haben, das eine heute noch lebende Person schwer belasten und hinter Gitter bringen könnte? Was hat die kleine Lisa Behme da im Garten gefunden, was für jemanden von solcher Wichtigkeit war, dass er die Kleine umgebracht hat?“

„Was mich immer gewundert hat, ist, dass Thorsten nach dem Tod von Inge gleich aus dem Haus in der Luisenstraße ausgezogen ist.“

„Warum hat Sie das überrascht?“

„Es hieß doch immer, dass er aufgrund von Geldnot bei seinem Bruder und seiner Schwägerin wohnte. Und er hätte doch wirklich nach Inges Tod seinem Bruder zur Seite stehen und ihn in so schweren Zeiten unterstützen können. Da kam so einiges ins Rollen. Nach Inges Tod zog Thorsten aus. Harald war darüber sehr bestürzt. Er war ja immer noch durch den Tod seiner Frau stark getroffen. Er konnte gar nicht wieder zu Kräften kommen und wollte dann auch bald das Haus in der Luisenstraße verkaufen, weil ihn alles so an seine Frau erinnerte. Aber dann starb er ja an einem Schlaganfall, und er hatte wohl auch schon Krebs.“

„Sie meinen, dass Thorsten Sassen nach dem Tod von Inge Sassen plötzlich Geld hatte?“

„Ja, obwohl ihm Inge nichts vererbt hat. Offiziell hat er kein Geld erhalten. Nun gut, er lebte nicht in Saus und Braus, aber er konnte sich plötzlich eine eigene Wohnung in der Stadt ganz in der Nähe der Universität leisten. Sonst ist er immer mit dem Fahrrad von der Luisenstraße zur Universität gefahren. Das war natürlich auch ganz schön weit. Das dauerte mindestens eine Stunde."

„Wissen Sie noch, wo er da genau gewohnt hat?"

„In der Leibnizstraße, ganz am Anfang. Die Nummer weiß ich nicht mehr."

„Könnten Sie mir das Haus zeigen?"

„Wenn Sie mich dort hinfahren."

„Natürlich."

„Ich wollte eh gerne einmal wieder einen Ausflug in meine alte Heimat machen. Ich nehme mir dann auch ein Hotelzimmer, denn an einem Tag hin und zurück, das geht nicht mehr."

„Schön, wenn Sie das noch schaffen, obwohl Sie ja eigentlich in einem Altenheim leben."

„Hier lebe ich doch nur im betreuten Wohnen. Ich bin doch kein Pflegefall!"

„Ja, ich habe auch keine Vorurteile gegenüber alten Menschen. Wenn Sie wollen, können Sie mir ja bei der Fahrt einiges über Ihre Schwester erzählen. Vielleicht auch über die Beziehungen in der Familie Sassen. Und vielleicht fällt Ihnen insbesondere zu Thorsten Sassen noch etwas ein."

„Oh, da kann ich Ihnen noch viel erzählen."

Spiegel im Leben

„Dagmar Sassen. Tantra und Weisheit. Wellnessinstitut", liest Kommissarin Claßen laut von der aufgerufenen Internetseite. „Tantra. Die Kunst der sexuellen Ekstase. Na, das sind ja zwei sehr gegensätzliche Schwestern."

„Sind Sie gerade auf einer wichtigen Spur?" hört die Kommissarin völlig unerwartet die Stimme von Backhaus hinter ihrem Rücken.

„Oh, Sie sind schon zurück? Waren die Ermittlungen ergiebig?"

„Ja, aber ich werde erst einmal das Ganze für mich im stillen Kämmerlein betrachten, bevor ich irgendwelche Schlüsse ziehe."

„Schön. Irgendeine Spur?"

„Erst das Ganze, dann den Verdacht. Sie wollen ein Tantraseminar besuchen?"

„Nein. Das ist hier Inge Sassens Tochter Dagmar, die hier die Seminare anbietet. Und wissen Sie, ich finde das gar nicht verwunderlich, dass die jüngere Tochter jetzt in diesem tantrischen Bereich arbeitet."

„Warum?"

„Das hat irgendwie eine innere Logik. Die Mutter ist unglücklich in ihrer Frauenrolle. Die ältere Tochter beschäftigt sich mit der Gleichberechtigung der Frau. Die jüngere greift einen anderen Bereich ihrer Mutter auf, nämlich den der Sinnlichkeit. Die Sinnlichkeit ist Inge Sassen zum Verhängnis geworden. Das ist ein komplexbesetztes Thema in der Familie gewesen. Dass Dagmar Sassen diese Seminare anbietet, ist für mich geradezu ein Beweis dafür, dass der Brief tatsächlich von Inge Sassen stammen muss und dass ihre Worte ernst gemeint waren."

„Hat man denn beim Tantra auch mehrere Beziehungen?"

„Dagmar Sassen bietet die Seminare mit zwei weiteren Personen an. Mit Norbert Kuhls und Annemarie Strombach. Es heißt hier, dass die Seminar nicht dazu gedacht sind, den Geschlechtsverkehr zu praktizieren. Es geht hier vielmehr um die Wiederentdeckung der Basisenergien, die Energien der drei ersten Chakren."

„Was halten Sie von solchen Seminaren?"

„Nun, privat halte ich von solchen Veranstaltungen gar nichts. Ich bin überhaupt gegenüber der Esoterik sehr kritisch eingestellt. Aber ich ermittle hier ja als Kommissarin, und da sehe ich die Sache schon etwas anders."

„Aha. Und welche Bedenken haben Sie gegenüber der Esoterik? Was hat dieses Tantraseminar eigentlich mit Esoterik zu tun?"

„Das ist doch immer das Gleiche mit diesen esoterischen Seminaren. Alles passive Heilmittel. Von außen soll etwas kommen. Wir haben doch alle Kräfte in uns, und das jetzt in diesem Augenblick. Alles andere ist doch nur Hilfe, die abhängig macht, bevormundend und übergriffig ist. Wenn ich das hier schon wieder lese: ‚... während dieses Rituals entdeckst du Dein wirkliches Selbst, erkennst Du, wer du eigentlich bist.' Wer kann schon wissen, wer ich bin? Und wer kann mir die Garantie geben, dass ich während der Stunden, die ich im Seminar verweile, mein wirkliches Selbst entdecke? Woher weiß der Schreiber dieser Internetseite überhaupt, dass ich mein wirkliches Selbst nicht schon selbst entdeckt habe? Warum wird hier auch so einfach und so selbstverständlich angenommen, dass wir nicht wir selbst sind? Das ist doch eine Unterstellung. Das soll doch abhängig machen."

„Sie meinen also, dass sich in Inge Sassens Töchtern das Leben von Inge Sassen spiegelt. Und wenn sich in diesem Abhängigmachen in einem esoterischen Seminar auch etwas spiegelt, ist die Frage: Von wem war Inge Sassen abhängig?"

„Gute Fragen. Finanziell sicherlich von ihrem Mann. Wenn ich mir den Brief näher anschaue, dann war sie auch noch in allerlei seelischen Abhängigkeiten. Mit dem Spiegeln des Lebens, das finde ich richtig gut. Wenn Inge Sassen schreibt, dass sie Sinnlichkeit mit mehr als mit einem Menschen erlebt, dann finden wir sicherlich diese Verhältnisse im Tantra wieder. Die Tochter wiederholt ein Beziehungsmuster ihrer Mutter."

„Vielleicht."

„Das ist natürlich alles sehr vage und spekulativ. Gut wäre es, wenn wir in unserem Team einen Psychologen hätten, der sich in systemischer Therapie auskennt."

„Haben Sie darüber schon mit Frau Dr. Hütner gesprochen?"

„Die systemische Familientherapie ist nicht ihr Spezialgebiet. Sie kennt sich aber gut in Sachen Selbstmord aus und hat mir dazu auch schon einiges über die Familienverhältnisse bei Selbstmördern erzählt."

„Ach, so. Wollen wir gemeinsam zu diesen drei Tantrameistern fahren?"

„Aber nur, wenn Sie mir von Ihrem Verdacht und Ihrer Spur erzählen, die Sie gefunden haben."

„Okay."

Das tantrische Feld

„Es ist gut, dass Sie gekommen sind, Frau Claßen und Herr Backhaus. Wir alle müssen uns den Schatten unserer Vergangenheit stellen und sie aufarbeiten. Nur so können wir unbewusste negative Gefühle in uns auflösen. Das geschieht besonders im tantrischen Feld", spricht Dagmar Sassen nach einem tiefen Atemzug weiter.

„Ach, geht das einfach so? Kann man negative Gefühle einfach so auflösen?" hakt die Kommissarin kritisch nach.

„Ja. Wir müssen uns das Leben nicht unnötig schwer machen und jeden Ballast ein Leben lang mit uns herumtragen. In unseren Seminaren lernen die Teilnehmer, wie sie negative Empfindungen verschwinden lassen oder transformieren können."

„Ach, geht das wirklich? Das klappt bei mir nie. Emotionen bleiben doch. Ich kann höchstens versuchen, sie zu verstehen. Emotionen machen doch meine Identität aus, und diese besteht aus positiven und unangenehmen Empfindungen. Wir können noch nicht immer nur die guten Gefühle in uns haben. Das ist doch kindisch, naiv und unrealistisch.“

„Für Sie vielleicht, Frau Claßen! Aber sind Sie hier, um mit mir über psychologische Praktiken und Theorien zu sprechen?“

„Nein, wir hatten Ihnen das ja schon am Telephon angedeutet, das mit dem Brief Ihrer Mutter. Hier ist eine Kopie.“

Mit hastigen Blicken überfliegt Dagmar Sassen den Text, nimmt einen kurzen Atemzug und fährt dann langsam fort: „Ja, ich habe kaum Erinnerungen an meine Mutter. Ich bin da einfach noch zu jung gewesen. Oder es ist eben so, dass ich, um mich zu schützen, vieles verdrängt habe. Daher kann ich mit diesen Zeilen sehr wenig anfangen.“

„Sie arbeiten doch auch gleichzeitig neben Ihren Seminaren als Psychologin. Was fällt Ihnen zu diesen Zeilen denn spontan ein?“ hakt Claßen nach.

„Nun. Diese Frau, meine Mutter, schreibt, dass sie sich in Beziehungen befindet, die ihr offenbar nicht guttun, und in denen sie vergeblich die Liebe sucht. Das ist natürlich ein Problem, das viele Menschen haben. Deshalb muss man sich nicht gleich umbringen. Ja, ansonsten kommen mir keine Gedanken zu dem Brief“, antwortet Dagmar Sassen.

„Sie können den Brief ja behalten, und wenn Ihnen später noch etwas dazu einfällt, dann können Sie uns jederzeit anrufen“, mischt sich Kommissar Backhaus in das Gespräch ein.

„Ja, das kann ich machen.“

„Hat Ihre Schwester Ihnen einmal davon etwas erzählt, dass Ihre Mutter ein Verhältnis mit Ihrem Schwager hatte?“ lenkt Kommissar Backhaus die Untersuchung weiter.

„Ja, das hat sie. Ich hielt das immer für völlig absurd. Eher glaube ich, dass der leibliche Bruder meiner Mutter ein Interesse an ihr hatte. Intuitiv fühle ich, dass er ein Leben lang in seine Schwester verliebt gewesen ist.“

„Sie denken, dass Ingo Mehrhaus ein sinnliches Verhältnis mit Ihrer Mutter hatte?“

„Durchaus möglich. Also, wenn Onkel Ingo den Schwager meiner Mutter belasten will, dann will er sich selbst vielleicht schützen. Wissen Sie, in meinen Seminaren wird so manches offen angesprochen. Viele reden ganz selbstverständlich über ihre Affären und langjährigen Beziehungen, die sie zu anderen haben. Gerade, wenn das tantrische Feld eröffnet worden ist, kann so vieles leichter gesagt werden. Die ältere Generation ist aber auch nicht so anders gewesen, wenn man nur an die vielen unehelichen Kinder denkt, die oft erst nach dem Tod eines Menschen ans Licht kamen. Außerdem hat meine Mutter ihrem Bruder in einem kurzen Testament, das sie vor ihrem Selbstmord geschrieben hat, ein Stück Land vererbt."

„Ach? Hat er dieses Land heute noch?"

„Nein, er hat es bald nach dem Tod meiner Mutter verkauft."

„Wie viel Kontakt haben Sie noch zu dem Bruder Ihrer Mutter?"

„Mit den Beziehungen zu meiner Familie habe ich schon mit Mitte zwanzig abgeschlossen. Ich habe meine Freunde und mit keinem, außer gelegentlich mit meiner Schwester, etwas zu tun. Meine Ursprungsfamilie kenne ich noch aus meinem letzten Leben. Damit habe ich abgeschlossen."

„Was verstehen Sie unter Ihrem letzten Leben?" hakt Backhaus nach.

„Meine letzte Inkarnation."

„Ach, so. Ach, sagen Sie ... wo lag eigentlich das Grundstück, das Ihr Onkel geerbt und verkauft hatte?"

„Es lag in der Wiesenstraße und grenzte direkt an die Mauern des Klosters an, das dort liegt."

„Ach, so. Dort ...", murmelt Kommissar Backhaus nachdenklich vor sich hin.

„Möchten Sie noch einige Prospekte von unseren Seminaren in Ihrem Polizeirevier auslegen? Vielleicht haben Sie dort eine Ecke mit Flyern und so?"

„Ja, warum nicht", gibt Backhaus die Zustimmung, während Kommissarin Claßen durch ihren kritischen Blick ihre Abneigung gegen diese Prospekte nicht verbergen kann.

„Dann gebe ich Ihnen gleich mal einen ganzen Stapel mit. Vielleicht haben Sie ja auch irgendwann einmal Interesse das tantrische Feld kennenzulernen?"

„Die sind ja ganz schön teuer, Ihre Seminare. Dreihundert Euro für vier Tage, und dann ist die Übernachtung da auch noch nicht mit drin", merkt die Kommissarin kritisch an, während sie den Prospekt durchblättert.

„Wenn Sie daran glauben, dass Sie grundsätzlich Reichtum verdient haben, dann wird Ihnen auch jede Menge Geld zufließen. Und dann können Sie sich jede Menge Seminare leisten. In meinen Seminaren lernen die Teilnehmer, wie sie diese Wertschätzung im Außen, diesen materiellen Reichtum selbstverständlich, bekommen können. Alles hängt vom eigenen Glauben ab."

„Ach, so. Dann glauben wohl die Menschen in der Dritten Welt nicht genug an ihren Wohlstand?" fragt Kommissar Backhaus zurück.

„Ja. Diese Menschen haben keine richtige Eigenliebe. Und es gibt ja auch immer wieder Menschen aus der Dritten Welt, die es schaffen, sich aus ihrer Armut zu befreien, weil sie eben glauben, dass sie ein viel besseres Leben und Reichtum verdient haben. Da gibt es viele Beispiele."

„Die Entwicklungshilfe ist wohl bisher völlig falsch gelaufen. Eigentlich sollten wir jedem Armen in der Dritten Welt erst einmal ein Seminar bei Ihnen finanzieren. Aller weiterer Wohlstand ergibt sich dann wohl von selbst", zieht die Kommissarin die Schlussfolgerung.

„Zynikern bleiben die inneren Gesetze des Wohlstandes verborgen. Der Schlüssel für den äußeren Reichtum liegt tief im Herzen."

„Sie sind ja richtig geschäftstüchtig. Wenn ich Seminare, die viel Geld kosten, leiten müsste, dann würde ich auch immer den Teilnehmern Folgendes erzählen: ‚Wenn ihr nicht genug Geld für mein Seminar habt, dann macht ihr etwas falsch. Ihr müsst glauben, dass euch viel Geld zusteht. Wenn das Geld nicht kommt, dann glaubt ihr nicht richtig, dann haben eure positiven Vorstellungen und Visionen nicht genug Kraft. Hier aber könnt ihr Kraft für eure Imaginationen bekommen.'"

„Arbeiten Sie immer mit Unterstellungen? Sie bräuchten mal eine Supervision!" erwidert Dagmar Sassen mit gereizter Stimme.

Eine angenehme Subjektivität

„Also, ich denke, dass wir diese Flyer zum Tantrischen Feld auf keinen Fall in unserem Kommissariat auslegen sollten!" setzt die Kommissarin mit Entschiedenheit fest, als sich die beiden Kommissare wieder im Auto befinden und die Rückfahrt zum Polizeirevier antreten.

„Welche Bedenken haben Sie?"

„Der Prospekt zeigt doch nichts anderes als das, was jeder auch im Internet nachlesen kann. Und wenn ich mir das durchlese, dann sträuben sich mir die Nackenhaare!"

„Warum?"

„Na ja, höchstens 16 Tage im Jahr ist ein Teilnehmer mit ihm fremden Personen zusammen. Mit denen soll ich mich dann auch noch nackt massieren. Das geht sogar so weit, dass eine G-Punkt-Massage praktiziert wird, und es kann sogar zur sexuellen Vereinigung kommen. Und das alles in einer Gruppe, und dann noch unter Anleitung. Das ist doch Entfremdung pur."

„Ja. Ich würde jetzt auch nicht freiwillig dieses Seminar besuchen. Aber warum empfinden Sie dieses Seminar als Entfremdung?"

„Es wird in der Ankündigung im Internet von heiligen Tempeln gesprochen, in die sich die Teilnehmer begeben. Alles wird im tantrischen Feld so leicht gemacht. Dabei kann man doch die Realität und vor allem die Wirklichkeit der eigenen Gefühle übersehen."

„An welche Wirklichkeit denken Sie?"

„Es braucht immer Zeit, um jemanden kennenzulernen und sich auf jemanden einlassen zu können. Auf den ersten und zweiten Blick kann ich mein Gegenüber doch gar nicht richtig wahrnehmen! Wie kann ich eine körperliche Nähe wollen, wenn ich eigentlich gar nicht weiß, wer mein Nächster ist. Eines hat mir im Alten Testament immer sehr gut gefallen. Wenn von Geschlechtsverkehr die Rede war, dann hieß es immer: Und er erkannte sie. Ich finde es wichtig zu wissen, wen man da vor sich hat."

„Ja."

„Und auch in längeren Beziehungen ist es doch manchmal so. Wenn man sich einige Zeit nicht gesehen hat, dann muss man sich erst einmal wieder aneinander gewöhnen und aufeinander einstimmen. Alles andere ist Leistungsdenken."

„In unserer Kultur ist die Partnerschaft oft von Leistungsdruck beherrscht. Man muss immer sehr locker sein. Immer Sinnlichkeit wollen, ansonsten ist der Mensch verklemmt."

„Und diese Worte aus dem Mund eines Mannes? Das überrascht mich aber!"

„Nun. Sie sehen Überraschungen sind möglich. Sie haben mich heute auch überrascht."

„Ja, inwiefern?"

„Sie waren heute so wenig neutral, so angenehm subjektiv."

„Es ist jede Schwingung, die wir in dem anderen entdecken, in uns selbst enthalten, Herr Backhaus. Das nur zu Ihrer Information!" verteidigt sich die Kommissarin.

„Eben. Genau deshalb empfand ich Sie ja heute so angenehm. Bis gestern hatte ich noch ein schlechtes Gewissen, dass ich nicht so souverän und neutral bin wie Sie und mich manchmal durch persönliche Verstrickungen zu leicht vom Kurs abbringen lasse.“

„Sie haben recht. Ich habe heute meine Neutralität zu Hause gelassen. Ein jeder hat seine Vergangenheit und seine wunden Punkte. Ich danke Ihnen für den Hinweis. Es wird nicht wieder vorkommen.“

„Und was machen wir nun mit diesen Prospekten vom Tantrischen Feld?“

„Das können Sie entscheiden. Legen Sie die meinetwegen irgendwo hin!“

„Es wäre doch ganz diplomatisch, wenn wir Dagmar Sassen noch einmal auf das Revier bitten, und wenn sie dann bei diesem Besuch gleich ihre Flyer sieht. Für diesen Zeitraum könnten sie doch dort liegen.“

„Geschickt!“

„Und da auf unserem Polizeirevier der Zynismus Hochkonjunktur hat, werden wohl die meisten, die zufällig in dieser kurzen Zeit den Prospekt finden, keinen Zugang zu den Gesetzen des Reichtums und des Herzens finden.“

„Haha! Nun aber zurück zum Thema. Verhören Sie noch die zweite Frau von Harald Sassen?“

„Das habe ich vor. Danach sollten wir unbedingt wieder einen Termin für eine Teamsitzung festsetzen.“

Wenn man im Misthaufen herumstochert, kommt nur Mist hoch

„Ach, wissen Sie, Frau Claßen. Ich habe eigentlich mit meiner Vergangenheit abgeschlossen und möchte gar nicht mehr so viel in den alten Dingen herumwühlen!“ spricht Frau Renate Sassen, geborene Mühlenberg laut und deutlich aus, während sie ihr schwarzgefärbtes Haar mit der rechten Hand zurückstreicht und ihre kritischen Blicke eine unfreundliche Abwehr signalisieren.

„Ja, entschuldigen Sie, dass wir Sie da noch einmal an unangenehme Ereignisse erinnern, aber wir dachten, dass Sie uns in diesem Fall vielleicht weiterhelfen könnten“, ringt die Kommissarin nach Erklärungen.

„Wie sollte das gehen?“

„Nun ja, hat Ihr Mann nicht ab und zu einmal von seiner ersten Frau gesprochen?“

„Ganz selten. Inge ist nie Thema in unserer Ehe gewesen.“

„Hat er Ihnen gegenüber einmal erwähnt, warum seine erste Frau sich umgebracht hat?“

„Nein. Er hat dieses Thema nie ins Gespräch gebracht.“

„Und haben Sie ihn einmal auf den Tod seiner ersten Frau angesprochen?“

„Nein.“

„Haben Sie denn nicht auch einmal mit Ihren Stieftöchtern darüber sprechen müssen?“

„Nein. Die haben nie über den Tod ihrer Mutter reden wollen. Und ich wollte da auch nichts in den kindlichen Seelen aufwühlen.“

„Ihre Stieftöchter haben nie gefragt, warum ihre Mutter sich umgebracht hat?“

„Nein. Mich jedenfalls nicht! Das sagte ich doch.“

„Auch später nicht, als sie im Erwachsenenalter waren?“

„Nach dem Tod meines Mannes hatte ich keinen Kontakt mehr zu den beiden. Das waren eh schwierige Kinder.“

„Sie meinen, dass Sie Ihre Stieftöchter seit dem Tode von Harald Sassen nicht mehr gesehen haben?“

„Ja. Das liegt nicht an mir. An Harald lag es auch nicht. Die hatten immer ihren eigenen Kopf. Die waren schwer zu erziehen. Die beiden haben ja kein Herz.“

„Würden Sie denn Ihre Stieftöchter heute noch mal wiedersehen wollen?“

„Nein. Ich denke, dass wir uns nichts mehr zu sagen haben. In einem Misthaufen soll man nicht herumstochern. Da kommt nur Mist hoch!“

„Gut, Frau Sassen. Hier ist meine Visitenkarte. Falls Ihnen noch etwas einfallen sollte, dann rufen Sie mich einfach an.“

„Meinetwegen, aber ich kann Ihnen schon gleich sagen, dass mir da nichts mehr einfallen wird.“

„Fällt Ihnen denn etwas zu Thorsten Sassen, dem Bruder von Harald Sassen, ein?“

„Was soll mir dazu einfallen. Er war sein Bruder.“

„Ja. Natürlich. Das wissen wir, aber welche Beziehung hatten Sie zu ihm?“

„Keine. Ich habe ihn ja kaum gesehen. Er ist nach dem Tod von Inge ausgezogen.“

„Warum? Gab es einen Grund, ein Motiv, das einen so plötzlichen Auszug beschleunigte?“

„Weiß ich, was in den jungen Männern so vorgeht? Harald hatte auch Streit mit ihm. Da ist es wohl nicht das Beste, wenn man unter einem Dach wohnt.“

„Worum ging es in dem Streit?“

„Das weiß ich nicht. Ich mische mich in Konflikte nicht ein. Wenn man im Misthaufen herumstochert, kommt nur Mist hoch.“

„Ja, das sagten Sie ja schon. In welche Wohnung ist Thorsten eigentlich dann gezogen?“

„Ach, das weiß ich auch nicht mehr, oder doch, es war die Wiesenstraße.“

„Und welche Hausnummer?“

„Ich glaube, Wiesenstraße 12.“

„Das sagt Ingo Sassen auch. Das Einwohnermeldeamt kennt diese Adresse allerdings nicht. Offiziell hat Thorsten Sassen nach Inge Sassens Tod zwei Jahre in der Luisenstraße gewohnt und dann ein Jahr bei seiner Mutter. Wie erklären Sie sich das?“

„Weiß ich nicht. Hatte er etwas zu verschweigen? Das konnte doch jeder wissen, dass er in der Wiesenstraße wohnte.“

„Ja, er hat seinen Wohnungswechsel aber nicht dem Einwohnermeldeamt mitgeteilt.“

„Das ist mir neu. Um solche Dinge kümmere ich mich auch nicht. Wissen Sie, ob Ihr angeheirateter Schwager auch wirklich bei dem zuständigen Einwohnermeldeamt registriert ist?“

„Nein. Sie haben recht. Aber ich dachte, dass Sie vielleicht eine Erklärung dafür hätten. Vielleicht hat Ihnen Harald etwas dazu erzählt.“

„Nein. Der sprach über solche Dinge sehr wenig oder besser gesagt: gar nicht. Sie wissen doch, wie Männer sind. Die sagen nur das Nötigste. Denen muss man doch alles aus der Nase ziehen.“

„Nun, Frauen sind da aber auch nicht anders. Sie sagen auch nicht gerade viel.“

„Ja, wenn man mir so blöde Fragen stellt.“

Das Familiensystem

„Diese Familie Sassen ist irgendwie komisch. Die sind so keine Familie, wie man sie sich vorstellt“, zieht Kommissarin Claßen laut in ihrem

Büro die Schlussfolgerung und schaut dabei auf den ihr gegenübersitzenden Kommissar Backhaus.

„Dieser Gedanke ist mir auch schon gekommen, Frau Kollegin", bestätigt der Kommissar mit ironischen Unterton die Behauptung.

„Ich meine das durchaus ernst!"

„Ich auch. In dieser Familie strebt alles so auseinander. Das gibt es keinen Halt und keine Bindungen. Man will irgendwie gar nichts miteinander zu tun haben, und einer bringt den anderen in Verdacht. Das sind richtige Petzen."

„Ja, genau. Auch die Stiefmutter von Petra Gebert und Dagmar Sassen! Diese Stiefmutter scheint ihren Mann gar nicht geliebt zu haben."

„Warum?"

„Wenn ich einen Mann lieben würde, dann würden mich auch seine Kinder interessieren. Und wenn dieser Mann stirbt, dann würde ich den Kontakt zu seinen Kindern halten, weil sie mich an den Vater erinnern würden. Vielleicht hat die eine Tochter seine Augenfarbe oder die andere das Lächeln von ihm geerbt. Da findet man doch sicherlich etwas von dem Partner wieder."

„Ja. Und Frau Sassen, die zweite Ehefrau von Harald Sassen, hat heute kein Interesse mehr an ihren Stieftöchtern?"

„Überhaupt kein Interesse! Sie will diese überhaupt nicht mehr treffen. Sie behauptet, dass es da nichts mehr zu sagen gibt."

„Ach! Die steht ja völlig neben ihren Gefühlen."

„Ja, ganz und gar. Trauerarbeit wurde in dieser Familie überhaupt nicht geleistet. Das gab es einfach nicht. Also gab es auch keine Nähe in dieser Familie."

„Wie haben Sie das festgestellt?"

„Wenn meine Mutter gestorben wäre, als ich noch klein war, dann hätte ich sicherlich darüber sprechen wollen. Da muss man doch als Kind mal so richtig traurig werden und mal nachfragen, was denn alles so passiert ist. Die beiden Töchter hatten doch einen enormen Bedarf, ihre Vergangenheit aufzuarbeiten. Und Harald Sassen. Dass der gar nicht mit seiner zweiten Frau über diesen Selbstmord hat sprechen wollen!"

„Na ja, das war damals so üblich in dieser Generation, die so gefasst war in allen Lagen. Da verlor man eben keine Träne auf der Beerdigung und ertrug hinterher auch alles tapfer. Die waren auch noch geprägt von den Werten des Dritten Reiches. Ein Mann ist hart wie Stahl."

„Das würde ich nicht vereinheitlichen. Meine Oma ist da ganz anders gewesen. Die hat erzählt, dass sie damals ungern umgezogen ist, sich nach ihrer Heimatstadt gesehnt hat, häufig deswegen geweint hat und gar keinen Sinn mehr im Leben fand."

„Ob sie diese Gefühle damals auch so geäußert hat, ist auch nicht sicher."

„Ja. Sie haben recht. Und dass diese Renate Sassen auch heute in dieser aufgeklärten Zeit so überhaupt keine Empfindungen zugibt. Die hätte auch ein gutes Motiv, Lisa Behme getötet zu haben, aber sie hat leider ein wasserdichtes Alibi."

„Warum hätte sie ein Motiv?"

„Wer weiß, was Inge Sassen wusste, was eben Renate Sassen, die damals noch Mühlenberg hieß, hätte belasten können. Vielleicht hatte Harald auch seine Affären. Vielleicht eine mit Renate, und Inge Sassen war eben im Weg."

„Durchaus möglich. Welches Alibi hat Renate Sassen?"

„Sie ist zur Tatzeit bei der Zahnärztin Irene Schidemann gewesen und hat sich einer Wurzelbehandlung unterzogen. Das haben alle in der Arztpraxis bestätigt."

„Ein besseres Alibi gibt es wohl kaum. Trotzdem sollten wir in der nächsten Teamsitzung einmal auflisten, wer alles aus der Familie Sassen und näheren Verwandtschaft ein Motiv haben könnte."

„Ja, das sollten wir unbedingt tun."

Sie sind Kommissare und nichts anderes!

„Das darf ich kaum glauben, was Dagmar Sassen mir eben am Telephon erzählt hat", wettert Hauptkommissarin Mahlmann los und mustert mit kritischem Blick Backhaus und Claßen. „Ich habe sie gerade noch von einer Dienstaufsichtsbeschwerde abhalten können. Das haben Sie mir zu verdanken, dass ich mich für Sie eingesetzt habe. Das hätte auch ganz anders für Sie beide ausgehen können."

„Das tut mir sehr leid", lenkt Claßen ein. „Es ist meine Schuld. Ich stand an diesem Tag etwas neben mir. Ich hatte meine Gründe."

„Und die waren?" hakt Mahlmann nach.

„Die Gründe waren ganz privater Natur. Es wird aber nicht wieder vorkommen."

„Das hoffe ich für Sie beide sehr, denn sonst könnten Sie in große Schwierigkeiten kommen. Denken Sie daran: Sie sind Kommissare und nichts anderes. Sie sind keine Religionswissenschaftler und auch keine Psychologen! Sie sollten Ihre Arbeit machen, mehr nicht! Das reicht schon! Es geht auch nicht darum, einen reißerischen Artikel für die Boulevardpresse zu schreiben. Zum Beispiel einen Artikel, in welchem die Fassade einer Familie in Frage gestellt wird. Das ist nicht unsere Aufgabe. Hinter jeder Familienfassade tun sich entsetzliche Schluchten auf, aber das macht noch lange keinen Mörder aus. Wir haben diese Divergenz in fast allen Familien. Ich fordere Sie, Frau Claßen, dringend auf, Ihr übergroßes Interesse an Demaskierungen zurückzuschrauben oder ganz wegzulassen. Arbeiten Sie endlich mit einem kriminalistischen Verstand!"

„Ja. Es wird nicht wieder vorkommen. Ich hatte einen wirklich schlechten Tag. Jeder darf doch einmal einen Fehler machen, oder?"

„Natürlich. Nur hatte ich heute Morgen auch noch einen Anruf von Renate Sassen, die sich auch bei mir über Sie beschwert hat. Sie fand die Art des Verhörs unmöglich. Auch diese Frau habe ich beruhigen können. Natürlich ist es nicht meine Aufgabe, dass ich all die Personen, die Sie verhört haben, wieder milde stimmen muss."

„Ich bitte um Entschuldigung."

„Es wäre wohl sehr günstig, wenn Sie, Herr Backhaus, noch einmal alleine Dagmar Sassen aufsuchen. Ansonsten sollten Sie sich nicht so sehr auf diesen Brief von Inge Sassen konzentrieren. Die Gegenwart gibt es ja schließlich auch noch!"

Zweite Teamsitzung

„Ich begrüße Sie sehr herzlich zu unserer zweiten gemeinsamen Sitzung im Fall Lisa Behme", eröffnet Hauptkommissarin Mahlmann die Sitzung. „Es ist am Anfang vielleicht ganz sinnvoll, wenn wir erst einmal einen Überblick über die Personen geben, die ein Motiv für den Mord haben und auf diese Art und Weise in den Kreis der Verdächtigen geraten. Wer möchte beginnen?"

Kommissar Backhaus ergreift das Wort. „Thorsten Sassen, der Bruder von Inge Sassens Ehemann, hat ein Motiv. Es ist möglich, dass er diesen Abschiedsbrief kannte und wusste, dass in diesem Brief etwas steht, das ihn belasten kann."

„Und was sollte das sein?" mischt sich Hauptkommissarin Mahlmann ein. „Vielleicht, dass er eine Affäre mit seiner Schwägerin hatte?

Solche Affären hat doch heute jeder Zweite. Ich bitte Sie, deshalb bringt man doch heutzutage keinen mehr um!"

„Richtig. Wir tappen da noch im Dunkeln und müssen unsere Phantasie spielen lassen", räumt Kommissar Backhaus ein und setzt die Schilderung seiner Verdächtigungen fort. „Vielleicht wusste Inge Sassen von einem Mord oder von sonst irgendeinem dunklen Geschäft. Thorsten Sassen hatte plötzlich auch Geld, um sich eine eigene Wohnung zu finanzieren. Keiner weiß bis jetzt, woher das Geld plötzlich kam. Auffällig ist auch, dass Thorsten Sassen nach dem Selbstmord seiner Schwägerin fast zwei Jahre in einer Wohnung gewohnt hat, die der katholischen Kirche gehört. Das Einwohnermeldeamt kann das zwar nicht bestätigen. Wir wissen aber von Zeugen, dass Thorsten Sassen tatsächlich mehr als ein Jahr und neun Monate in der Wiesenstraße 12 gewohnt hat. Offiziell war diese Wohnung von der katholischen Kirche als Gästewohnung deklariert. Vielleicht hat Thorsten Sassen seine Schwester erpresst oder zum Selbstmord getrieben. Es gibt da viele Gründe für ein Motiv. Thorsten Sassen hat natürlich ein Alibi für die Tatzeit. Dieses Alibi scheint mir allerdings erkauft zu sein."

„Ich möchte aber doch erst einmal in der Gegenwart bleiben und den Mordfall Lisa Behme nicht ausschließlich in den Zusammenhang mit diesem gefundenen Abschiedsbrief stellen. Das ist doch hohle Phantasie!" winkt Hauptkommissarin Mahlmann ab.

„Wenn man bei der Familie Sassen an der äußeren Fassade zu kratzen beginnt, dann ist man erstaunt, was man da alles so findet", verteidigt Kommissarin Claßen die Aussagen ihres Kollegen.

„Diesen Effekt werden Sie bei jeder zweiten Familie haben. Das war doch schon immer so. Beispiele dafür finden Sie doch in der Boulevardpresse. Da gehören meines Erachtens auch Ihre Beobachtungen, Kommissar Backhaus, hin. Die Zeitschrift Neue Post wäre sicherlich dankbar über Ihre Berichte. Vielleicht schicken Sie Ihre Untersuchungen einmal dorthin! Und all das, Herr Backhaus, habe ich Ihnen bereits schon einmal in einem Gespräch unter vier Augen gesagt!"

„Wir sollten doch die gegenseitige Wertschätzung unserer Kollegen im Auge behalten und unseren Zynismus reduzieren", schaltet sich Dr. Seil mit missmutigem Gesichtsausdruck in die Unterhaltung ein. „Es gibt Fälle, da sind wir eben gerade über die Phantasie an die Lösung herangekommen."

„Aber diese Geschichte mit Inge Sassen, die liegt doch viel zu weit zurück. Außerdem geht es beim Mord um mehr als nur um Affären."

„Die meisten Morde sind Beziehungstaten!" verteidigt sich Dr. Seil. „Außerdem hatten wir doch bereits bei der letzten Teamsitzung darüber abgestimmt, dass wir auch dieser Spur mit dem Abschiedsbrief nachgehen wollten, oder?"

„Ja, ja aber genau um das Thema Beziehungen geht es mir! Und diese Beziehungen werden offenbar ganz übersehen!" beharrt Hauptkommissarin Mahlmann auf ihrem Standpunkt. „Wer erwähnt zum Beispiel Bastian Behme, den Vater der Ermordeten? Ich habe ihn beobachten lassen. Er hat eine Affäre mit einer Frau aus der Nachbarschaft, mit der Erzieherin Clara Bochert. Das Haus von den Behmes ist noch nicht abbezahlt. Bastian Behme ist hoch verschuldet, da er im letzten Jahr auch noch einen Verkehrsunfall verursacht hat und keine Vollkaskoversicherung hatte. Er steht tief in einem Schuldenberg. Wenn er seine Frau verließe, müsste er viel Unterhalt zahlen."

„Und deshalb bringt er sein Kind um?" fragt Dr. Uhlich nach.

„Vielleicht auch noch seine Ehefrau. Wir kennen doch alle diese Fälle, in welchen sich jemand durch Mord oder Morde den Weg für eine neue Liebe freimachen will."

„Und was stützt diese These noch?" treibt Kommissarin Claßen das Gespräch voran.

„Herr Behme hält sich seit dem Mord an seiner Tochter kaum noch in der Luisenstraße auf. Entweder arbeitet er, oder er ist bei seiner Freundin. Er hat ein schlechtes Gewissen und macht sich Vorwürfe, dass er sich nicht genug um die eigene Tochter gekümmert hat. Das ist ja normal, aber er will aus eben diesen genannten Gründen kaum etwas zu dem Fall sagen."

„Warum finden Sie das verdächtig?" fragt Kommissar Backhaus nach.

„Natürlich ist es immer wieder vorgekommen, dass sich Eltern schuldig fühlten. Die Art aber, wie sich Herr Behme benimmt, empfinde ich als übertrieben. Entweder will er sich vor weiteren Vernehmungen schützen, oder er ist neurotisch!"

Ein lautes Gelächter geht durch die Runde, bis Kommissar Backhaus wieder das Wort ergreift. „Was macht Herrn Behme noch verdächtig?"

„Er hat den Auftrag gegeben, das Blumenbeet zu entfernen, also den Garten in der Luisenstraße umwandeln zu lassen, obwohl er dort doch kaum noch ist."

„Ach, davon weiß ich gar nichts. Außerdem geht es doch gar nicht!" räumt Kommissarin Claßen ein.

„Ja, ich habe sein Vorhaben natürlich gleich abgewehrt, weil uns die Umgestaltung des Gartens bei den Ermittlungen stört. Aber vielleicht wollte er genau dies erreichen. Ein solches Verhalten habe ich noch nie erlebt", fasst Mahlmann zusammen.

„So etwas ist mir auch noch nicht begegnet", räumt Kommissar Backhaus ein.

„Hinzu kommt noch, Herr Kollege, dass Herr Behme auf der Suche nach einer neuen Arbeit in einer anderen Stadt ist. In seiner Firma hat er sich erkundigt, wie es mit Versetzungen und Arbeitsmöglichkeiten in anderen Städten aussieht. Er will also dringend hier weg."

„Vielleicht auch, um seiner Frau hier nicht ständig über den Weg zu laufen?" schaltet sich Dr. Uhlig in das Gespräch ein.

„Möglich. Auf jeden Fall stelle ich den Antrag, dass eine Videokamera so installiert wird, dass wir sie direkt auf das Eingangstor der Luisenstraße 24 lenken. Wir haben dann den Überblick, wer sich täglich dort so aufhält. Es ist ja bekannt, dass die Täter zum Tatort irgendwann zurückkehren. Einige Mörder wurden sogar kurz nach der Tat direkt am Tatort gefilmt. Zu diesem Zeitpunkt kannte man den Täter natürlich noch nicht, aber nach der Klärung des Falls fiel seine Anwesenheit am Tatort auf. Das ist in dreißig Prozent aller Mordfälle so."

„Gute Idee!" greift Kommissarin Claßen den Vorschlag auf. „Wir können uns dann durch Zeitraffer einen Überblick verschaffen."

„Es gibt da eine gute Möglichkeit gegenüber der Luisenstraße 24 bei dieser Bäckerei, direkt in der Höhe des Ladenschildes eine versteckte Kamera zu befestigen. Ich glaube, dass die Leute von der Bäckerei einen zuverlässigen Eindruck machen", ergänzt Hauptkommissarin Mahlmann ihren Vorschlag.

„Lässt sich das schon morgen arrangieren, Frau Mahlmann?" fragt Claßen in freundlichem Ton.

„Die Vorbereitungen dafür sind schon auf dem Weg, Frau Claßen."

„Sehr schön. Wie sieht es eigentlich mit Frau Behme aus? Gibt es irgendwelche Hinweise, die sie in den Kreis der Verdächtigen rücken?" will Kommissar Backhaus wissen.

„Die arme Frau Behme ist am Boden zerstört. Sie ist schon vier Tage in der Psychiatrie gewesen. Es ist hart für sie. Schließlich hat sie ihren Mann durch Scheidung und ihr Kind durch Mord verloren. Sie hat kein Verhältnis zu irgendeiner wichtigen Person. Sie vergräbt sich in Einsamkeit und Groll. Wir haben Sie beobachten lassen. Keine außerehelichen Beziehungen, für die sie ihr Kind hätte umbringen können, damit der Weg für eine neue Partnerschaft frei ist."

„Dennoch müssen wir bei Mord an einem Kind immer auch die Eltern als Verdächtige ansehen", ergreift Zymbel das Wort. „Die Laborergebnisse haben gezeigt, dass sich auch Haare von Frau Behme an Lisas Jacke befanden, aber das ist natürlich ganz normal. Es gibt sonst keine weiteren Indizien, die Frau Behme als Mörderin ins Licht rücken. Außerdem ist sie zur Tatzeit beim Arzt gewesen. Sie hat ein wasserdichtes Alibi."

„Also ergänzen wir die Liste der Verdächtigen, damit wir wissen, in welche Richtungen wir die Untersuchung lenken sollen", treibt die Hauptkommissarin die Unterhaltung voran.

„Trotz sicheren Alibis hätte natürlich auch Renate Sassen ein Motiv", übernimmt Backhaus wieder das Gespräch.

„Wäre es nicht auch von Vorteil, wenn wir uns in der Umgebung der Luisenstraße 24 noch einmal umhören?" macht Kaeser den Vorschlag. „Besonders wenn wir die älteren Menschen befragen, dann könnten wir vielleicht noch einiges über die damaligen Verhältnisse im Jahre 1959 erfahren."

„Das ist eine gute Idee! Aber man könnte auch den jüngeren Menschen Fragen stellen, denn vielleicht hat jemand etwas Interessantes bei der Familie Behme beobachtet", ergänzt Dr. Uhlig.

„Schön. Da haben wir ja schon viele neue Wege, die uns zum Ziel führen können. Eine Kamera wird installiert, und das möglichst unauffällig. Lassen Sie das Ganze von unseren Leuten so durchführen, dass es nach außen so aussieht, dass lediglich die Leuchtreklame repariert werden soll. Und wir werden uns Informationen aus der näheren Umgebung des Tatortes holen und natürlich gleichzeitig im verwandtschaftlichen Umfeld unsere Netze ausspannen!" fasst die Hauptkommissarin die Ergebnisse zusammen, und bevor sie mit einem Lächeln der Erleichterung die zweite Teamsitzung beendet, schickt sie noch einmal einige Mahnungen in die Runde: „Denken Sie daran! Wir sind Kommissare, und wir sind nicht hier, um Räuber und Gendarm zu spielen! Wir haben keine Zeit, um die Verdächtigen in eine Falle zu locken.

So etwas sehen Sie im Fernsehen! Bei uns geht es um Fakten, um Speicheltests und andere klare Beweise! Vergessen Sie das nicht! Ich will keine Helden und Heldinnen, sondern nüchterne Denker und Denkerinnen!“

Die Inge, die wollte schon lange vorher ihr Leben beenden

„Ja, die Inge. Das war eine sensible Frau. Ich erinnere mich noch gut an sie“, greift ein etwa 75-jähriger Mann die Frage des Kommissars auf und lehnt sich auf einer Holzbank bequem zurück. „Sie war wirklich eine von diesen Frauen, von denen man sagt, dass sie ein Geheimnis haben, und dabei hatte sie es nicht leicht in ihrem Leben gehabt.“

„Ach, an was erinnern Sie sich da, Herr Stolle?“ hakt Kommissar Backhaus nach.

„Sie hatte sehr früh im Krieg ihre Mutter verloren. Der Vater heiratete wieder, und dann starb wenige Jahre danach die Stiefmutter. Mit etwa fünfzehn Jahren hat sie dann auch den Vater verloren und bei dem Onkel gewohnt. Ja, so meine ich, muss das gewesen sein. Das weiß ich auch von meinen Eltern, die kannten die Familie von Inge.“

„Duzten Sie sich?“

„Ja, wir waren beide auf der Oberschule. Inge war natürlich ein paar Klassen unter mir. Sie war intelligent, hübsch und hatte viele Verehrer, aber sie war unnahbar, bis dann Harald kam, Harald Sassen.“

„War das die große Liebe?“

„Weiß nicht. Die sensible Inge brauchte sicherlich einen anderen Mann. Harald war einfach zu dominant und zu herrisch.“

„Wie zeigte sich das?“

„Na, der schrie doch oft herum. Auch mit seinen Kindern. Das war der Familienchef. Wer sehnt sich schon nach so einem Partner? Da kann doch auch keine Liebe im Spiel sein. Die Inge, die hatte einfach etwas Feineres. Die war doch auch sehr belesen und interessierte sich für Kunst und das Innere des Menschen. Einmal war ich traurig und stand dort am Gartenzaun, und Inge kam vorbei. Sie grüßte, und dann sagte sie so etwas wie: ‚Na, Erwin, wir gehören beide eher zu den Melancholischen unter den Menschen, oder?‘“

„So etwas hat sie Sie gefragt? Hatten Sie so eine starke innere Beziehung?“

„Eigentlich nicht. Harald ließ sie ja auch nur wenig aus dem Haus. Sie hatte nur wenige Freunde. Sie hat sich dann irgendwie weiterzubilden versucht. Sie nahm in irgendetwas Unterricht."

„Was war das für ein Unterricht?"

„Ich weiß es nicht mehr. Vielleicht war es Klavier oder irgendetwas mit Literatur. Inge wollte ja immer gerne Schriftstellerin werden. Als sie jünger war, da hat sie auch viel geschrieben."

„Und hat sie diesen Unterricht irgendwo in der Nähe genommen, oder ist sie mit dem Auto weggefahren?"

„Ich weiß es nicht mehr. Das liegt so lange zurück. Ganz dunkel sehe ich da einige Bilder. Ja, es kann sein, dass sie mit dem Auto oder mit dem Bus zu dieser Weiterbildung fuhr. Sie hatte da irgendjemanden, den sie regelmäßig traf."

„Was fällt Ihnen noch ein?"

„Nichts mehr. Aber falls ich mich mehr erinnern sollte, rufe ich Sie an, wenn Sie mir Ihre Nummer geben."

„Ja, natürlich. Und der Selbstmord? Hat Sie der überrascht?"

„Da ist wieder Post für Sie, Herr Stolle", platzt ein Briefträger in der Unterhaltung hinein.

„Oh, danke, Herr Sodan. Oh, sie hat wieder geschrieben."

„Hatten Sie Streit mit ihr?" fragt der Briefträger kess nach.

„Nein, wieso, Herr Sodan?"

„Weil Sie sonst immer den Brief sofort öffnen!"

„Sie sind ein guter Beobachter. Nein. Streit gab es nicht, aber ich habe meinen Brieföffner irgendwo verloren."

„Na, dann wünsche ich Ihnen noch einen schönen Tag", verabschiedet sich der Briefträger freundlich.

„Ist doch ein Ding. Da fragen die Briefträger heute schon nach privaten Dingen. Womöglich verkauft der sein Wissen an irgendeine Klatschzeitschrift!"

„Wie alt sind Sie eigentlich genau, Herr Stolle?" fragt der Kommissar weiter. „Sie sagten mir am Telephon, dass Sie Mitte siebzig sind."

„Ich werde in zwei Wochen 73."

„Oh, stolzes Alter. Und Sie leben hier so ganz allein in Ihrem Haus."

„Na ja, die Verwandtschaft kommt mich schon besuchen."

„Und wenn Sie überfallen werden, können Sie sich dann noch verteidigen? Sind Sie da noch fit?"

„Auf jeden Fall so fit, dass ich Fragen nicht vergesse, die ein Kommissar schon längst vergessen hat."

„Ja. Das ist peinlich."

„Sie fragten, ob mich Inges Selbstmord überrascht hat."

„Ja. Richtig."

„Dieser Selbstmord hat mich nicht überrascht. Inge war eine so hübsche und intelligente Frau. Eine Frau, die Ausstrahlung hatte, auch eine erotische und charismatische Ausstrahlung, wenn Sie sich darunter etwas vorstellen können."

„Ja, doch."

„Natürlich wirkte sie auch manchmal melancholisch, aber dann hat sie oft gesagt: ‚Wir sind nicht von dieser Welt. Oder vielleicht gehe ich auch früher zum Herrn. Oder wer sein Leben verliert, der wird es finden.' Ein bisschen haben wir damit gerechnet, dass sie sich umbringt. Irgendwie hatte sie es vor, aber keiner konnte ihr wirklich helfen. Frauen haben schon ihr Geheimnis und sind doch manchmal ganz schön undurchsichtig, oder? Man weiß nie, wie man ihnen helfen kann oder was man ihnen so Gutes tun kann."

„Männer sind doch auch undurchsichtig."

„Ja, ja, aber nicht so wie die Frauen."

„Hatte Inge eigentlich sich Hilfe bei irgendeinem Psychologen gesucht?"

„Nicht dass ich wüsste."

„Gibt es hier in diesem Wohnbezirk Psychologen, die hier ihre Praxis haben?"

„Nein. Hier gibt es weit und breit keinen Psychologen. Wir haben hier eine gute Gegend. Die Menschen brauchen hier keinen Psychologen. Ich habe viele Jahre lang in Ostfriesland gewohnt, und dort gibt es die wenigsten Therapeuten, weil eben dort die Welt noch in Ordnung ist. Das habe ich kürzlich erst gelesen. Therapeuten haben doch auch ihre Macke, meistens sogar eine dicke."

„Sagen Sie, kann ich eigentlich noch in Ihrem Haus die Toilette aufsuchen?"

„Ja, natürlich", greift Herr Stolle den Wunsch der Kommissars auf und schreitet auf das mit Efeu bewachsene Haus zu, öffnet die Haustür und bleibt am Anfang eines langen Flures stehen. „Die dritte Tür links", sagt er dann freundlich mit einem kameradschaftlichen Nicken.

Zögernd und seine Blicke schweifen lassend, bewegt sich der Kommissar durch den Flur – ein Verhalten, das Herrn Stolle unruhig werden lässt. „Suchen Sie irgendetwas?“ fragt dieser nach.

„Nein. Das heißt, doch. Das ist reine Routine. Ich wollte mir eigentlich nur Ihre Schuhe ansehen.“

„Meine Schuhe? Gehören ich jetzt schon zu den Verdächtigen?“

„Nein. Wir müssen bloß alle Abdrücke von Schuhen, die im Garten der Behmes entstanden sind, überprüfen.“

„Sie können sich ein Paar aussuchen, wenn Ihnen der Geruch nichts ausmacht! Bedienen Sie sich!“

„Ihren Humor haben Sie auch nicht verloren.“

„So, war es das? Wollten Sie wirklich auf die Toilette oder nur nach meinen Schuhen suchen?“

„Also, die Toilette würde ich auch schon gerne benutzen!“ antwortet der Kommissar und verschwindet im Badezimmer. Dort steckt er mehrere Haare, die sich an einem Kamm befinden, in eine Plastiktüte, sieht sich neugierig im Bad um, setzt die Klospülung in Gang und erscheint dann mit einem sonnigen Lächeln wieder im Flur.

„Haben Sie denn sonst noch irgendwelche Fragen?“ empfängt Herr Stolle den Kommissar.

„Nein. Danke. Ich bin jetzt rundum zufrieden. Sie haben mir schon sehr weitergeholfen, danke!“

Das Herz ist das beste Gedächtnis

„Frau Sassen, die kaufte auch immer beim Bäcker, so wie ich. Die war natürlich aus anderem Hause und sehr gebildet“, beginnt eine achtzigjährige Dame, die sich im Garten auf eine Harke stützt, die Erzählung. „Wenn Sie mehr wissen wollen, dann können wir uns doch drüben in die Gartenlaube setzen.“

„Ja, gerne, Frau Mahnkopp!“ stimmt Kommissarin Claßen zu. „Ich habe sogar noch frische Kekse vom Bäcker in der Tasche.“

„Dann hole ich die Thermoskanne. Da sind mindestens noch zwei Tassen Kaffee drin. Sie trinken doch Kaffee, oder?“

„Ja, und jetzt ist es auch noch nicht zu spät dafür.“

„Wissen Sie, ich habe eigentlich ein sehr gutes Gedächtnis. Bei unserem letzten Klassentreffen, da konnte ich noch das Meiste aus der Vergangenheit berichten. Die anderen sagten dann immer: ‚Ach ja, du hast recht. Stimmt auch!‘ Mein Erinnerungsvermögen ist so gut, weil ich mit dem Herzen etwas behalte.“

„Das klingt interessant. Das Herz ist das beste Gedächtnis. Die meisten hören bloß zu wenig auf ihr Herz. Ich schließe mich selbst da manchmal nicht aus.“

„So viel Einsicht findet man selten in der jüngeren Generation.“

„Na ja, so jung bin ich auch nicht mehr.“

„Aber Sie könnten sicherlich meine Tochter sein, oder?“ fragt Frau Mahnkopp mit einem Lächeln, während sie den Kaffee aus der Thermoskanne in einen Plastikbecher gießt. „Sie entschuldigen das Plastikgeschirr, aber in meinem Alter ... da lasse ich zu viel Porzellan fallen.“

„Vielleicht könnte ich Ihre Tochter sein, und das Plastikgeschirr finde ich sogar ganz nett. Hat Sie das eigentlich überrascht mit dem Selbstmord von Inge Sassen?“

„Irgendwie schon und irgendwie auch nicht. Das ist ja immer ein Hammer, wenn man das von jemandem erfährt, aber bei der Frau Sassen, da fand ich das dann im Nachhinein, also, als ich so still für mich war, dachte ich, dass das irgendwie so kommen musste.“

„Warum?“

„Sie hatte eine kranke Seele. Das sah man ihr an. Sie war oft so apathisch. Leider auch ihren Töchtern gegenüber. Die konnte sie gar nicht so wahrnehmen. Die war mit den Gedanken immer ganz woanders.“

„Also ein melancholisch depressiver Charakter?“

„Die hätte nicht nur Ehefrau und Mutter sein dürfen. Sehen Sie, ich bin Grundschullehrerin gewesen. Vorher hatte ich eine Lehre in der Bäckerei gemacht. Als dann Lehrermangel war, da habe ich noch die Schule nachgeholt und mich zur Grundschullehrerin ausbilden lassen. Das geht heute nicht mehr so einfach. Mir aber hat das damals gut getan. Man kommt mal raus, ist nicht immer nur im Haus, und man bekommt mehr geistige Anregungen. Das hätte der Frau Sassen auch gefallen. Vielleicht hätte sie heute noch gelebt.“

„Hatte Frau Sassen irgendein Hobby oder eine künstlerische Leidenschaft?“

„Die Literatur, das war ihr ganzes Herz. Sie hat sich oft zum Lesen zurückgezogen. Sie wollte einen literarischen Zirkel gründen, fand dann aber niemanden in dieser konservativen, bürgerlichen Gegend. Die meisten Frauen hatten sich ja nur auf den Haushalt und die Kinder konzentriert. Dann aber hatte sie irgendjemanden, der mit ihr Gedichte und

Romane las, und jemanden, der ihr half, die Kunst des Schreibens zu verfeinern."

„Und wer war das?"

„Ich weiß es nicht mehr. Sie fuhr immer mit dem Bus oder dem Auto ganz in die Nähe dieses Benediktinerklosters. Gleich neben diesem Kloster ist doch auch die Hauptstelle oder der Hauptsitz des Benediktinerordens, oder? Hier in dieser Stadt gibt es doch so viele fromme Einrichtungen. Da kennt man sich doch bald nicht mehr aus."

„An irgendeine Straße oder einen Platz, zu dem Inge Sassen fuhr, erinnern Sie sich nicht mehr?"

„Nein, erst einmal nicht. Vielleicht kommt später noch etwas."

„Traf sich Frau Sassen mit einem Mann oder einer Frau?"

„Das weiß ich nicht. Vielleicht waren es auch zwei Personen. Sie sagte immer nur: ‚Wir lesen jetzt das und dies' oder ‚Wir üben jetzt das Schreiben von Gedichten.'"

„Dann bedanke ich mich bei Ihnen für den Kaffee und die zahlreichen Auskünfte. Wenn Ihnen noch etwas einfallen sollte, dann haben Sie hier ja meine Karte."

„Ja. Danke! Lorena Claßen", liest Frau Mahnkopp laut vor. „Das ist ein schöner Name. Und Sie sind schon Kommissarin? Das ist auch gut für eine Frau."

„Manchmal auch nicht."

Sie latschen einfach so in meinen spirituellen Raum!

„Jetzt haben Sie mich in meinem spirituellen Raum gestört! Sie latschen mit Ihrer Aura einfach so in meinen hellen und reinen spirituellen Raum hinein! Das ist sehr egoistisch!"

„Entschuldigen Sie, Frau Sassen, aber die Tür stand offen, und da dachte ich, dass ich einmal vorsichtig eintreten könnte", rechtfertigt sich Kommissar Backhaus.

„Sehen Sie denn nicht, dass ich meditiere?"

„Ja, schon, aber ..."

„Und dann glauben Sie, dass Sie das Recht haben, einfach so in meinen spirituellen Raum hereinzuplatzen, nur weil die Tür aufsteht? Haben Sie überhaupt irgendeinen winzigen Respekt vor den Grenzen und der Aura der Menschen?"

„Entschuldigen Sie bitte. Ich kann auch ein anderes Mal wiederkommen. Ich war nur gerade in der Nähe, und da dachte ich ..."

„Ja, Sie denken. Denken ist eine sehr egoistische und selbstverliebte Art. Hier in unserem Seminarhaus müssen Sie Ihren Verstand und Ihre Schuhe ausziehen. Beides haben Sie noch nicht losgelassen. Würden Sie mehr im Fühlen sein, dann wäre Ihnen meine Aura aufgefallen, ja, Sie wären geradezu über meine Aura gestolpert!“

„Ich glaube, dass es wohl das Beste sein wird, wenn ich Sie noch einmal anrufe und dann einen Termin mit Ihnen vereinbare, oder?“

„Eine Frage können Sie mir meinetwegen jetzt schon stellen, aber nicht mehr. Sie haben mich jetzt eh aus meiner Mitte gebracht!“

„Gut. Hat Ihr Onkel, Thorsten Sassen, nach dem Tod Ihrer Mutter noch in der Luisenstraße 24 gewohnt?“

„Nein. Er hat nach Muttis Tod gar nicht mehr bei uns gelebt.“

„Danke, und ich werde auch nicht mehr so einfach in Ihre Aura eindringen.“

„Das können Sie auch gar nicht so richtig. Sie können mich nur in meinem Energiefeld stören, denn hier in meinem spirituellen Raum, da bin ich unerreichbar!“

Wo bildete Inge Sassen sich weiter?

Mit konzentriertem Blick sitzt die Kommissarin vor dem Computer und ist dabei in alte Stadtpläne vertieft.

„Na, etwas Neues im Fall Lisa Behme?“ vernimmt sie die Frage ihres Kollegen Backhaus hinter ihrem Rücken und schüttelt automatisch den Kopf.

„Ah, Sie haben sich Stadtpläne von 1959 heraufgeladen und suchen so also den Ort, wo Inge Sassen ihre Bildung und Neigungen verfeinert hat?“

„Verfeinert? Das klingt ja so, als hätte sie noch andere Neigungen gehabt?“

„Hat sie ja auch, wenn wir ihrem Abschiedsbrief glauben können. Die Frage ist nur: welche Neigungen“, entgegnet Kommissar Backhaus im ironischen Ton.

„Ja. Wo hätten Sie denn, wenn Sie 1959 in der Luisenstraße 24 gewohnt hätten, Unterricht in Literatur genommen? Beschränken Sie sich in Ihrer Auswahl bitte auf diesen rot eingekreisten Stadtbezirk!“

„Vielleicht in einem der beiden Klöster. Die Mönche und Nonnen sind doch sicherlich gut gebildet und können viel an Kultur weitervermitteln.“

„Gut, im Kloster. Na, denn."

„Wissen Sie, was mir in diesem Zusammenhang einfällt?"

„Nein. Ich bin kein Hellseher."

„Inge Sassens Schwager, dieser Thorsten, mit dem sie – laut der Aussage ihrer Tochter Frau Dr. Gebert – eine erzwungene sexuelle Beziehung gelebt haben soll, hat nach Inge Sassens Selbstmord eine Wohnung ganz in der Nähe der beiden Klöster bezogen, und nun raten Sie mal, wer tatsächlich eingestanden hat, dass Thorsten Sassen auch in der Wiesenstraße 12 gewohnt hat."

„Weiß ich nicht."

„Schwester Theresa. Sie leitet das Kloster der Benediktinerinnen. Sie hat mir am Telephon doch tatsächlich eingestanden, dass er als Gast öfter in der Gästewohnung in der Wiesenstraße gelebt hat."

„Wie haben Sie denn das Schwester Theresa entlocken können?"

„Tja, weiß nicht. Es kostete mich nicht viel Mühe."

„Die Benediktinermönche sind da nicht so auskunftswillig. Sie wissen angeblich nichts von einem Thorsten Sassen und schon gar nichts davon, dass dieser in einer ihrer Wohnungen gelebt hat."

„Frauen sind da vielleicht manchmal ehrlicher."

„Das ist doch wirklich ein Vorurteil!"

„Ist es auch! Außerdem sollen wir ja kriminalistisch vorgehen. Welchen Grund könnten die Benediktinermönche haben, ihre Bekanntschaft mit Thorsten Sassen zu verschweigen?"

„Da sehe ich schon einen Zusammenhang, aber der rote Faden fehlt mir noch. Auf jeden Fall ist mir während zahlreicher Telephonate klargeworden, dass die Benediktinermönche mit Thorsten Sassen ein Problem haben."

„Vielleicht finden wir den Zusammenhang in Inge Sassens Briefen? Gerade erst vor einer halben Stunde hat uns Frau Dr. Gebert Photos und Briefe ihrer verstorbenen Mutter ins Kommissariat gebracht. Sie glaubt, dass diese Dokumente uns weiterbringen könnten. Ich habe hier gleich eine Kopie von den Briefen gemacht. Die Originale sind schon im Labor. Außerdem hat die Dame Tagebuch geschrieben, und wir sehen es noch einmal bestätigt, dass der Abschiedsbrief wirklich von ihr ist und mit ihrer Handschrift ganz und gar übereinstimmt. Das Labor wird auch Näheres dazu sagen."

„Gut, dann dringen wir noch tiefer in Inge Sassens Welt ein. Eigentlich eine hübsche Frau, wenn ich dieses Photo so betrachte“, stellt der Kommissar fest.

„Sie sieht eigentlich auch nicht wie jemand aus, der sich umbringen will. Ob sie durch irgendetwas bedrängt wurde?“ äußert Claßen die Frage.

„Wir teilen uns die Briefe, die sie empfangen hat, ja? Und dann gehen Sie zu den Ordensschwestern, den Benediktinerinnen, und ich werde mich den frommen Brüdern nähern.“

„Gut. Vielleicht kann ich Schwester Theresa ja noch mehr entlocken. Nehmen Sie übrigens Ihr Gesangsbuch mit und vergessen Sie Ihren Konfirmationsspruch nicht“, schäkert die Kommissarin.

„Ich bin katholisch. Können Sie mir nicht Ihren Konfirmationsspruch geben?“

„Den weiß ich nicht mehr.“

„Das dürfen Sie Schwester Theresa aber nicht erzählen.“

„Jetzt lese ich erst einmal die Briefe. Wer weiß, welche Hinweise sich dann noch ergeben.“

Wer ist Mechthild?

„Sie schrieb sich mit einer Mechthild die herzlichsten Briefe. Diese Mechthild redet Inge Sassen mit ‚Liebste‘ an. ‚Inge, meine Liebste, mach dir das Leben nicht zu schwer und überlass auch einmal unserem Schöpfer einige Lasten und Sorgen‘, steht hier“, beginnt die Kommissarin mit der Auswertung der Briefe.

„Könnte man hinter dieser Formulierung eine Beziehung vermuten?“ wirft der Kommissar als Idee ein.

„Na ja, ich würde es nicht eindeutig als eine lesbische Beziehung bezeichnen. Diese Generation hatte sicherlich mit solchen Dingen nichts am Hut. Diese Herzlichkeit war unter Frauen früher auch eher sehr üblich. Das muss nicht gleich auf eine homosexuelle Beziehung hindeuten!“ wendet die Kommissarin ein.

„Man kann nie wissen“, setzt Backhaus mit ironischem Blick dagegen.

„Gut, nehmen wir auch das an. Wir wollen ja keinen Gedanken verdrängen. Wer kann diese Mechthild sein? Bringt es uns überhaupt weiter, wenn wir alle Briefpartner von Inge Sassen ausfindig machen?“

„Oft ist es ja der Zufall, der uns zu dem Täter geführt hat. Meistens hatten wir dann aber schon sehr tief in dem Privatleben des Opfers herumgestochert, bis Bruder Zufall uns zum Täter führte!"

„Ja, das ist auch meine Erfahrung bisher gewesen, obwohl Hauptkommissarin Mahlmann das sicherlich ganz anders sieht. Also, ich habe hier noch Briefe an ihre Cousinen und ihre Tante. Nichts Weltbewegendes. Vorbereitungen für das Osterfest, die Frage, wie es den Nichten und Neffen geht, und eben dieses übliche Gesülze. Da fallen diese Briefe von dieser Mechthild, von der Absender und Nachname fehlen, schon ganz aus dem Rahmen. Was haben Sie herausgefunden?"

„Interessant ist hier wirklich ein Briefpartner, der mit ‚Dein lieber und verletzter Rosenstrauch' unterschreibt. Es ist offenbar ein Mann, ein sehr gebildeter Mensch, der Ovid gut kennt, ein begeisterter Rilke-Leser ist, jemand, der japanische Haikus zitiert und – wie er selbst schreibt – sich ‚gerne in die Welt von Hermann Hesse zurückziehen würde. Das ist eine Welt, in der ich sofort besser atmen und denken würde ...' Könnte das vielleicht jener Lehrer sein, bei welchem sich Inge Sassen in Literatur fortbilden wollte?"

„Durchaus. Mechthild könnte das aber auch sein. Sie spricht in ihren Briefen auch vieles aus der Literatur an. Sie greift zurück auf Goethe, auf Kafka, auf Elias Canetti und viele andere Autoren."

„So, so."

„Aber der Verdacht fällt mehr auf jenen Unbekannten, den verletzten Rosenstrauch! Eine sehr ungewöhnliche Bezeichnung für einen Mann. Klingt fast ein wenig schwul. Na ja, vielleicht habe ich zu viel Phantasie ..."

„Nein, durchaus nicht. Welcher Mann bezeichnet sich selbst schon als Rosenstrauch?"

„Jetzt geht es aber wirklich zu den Mönchen und Nonnen. Ich habe einen Besuch bei den Benediktinern diese Woche nicht auf die Reihe bekommen. Ich konnte mit dem Kloster nur telephonieren."

„Mehr habe ich ja auch nicht gemacht."

„Die Mönche rücken aber nun wirklich in den näheren Verdacht, denn schließlich kennen die sich ja im Bereich der Religion und der Literatur aus!"

„Gut, dann besuche ich endlich auch die Schwestern des Benediktinerordens. Vielleicht gibt es dort ja auch eine Schwester Mechthild."

„Vielleicht und ..."

„Frau Claßen und Herr Backhaus? Darf ich Ihnen unsere neue Sekretärin Frau Grunau vorstellen“, stört die Sekretärin Frau Musmann die Kommissare bei den Überlegungen und steht plötzlich in der Tür. Sie zeigt auf eine schlanke, dunkelhaarige Frau, die etwa Anfang zwanzig ist.

„Guten Tag. Mechthild Grunau. Ich bin seit gestern Ihre neue Sekretärin, die Frau Musmann erheblich bei den Arbeiten entlasten wird.“

„Schön. Da sind wir ja froh, dass wir Unterstützung haben“, äußert sich Claßen mit verhaltener Begeisterung.

„Und zum Thema Selbstmord könnte ich Ihnen auch eine Menge erzählen. Es hat schon so viele Selbstmörder in meinem Bekanntenkreis gegeben, dass ich dazu schon einige Theorien habe“, spricht Mechthild Grunau weiter.

„Aha. Danke. Wir werden in dem jeweiligen Fall auf Sie zurückkommen, wenn wir ratlos sind“, kommentiert der Kommissar das Angebot der neuen Sekretärin, die sich nach einem kurzen, oberflächlichen Wortwechsel wieder in ihr Büro zurückzieht. Gleich nach ihrem Abgang flüstert Claßen Backhaus ins Ohr: „Vielleicht hat Mechthild Grunau zu viele Krimis gesehen?“

„Na ja, immerhin heißt sie Mechthild. Und wir suchten doch gerade eine.“

„Einer meiner Zweitnamen ist auch Mechthild, Herr Kommissar.“

„So. Dann bin ich der Erleuchtete, der erleuchtete und verletzte Rosenstrauch!“

„Oh, Gott! Wir sind viel zu wenig ernst! Wenn das Frau Mahlmann mitbekommt! Die springt im Dreieck!“

Menschenkenntnis

„Ja, wir haben uns ja schon am Telephon ausführlich unterhalten, und ich finde das richtig interessant, dass die Mordkommission jetzt auch einmal höchstpersönlich zu uns kommt“, begrüßt Schwester Theresa die Kommissarin, nachdem diese ihr Anliegen deutlich gemacht hat. „Wissen Sie, es gibt ja mittlerweile so viele Serien und Filme, die im Kloster spielen.“

„Ja, und ich habe das Klosterleben auch immer als etwas Exotisches empfunden, das mich irgendwie anzieht.“

„Ja, fühlten Sie auch schon einmal den Gedanken in sich, dass Sie in ein Kloster wollten?“

„Ja, aber dann eher für einige Wochen im Urlaub.“

„Urlaub können Sie bei uns hier auch machen. Wir bieten über das Jahr verteilt mehrere Seminare an. Ja, aber ich will auch gleich auf Ihr Anliegen eingehen. Inge Sassen ist mir bekannt. Sie ist regelmäßig hier bei uns gewesen. Sie kam zu Lesungen, die hier einmal im Monat im Kloster stattfanden. Wissen Sie, das mit den Literaturabenden war damals in den fünfziger Jahren etwas sehr Ungewöhnliches. Wir sind ja schließlich ein kontemplativer Orden, und damals musste das alles noch sehr streng eingehalten werden. Aber wir nahmen uns einfach diese Freiheit. Einmal im Monat traten wir mit der Öffentlichkeit in Kontakt und präsentierten Passagen aus der Weltliteratur. Inge fiel uns Schwestern angenehm auf, weil sie genau wie wir eine Suchende war. Wir haben uns nicht privat mit ihr getroffen, jedoch freuten sich viele der Schwestern, wenn sie Frau Sassen auf einer unserer Veranstaltungen sahen. Mit Frau Sassen konnte man gut über Literatur sprechen."

„So, da bin ich aber froh, obwohl ich auch ein wenig überrascht bin."

„Ja?"

„Meine Menschenkenntnis hat versagt. Ich bin überrascht, dass Inge Sassen sich so regelmäßig mit Ordensschwestern traf."

„Sie kannten Frau Sassen doch gar nicht, oder?"

„Nein, natürlich nicht. Als sie sich umgebracht hat, bin ich gerade mal ein paar Jahre auf der Welt gewesen. Ja, aber wissen Sie, ich hatte mir ein anderes Bild von ihr gemacht. Irgendwie war ich in Vorurteile verstrickt. Ich hatte mir in meinem Kopf schon zurechtgezimmert, dass Inge Sassen doch eher ein weltlicher Mensch ist und keinen intensiven Kontakt zum Kloster hat."

„Trotzdem aber sind Sie hierher gekommen, um uns nach Inge Sassen zu fragen. Also haben Sie diese Seite in Ihrem tiefsten Unterbewusstsein doch nicht ausgeschlossen, oder?"

„Nein, aber irgendwie konnte ich es nicht so richtig glauben, dass Inge Sassen regelmäßig Besuche im Kloster macht."

„Wollen Sie auch noch einmal der Frage nachgehen, ob es wirklich Selbstmord gewesen ist?"

„Nein."

„Dann geht es nur um den Mörder dieses jungen Kindes?"

„Ja. Haben Sie auch regelmäßig nach den Veranstaltungen in Ihrem Kloster mit Frau Sassen geplaudert?"

„Natürlich. Das war eine Freude, jemanden zu treffen, der so viel gelesen hatte und auch ein Buch wirklich kannte und verinnerlicht hatte. Inge Sassen liebte und lebte die Literatur. Sie las sie nicht nur einfach."

„Hat Sie Frau Sassens Selbstmord überrascht? Zweifeln Sie sogar daran, dass es Selbstmord gewesen ist?"

„Ja, ganz und gar. Inge Sassen, so ein junges Blut. Sie hätte noch so viel erleben können. Sie war eine Suchende, aber sie hatte auch eine seltsame Tiefe. Ich dachte und fühlte damals, dass sie eine Wesensverwandte war. Aber da hat auch, genau wie bei Ihnen, meine Menschenkenntnis versagt. Ich hatte geglaubt, dass Frau Sassen stabiler gewesen sei."

„Vielleicht ist ja nur etwas in ihrem Leben passiert, das sie in den Tod getrieben hat. Es gibt für jeden von uns Geschehnisse, die uns in den Selbstmord treiben können. Könnte es da in Frau Sassen Leben etwas gegeben haben?"

„Sie war eine Frau, die sehr viele flüchtige Kontakte hatte. Eine Frau voller Widersprüche und facettenreich. Manchmal war sie apathisch, und man konnte gar nicht mit ihr sprechen. Dann aber wiederum zeigte sie eine so euphorische, fröhliche und temperamentvolle Art, die uns alle angesteckt hat."

„Hatte sie eine manisch-depressive Ader?"

„Sicherlich. Ich weiß auch gar nicht, wie sie das alles geschafft hat mit ihren Kontakten, und sie hatte ja noch ihre beiden Töchter. Sie war vielleicht auch ein wenig beziehungssüchtig. Sie griff nach jeder Beziehung wie nach einer Schwimmweste oder einer Insel, auf die sie sich retten wollte. Dabei hatte sie sicherlich ein interessantes Naturell."

„Wie oft haben Sie denn Frau Sassen gesehen?"

„Einmal im Monat. In den fünfziger Jahren hat noch unser Kloster diese Veranstaltungen anbieten können. Als sich das zu sehr herumsprach mit den Literaturabenden, da wurden uns diese Abende Anfang der sechziger Jahre vom Papst verboten. Heute haben die meisten Menschen sowieso nur ein sehr geringes Interesse für Literatur und gehen lieber ins Kino."

„Und gab es da irgendetwas Bedrohliches in Frau Sassen Leben? War sie glücklich verheiratet? Gab es da jemanden, der sie in die Enge getrieben hat?"

„Ihre Ehe war sicherlich nicht glücklich, aber Frau Sassen war kein Mensch, der klagte. Sie versuchte sich mit allem zu arrangieren.“

„Hat sie etwas über ihren Mann oder ihren Schwager berichtet?“

„Wenig über ihren Mann. Es gab oft Streit. Worum es ging, weiß ich nicht mehr. Über ihren Schwager hat sie nichts erzählt. Wir hatten ja auch nicht so viel Zeit, um über Privates zu sprechen. Na ja, ein Selbstmord ist keine Seltenheit. Das ist ein großes Tabuthema. Ein Selbstmord kommt häufiger in Familien vor, als bekannt ist. Keiner spricht darüber. Und ich habe das Gefühl, dass sich mehr Frauen umbringen, weil sie eben in einer so unglücklichen Rolle sind.“

„Ah ja. Wäre es eigentlich möglich, dass ich noch einmal mit den anderen Schwestern sprechen kann? Vielleicht gibt es da noch den einen oder anderen Hinweis.“

„Das ist nicht mein Kloster, aber Sie können natürlich gerne mit meinen Schwestern sprechen.“

„Gibt es hier im Kloster eigentlich auch eine Schwester Mechthild?“

„Nein. Eine Schwester Mechthild lebt hier nicht. Wer sollte das sein? Wie kommen Sie auf diesen Namen?“

„Wir haben da nur so einen Hinweis aus den persönlichen Briefen von Frau Sassen.“

„Ach so. Und da gibt es eine Schwester Mechthild?“

„Vielleicht.“

„Ich lebe seit 1950 in diesem Kloster, und bisher bin ich hier keiner begegnet. Aber wenn Sie mir die Briefe zeigen, dann könnte ich versuchen, Ihnen weiterzuhelfen.“

„Ja, ich werde in der nächsten Zeit eine Kopie der Briefe anfertigen lassen.“

„Das wäre doch interessant. Der Gedanke, dass wir hier von Inge Sassen wieder einmal etwas hören, erfüllt mein Herz mit einer tiefen Gottesliebe. Wann soll ich Sie meinen Mitschwestern vorstellen? Es sind zur Zeit nicht alle anwesend.“

„Ein Termin in der nächsten Woche wäre günstig.“

„Wie wäre es mit Mittwoch? Das sind alle Schwestern im Hause.“

„Mittwoch. Ja, das ist sehr günstig.“

Ein Energieproblem

„Mist, wieso ist denn das Benzin alle?“ flucht die Kommissarin laut im Auto und schlägt dabei mit der Hand auf das Lenkrad. Dieser Fall, der bringt mich ganz aus dem Konzept. Bin ich schon so neben der Spur, dass ich das Tanken völlig vergessen habe, oder ist das Auto kaputt? fragt sie sich, bis ein lautes Hupen ihre Gedanken unterbricht. Rasch dreht sie sich um. Ein roter VW hält neben ihr mit heruntergelassener Fensterscheibe. Es grüßt sie die neue Sekretärin Frau Grunau: „Na, kommen Sie nicht weiter, Frau Claßen?“

„Ja. Ich weiß schon, woran es liegt. Das Benzin ist alle. Einen Reservetank habe ich auch nicht dabei.“

„Dann steigen Sie doch einfach bei mir ein! Übrigens sind alle Geschehnisse immer symbolisch zu sehen.“

„Wie meinen Sie denn das?“

„Na, offenbar haben Sie ein Energieproblem, und das sicherlich auch auf der seelischen Ebene.“

„Zu solchen tieferen Interpretationen habe ich keinen Zugang und auch keine Zeit.“

„Macht doch nichts. Steigen Sie endlich ein!“

„Danke. Das kommt mir wirklich sehr gelegen.“

„Sind Sie auch sonntagabends noch im Dienst?“

„Eigentlich ist das eher die Ausnahme, aber die Oberschwester hätte erst nächste Woche Mittwoch Zeit gehabt, und da ich einiges vorher wissen wollte ...“

„Stehen die Ordensschwestern unter Verdacht?“

„Nein. Ich darf auch gar nicht mit Ihnen über diesen Fall reden.“

„Auch wenn ich nachher die Vernehmungsprotokolle tippen muss?“

„Ja. Wo kommen Sie denn gerade her?“

„Vom Seminar.“

„So, Sie sind also auch fleißig am Wochenende und bilden sich weiter.“

„Es ging um die Reinigung der Chakren, falls Ihnen das etwas sagt.“

„Ja. Haben Sie ein Tantra-Seminar besucht?“

„Wow! Sie kennen sich aus, Kommissarin! Tantra, das kennt nicht jeder!“

„Ja, vielleicht“, äußert sich Claßen verhalten.

„Man muss schon etwas für sich selbst tun und lernen, seelische Schwierigkeiten zu verarbeiten. Da helfen mir die Tantra-Seminare am besten. Da kann man so richtig die Chakren putzen.“

„Ja, geht denn das? Kann man die einfach so putzen?“ fragt die Kommissarin mit kritischem Blick nach.

„Ja. Das ist natürlich schon ganz schön heftig. Da geht es schon ganz schön in die Vollen. Wir haben sehr viele Atemübungen gemacht, und bei der einen Übung dachte ich, dass ich ersticke, aber dann sagte der Leiter mir, dass das daran liegt, dass man durch diese Tiefenatmung in frühere Leben eintaucht. Und da kommt natürlich einiges hoch."

„So, welcher Leiter sagt das?"

„Norbert Kuhls."

„Woher weiß er das eigentlich so genau, dieser Norbert Kuhls?"

„Was denn genau?"

„Mit den früheren Leben."

„Das spürt man irgendwie. Wo soll ich Sie eigentlich jetzt genau absetzen? Sie wohnen doch in der Nähe der Rathenaustraße, oder?"

„Ja, woher wissen Sie das?"

„Ich habe Sie da schon häufig gesehen. Ich wohne ganz in Ihrer Nähe, in der Bürgerstraße."

„Ach so."

„Ja. Die sind schon klasse, diese Seminare. Da kann so viel Heilung geschehen."

„Aber diese Atemübungen waren doch eher unangenehm für Sie, oder?"

„Ja, natürlich. Aber: Durch das Dunkle zu den Sternen, sagt Norbert immer. Erst muss etwas schlechter werden, bevor es besser wird."

„Eine gute Medizin erkennt man daran, dass sie nicht so heftige Nebenwirkungen hat. Die heutigen Medikamente beseitigen nicht die eigentlichen Ursachen, sondern unterdrücken nur das Symptom. Die Nebenwirkungen hat man aber trotzdem. Deshalb halte ich Nebenwirkungen nicht für gut."

„Aber Norbert sagt immer, dass alles erst schlechter wird, bevor es besser wird."

„Zu schlecht darf es aber auch nicht werden. Extreme sind nie gut."

„Manchmal kann ich aber auch aus der Tiefe Schwung holen."

„Ich bin doch eher für softere Therapien. Härte tut mir nie gut. Die Mitte ist immer besser."

„Haben Sie schon einmal eine Therapie gemacht?"

„Ja. Psychoanalyse. Außerdem habe ich zwei Semester Psychologie in Zürich studiert, bevor ich zur Polizei ging."

„Sie sind echt klasse. Wer gibt das schon zu, dass er einmal eine Therapie gemacht hat. Da kenne ich kaum jemanden. Besonders im Alter meiner Mutter, da gibt das keiner zu. Sie könnten ja meine Mutter sein, aber Sie sind irgendwie ganz anders."

„Danke. Aber so viel anders bin ich doch nicht. Vieles gebe ich auch nicht zu. Da bin ich wahrscheinlich genau wie Ihre Mutter."

„Es ist übrigens meine Stiefmutter."

„Oh, das tut mir leid."

„Braucht Ihnen nicht leid zu tun. Beim Tantra, in Familienaustellungen und beim Releasing habe ich mich mit meinen Stiefeltern versöhnt. Da habe ich alles geklärt und bin in dieser Beziehung ganz clean. Auch mit meinen richtigen Eltern habe ich mich versöhnt. Meine Mutter starb, als ich fünf Jahre alt war. Meinen Vater kenne ich gar nicht. Vor einem Jahr habe ich erfahren, dass er an Krebs gestorben ist."

„Oh, das tut mir wirklich sehr leid für Sie. Das ist ein hartes Schicksal. Ich wüsste gar nicht, ob ich selbst damit klargekommen wäre ... so ohne Familie."

„Aber ich habe in dieser Tantragruppe meine Familie. Norbert und Annemarie sagen immer, dass wir eine richtig gute Familie sind und dass uns keiner auseinanderbringt."

„Familienmitglieder kann man nicht ersetzen. Außenstehende können das immer leicht sagen: Wir sind eine Familie. Zu einer Familie gehört mehr, zum Beispiel dass man auch mal schwere Zeiten durchsteht, oder eben, dass man auch Verantwortung übernimmt. Seminarleiter übernehmen ja keine Verantwortung. Als Seminarleiter kann ich das leicht sagen, vor allem mit der Absicht, dass immer alle regelmäßig wiederkommen und Geld zahlen. So eine Familie hätte ich auch gerne. Am Wochenende kommen alle und zahlen mir etwas. Im Alltag muss ich mich gar nicht um die Personen kümmern ..."

„So oberflächlich ist das aber bei Norbert und Annemarie nicht. Einige Seminarmitglieder sind schon über 13 Jahre im Seminar."

„13 Jahre? Ein guter Therapeut macht sich überflüssig. Es ist überhaupt nicht gut, wenn jemand so lange bei einem Therapeuten ist. Das ist doch Abhängigkeit!"

„Keiner kann für den anderen wissen, was gut ist. Sie auch nicht für mich."

„Das gebe ich Ihnen recht."

„Außerdem betonen Annemarie und Norbert auch immer, dass wir uns unabhängig von anderen machen sollen, und das mache ich gerade, ich mache mich unabhängig von Ihnen."

„Tun Sie das! Trotzdem denke ich, dass Therapeuten ihre Klienten nicht einfach wie Kinder an die Brust nehmen und über Jahre als Söhne oder Töchter adoptieren sollten."

„Wir sind als Familie ja auch nicht immer zusammen. Wir sind in verschiedenen Trainingsgruppen. Die einen im ersten, die anderen schon im dritten Kurs."

„Da ist man ja über Jahre in eine bestimmte Welt eingeplant. Das ist ja sehr geschäftstüchtig!"

„Das hat auch etwas Gutes, über Jahre irgendwo dazuzugehören. Vor allem, wenn es ein gemeinsamer spiritueller Raum ist, der uns verbindet. Das ist schon ein besonderes Privileg in unserer Gesellschaft, wo doch alles so auseinanderfällt."

Langsam steigt eine unbändige Wut im Bauch der Kommissarin auf. Wenn sie ihren Affekten folgte, dann würde sie spontan aussteigen und keine Silbe mehr mit ihrer Gesprächspartnerin wechseln. Dann aber schießt ihr durch den Kopf, dass Frau Grunau ihr erzählt hat, dass sie ihre Mutter früh verloren hat.

„Warum kennen Sie eigentlich Ihren Vater nicht? Ist er nach dem Tode Ihrer Mutter gegangen?" spricht die Kommissarin im beherrschten Tonfall weiter.

„Als ich fünf Jahre alt war, hat mein Vater meine Mutter erschossen. Aus Eifersucht. Ich kann froh sein, dass er mich am Leben gelassen hat."

„Oh, das ist wirklich hart! Erinnern Sie sich noch an die Tat Ihres Vaters?"

„Nein. Ich soll wohl dabei gewesen sein, aber ich habe alles abgespalten. Diese Ereignisse sind wie ausgelöscht."

„Ach. Da sind Sie aber auch sehr ehrlich. Selbstmord und Mord kommen in vielen Familien vor, werden aber sehr häufig verschwiegen."

„Ich habe nichts zu verschweigen."

„Das ist gut."

„Jetzt schauen Sie mich aber plötzlich sehr entsetzt an. Solche Blicke habe ich vorher bei Ihnen noch nie gesehen."

„Vielleicht war ich gerade mit den Gedanken woanders. Sie tun ja wirklich sehr viel für Ihre Seele, die Familienaufstellungen und ... Sie sind sehr engagiert und kein oberflächlicher Mensch."

„Aber Sie doch auch sicherlich nicht, oder?"

„Als Kommissarin verweilt man nie an der Oberfläche."

„Jetzt verstecken Sie sich hinter Ihrem Beruf."

„Ja. Das muss man manchmal auch."

„Auf dem Seminar haben wir gelernt, dass wir das Wort ‚man' vermeiden sollen. Das ist so unpersönlich."

„So?"

„Ja, am besten sind Ich-Botschaften."

„Die sind nicht verkehrt. Wollen Sie denn auch alle Sätze streichen, die ein unpersönliches Passiv haben?"

„Unpersönliches Passiv? Das sagt mir jetzt nichts. Was ist das?"

„Da fehlen mir gerade die Worte."

„Das gibt es doch nicht. Die Kommissarin einmal sprachlos? Norbert Kuhls sagt immer, dass das auch etwas mit unserem früheren Leben zu tun hat."

„Was?"

„Wenn wir sprachlos sind."

„Ach. Ich glaube ehrlich gesagt nicht an frühere Leben. Mir reicht auch schon das Leben, das ich jetzt habe."

„Das könnte aber für Sie von Vorteil sein, wenn Sie einmal mit Ihrem letzten Leben Kontakt aufnehmen."

„Inwiefern?"

„Na, vielleicht kämen Sie dann auch bei Ihrer Arbeit weiter."

„Das ist doch völlig absurd."

„Wenn Sie einmal an den Fall Lisa Behme denken, für den das Leben von Inge Sassen ein Schlüssel sein kann. Finden Sie jemanden, der Inge Sassen in seinem früheren Leben gekannt hat und mehr über diese Sache weiß!"

„Das ist doch völlig absurd. Das ist doch reine Phantasie und Spekulation! Aber ich sehe, dass Sie sehr gründlich die Protokolle abtippen und mitdenken. Vielleicht sollten Sie wirklich irgendwann zur Polizeischule gehen und auch Kommissarin werden, wo Sie das so interessiert."

„Nein. Dazu fehlt mir das Geld. Außerdem brauche ich das Geld für meine Seminare. Für die geht das meiste weg."

„Die finanzielle Situation kann sich ganz spontan zu den eigenen Gunsten ändern."

„Das sagt Norbert auch immer. Wenn wir es für wert halten, dass uns Geld zukommen soll, dann kommt es auch."

„Wenn man einen Beruf hat, bei dem man ein solides Grundeinkommen hat, ist das die beste Wertschätzung, die man sich zukommen lassen kann. Lottogewinne sind oft schnell verprasst. Außerdem glaube ich das nicht mit dem Gesetz der Wertschätzung. Das ist zu einfach."

„Aber der Beruf der Kommissarin, das ist nicht meine Sache. Ich gehe da andere Wege. Ich selbst könnte übrigens in meinem letzten Leben mit Inge Sassen zu tun gehabt haben! Vielleicht kann ich Ihnen bei diesem Mordfall helfen."

„Ja, natürlich. Dann nennen Sie mir den Mörder doch gleich!"

„Sie spötteln! Unser Leben ist aber nicht so abgeschnitten und isoliert, wie die meisten denken. Unser Leben ist mit dem Leben vieler anderer Menschen enger verbunden, als wir uns vorstellen können. Sehen Sie, das Leben von Lisa Behme ist ja auch plötzlich eng mit dem Leben von Inge Sassen verknüpft. Das hätte sich die kleine Lisa nie vorstellen können. Aber diese Verbindung ist kein Zufall. Da gibt es eine höhere Ordnung! Können Sie sich annähernd in so etwas hineindenken?"

„Nein."

„Vielleicht ist Lisa Behme in ihrem letzten Leben Inge Sassen gewesen."

„Das ist aber zu einfach gedacht und außerdem viel zu frustrierend. Da kommt die kleine Lisa gerade an Dinge heran, die mit ihrem letzten Leben zu tun haben, und schon wird sie umgebracht. Äußerst absurd! Äußerst frustrierend!"

„Vielleicht hatte Lisa irgendetwas noch nicht erkannt, oder es lag noch ein Schatten von ihrem letzten Leben auf ihr."

„Ich glaube kaum, dass man kleinen Kindern schon eine tiefere Lebenserkenntnis abverlangen kann. Außerdem halte ich nichts von Strafe, dass zum Beispiel jemand aufgrund der Taten aus dem letzten Leben etwas sühnen muss. Das arme Kind. Kinder sind noch so unschuldig! Wenn man denen schon so ein heftiges vergangenes Leben zumutet. Nein. Das ist ganz und gar unmenschlich!"

„Vielleicht wartet ja auch noch ein viel besseres Leben auf die kleine Lisa."

„Mit diesem Gedanken wird ja ihr jetziges Leben, das sie hatte, ganz und gar entwertet. Dort können Sie mich am besten herauslassen. Und das mit dem unpersönlichen Passiv, das erkläre ich Ihnen später."

„Mit welchem Passiv?"

„Ja, das anstelle von diesem ‚man' steht."

„Habe ich Sie jetzt verärgert?“

„Nein, ich bin nur etwas erschöpft.“

Bruder Franziskus

„Das stimmt ganz und gar mit dem Tabus von Selbstmorden“, hört Kommissar Backhaus Claßen zu der Sekretärin Musmann sagen und wendet seinen Schritt in die andere Ecke des Raumes, um die Damen in ihrer Unterhaltung nicht zu stören. „Ich bin einmal mit Anfang zwanzig in einer Therapiegruppe gewesen, und wer da so alles erzählt hat, dass es einen Selbstmord oder Selbstmordversuch in der Familie gegeben hat, das ist wirklich erstaunlich“, spricht die Kommissarin weiter.

„Ich könnte Ihnen dazu auch Sachen erzählen, die mir die meisten Menschen nicht glauben. Vor allem von einer Freundin, deren Vater in der hohen Politik war. Wer da nicht alles lebensmüde gewesen ist“, bestätigt Frau Musmann. „Und von einer anderen Freundin war der Vater etwas Besonderes in der Kirche. Was meinen Sie ... Da nützt der Glaube manchmal nichts, wenn man so hinter die Kulissen schaut.“

„Ja, da müssen wir noch ein anderes Mal weiter darüber reden. Ich muss jetzt erst einmal wieder an die Arbeit. Am Mittwoch habe ich Besuch von Schwester Theresa von den Benediktinerinnen.“

„Sie haben Schwester Theresa auf das Kommissariat für das Protokoll bestellt? Ich dachte, dass Sie selbst zu den Nonnen fahren wollten“, richtet Kommissar Backhaus neugierig an Claßen die Frage und rechtfertigt sich mit entschuldigenden Blicken für die Unterbrechung.

„Ja. Ich habe meinen Plan geändert. Ist das so ungewöhnlich?“ fragt die Kommissarin kess zurück, während sie die Tür zu ihrem Büro öffnet und den Kommissar mit einer Handbewegung hineinbittet.

„Eine Nonne hatte ich noch nie in meinem Büro zu einem Verhör“, hört die Sekretärin den Kommissar noch sagen, und dann schließt sich die braune Tür des Büros.

„Das ist auch kein Verhör. Es geht nur um Informationen bezüglich des Falls Inge Sassen. Da ist es schon wichtig, dass wir ein Protokoll haben“, erklärt Claßen mit lauter Stimme dem Kommissar und setzt sich an ihren Schreibtisch.

„Vielleicht wird es noch ein Verhör.“

„Wie meinen Sie denn das, Herr Kollege?“

„Ich habe interessante Neuigkeiten.“

„Haben Sie in Ihrem Herrenkloster den Mörder unter den Mönchen gefunden?“

„Nein, aber einen Toten, genauer gesagt: einen ungeklärten Mord. Und hier habe ich die Akte dazu.“

„Da bin ich jetzt aber wirklich gespannt.“

„Im Jahre 1959 fand man in der Nähe der beiden Klöster die Leiche eines Benediktinermönches, Bruder Franziskus. Im Protokoll steht, dass dieser Mann mit einem spitzen Gegenstand von hinten erstochen wurde. Die Tatwaffe hat man damals nicht finden können. Eben zwei Meter von der Leiche entfernt soll ein Kothaufen gelegen haben. Menschliche Exkrete, die eine Person etwa genau zur Tatzeit hinterlassen haben muss. Der Mörder hatte wohl schwache Nerven. Diesen Kot hat man einfroren. Sehr weise. Man hoffte, dass man später noch einmal bessere Techniken zur Überführung eines Mörders haben werde. Der Mord konnte bisher nicht aufgeklärt werden. Kurz danach haben wir den Selbstmord von Inge Sassen. Ob es da Zusammenhänge gibt? Zumal die Mordwaffe und die Art des Tötens ähnlich gewesen sind. Vielleicht wusste Inge Sassen mehr über diesen Mord.“

„Das sind ja unglaublich viele Neuigkeiten auf einmal. Respekt, Herr Kollege. Saubere Arbeit. Das wirft ein ganz neues Licht auf unsere Untersuchungen. Jetzt muss ich erst einmal umdenken.“

„Vielleicht war dieser Mönch Inge Sassens Geliebter, den sie in ihrem Abschiedsbrief als jemanden bezeichnet, der gar nicht in Zügen fährt, oder so ...? Vielleicht hat er ihr auch diese Sache mit der Heirat mit dem Papst gesagt?“

„Schrieb sie nicht, dass er gar nicht auf diesem Gleis fährt, oder wie war noch der Wortlaut?“

„Ich muss den Brief noch einmal genau lesen. Gut ist jedenfalls, dass morgen Schwester Theresa zu uns kommt. Heute Nachmittag besuche ich die Benediktiner.“

„Und ich lese mir noch einmal die Akte über den toten Bruder Franziskus durch“, entgegnet die Kommissarin, ergreift die Unterlagen und überfliegt das Skript. „Aha. Ein Franz Bauer, der sich Bruder Franziskus nannte und am 7. Juli 1928 in Bern geboren ist. Das kommt vom Alter ja hin. Er könnte ein heimlicher Geliebter von Inge Sassen gewesen sein.“

„Ja, durchaus. Da sollte unsere neue Sekretärin, Frau Grunau, uns die Akte kopieren, damit wir uns beide noch einmal mit diesem Fall befassen."

„Ich habe sie heute noch gar nicht gesehen. – Moment mal", unterbricht die Kommissarin sich selbst in ihrer Rede, verlässt hastig ihren Platz, öffnet die Tür und ruft durch den Raum: „Frau Musmann, ist Frau Grunau heute eigentlich da?"

„Unsere neue Sekretärin fehlt heute, nachdem sie eine Woche gearbeitet hat", dringt die nörgelnde Stimme von Frau Musmann aus dem Hintergrund herüber. „Die junge Dame sollte kommen, damit ich auf Teilzeit gehen kann. Heute muss ich schon wieder voll arbeiten und den Rest der Woche auch. Die junge Dame hat sicherlich am Wochenende zu viel gearbeitet."

„Wenn der Mensch krank ist, ist er krank. Außerdem ist Frau Grunau ja wirklich noch sehr jung", beginnt Claßen Partei zu ergreifen. „Wie bin ich in diesem Alter gewesen! Da war man doch nicht Fisch und nicht Fleisch. Heute fühle ich mich einfach kraftvoller, habe mehr Energie und bin klarer."

„Na, ob Sie auch noch so klar wären, wenn Sie die ganze Arbeit für Frau Grunau erledigen dürften?"

„Ich kann Sie ja verstehen, Frau Musmann. Ich brauche die Kopie dieser Akte auch nicht so dringend", lenkt die Kommissarin ein und denkt still für sich: Na, diese Tantraseminare sind auch wirklich nicht gesund. Eine gute Medizin hinterlässt keine starken Nebenwirkungen. Nach diesem Gedanken gibt sich die Kommissarin einen inneren Ruck und konzentriert sich wieder auf die Arbeit. „Herr Backhaus, das ist ja ganz grandios, was Sie herausgefunden haben. Endlich kommen wir ein Stückchen weiter. Können Sie mich heute Nachmittag eigentlich zum Benediktinerkloster mitnehmen?"

„Ja, gerne. Wollen Sie mich bei dieser Inquisition begleiten, oder haben Sie plötzlich religiöse Anwandlungen?"

„Weder noch. Ein ganz simpler Grund ist es. Mein Auto steht bei dem Kloster der Benediktinerinnen und ist ohne Benzin. Bis heute Nachmittag habe ich aber einen kleinen Kanister mit Benzin dabei. Wann fahren Sie?"

„Ich überlege gerade. Eigentlich ist es ja meine Art, vorher die Herren Brüder anzurufen. Aber jetzt denke ich, dass eine Überraschung und ein gewisses Überrollen gar nicht schlecht wäre. Dann können die Brüder sich vielleicht nicht etwas zurechtlegen oder sich so präparieren, wie es Ingo Sassen getan hat.“

„Gute Idee. Und wann starten Sie zu Ihrem Überraschungsbesuch?“

„Wie wäre es gegen 14.30 Uhr?“

„Ist mir recht. Soll ich unten auf dem Parkplatz warten?“

„Ja, das ist auch eine gute Idee. Haben Sie eigentlich morgen Mittag schon etwas vor?“

„Morgen Mittag? Nein. Wieso?“

„Haben Sie Lust, mit mir essen zu gehen? Dann kann ich Ihnen gleich von meinen Nachforschungen im Benediktinerkloster berichten.“

„Gute Idee! Mein Magen freut sich schon, weil er dann wieder einmal etwas Gutes zu essen bekommt. Wo gehen wir hin?“

„Das können wir ja noch während der Autofahrt besprechen.“

Beim Italiener

„In diesem schönen Restaurant bin ich noch nie gewesen, aber ich bin immer einmal dran vorbeigegangen und wollte auch immer einmal hier essen, aber Sie sehen ja ...“, beginnt die Kommissarin zögernd und verlegen die Konversation, nachdem beide in einer kleinen Nische des Restaurants Platz genommen haben. Ein schmeichelndes Kerzenlicht schenkt den Gesichtern der beiden Kommissare eine mildere Ausstrahlung und glättet Falten, die sonst bei direktem Tageslicht einen gewissen Ernst widerspiegeln.

„Na, dann bin ich ja zufrieden, dass es Ihnen gefällt. Das glaube ich jedenfalls aus Ihrer Bemerkung herausgehört zu haben, oder?“

„Ja, völlig richtig. Und Sie sind öfter hier in diesem Restaurant während Ihrer Arbeitszeit?“

„Ja, doch und häufig mit Freunden.“

„Sagen Sie, wo wir uns doch gerade mit religiösen Dingen beschäftigen – haben Sie auch den Eindruck, dass es sich bei dieser Tantragruppe mit Dagmar Sassen, Annemarie Strombach und Norbert Kuhls um eine sektenähnliche Gruppe handelt?“

„Wie kommen Sie darauf?“

„Ja, weil die ihren Mitgliedern das Gefühl geben wollen, dass sie sich während eines Seminars in einer Familie befinden. ‚Wir sind doch eine große Familie‘, soll Norbert Kuhls gesagt haben.“

„Ja, und so etwas spricht natürlich labile Menschen an, die aus zerrütteten Familienverhältnissen kommen.“

„Sie sagen es! Dabei handelt es sich bei solchen Seminaren doch um bezahlte Beziehungen. Freunde sind doch wirklich etwas anderes. Die kann man nicht bezahlen. Und es ist die große Frage, was passiert, wenn der Mensch krank ist. Kommen dann die Seminarmitglieder auch ins Krankenhaus und umsorgen uns wie liebe Familienmitglieder?“

„Wahrscheinlich nicht. Das verschmutzt ja auch die Aura der Seminarleiter. Stellen Sie sich vor, als ich bei Dagmar Sassen in die Meditation hineingeplatzt bin, obwohl die Tür offen war, da bin ich doch in ihre heilige Aura gelatscht. Das hat sie mir jedenfalls vorgeworfen. *Sie sind in meine heilige Aura gelatscht ...*“

„Das kann ich mir gut vorstellen.“

„Ich habe einmal in einer WG gewohnt, in der auch ein Mann in einer esoterischen Gruppe war. Das war kompliziert. Seinen Becher durfte ich nicht anfassen und abwaschen, weil ja meine Energie dann an seinem Becher war.“

„Ist ja unglaublich.“

„Jener junge Mann sprach aber immer so viel, dass meine Ohren ständig mit seiner Energie voll waren. Außerdem stank die Milch, die in seinem unabgewaschenen Becher dahingammelte, und füllte unsere Küche auch mit seiner Energie.“

„Typisch!“

„Und immer, wenn ich einmal mit ihm reden wollte, dann hatte er eine geschickte Technik drauf. Immer wenn ich etwas sagte, was ihm nicht gefiel, dann sprach er gelassen die Worte: Was hat das mit dir zu tun? Schau doch mal, was das eigentlich mit dir macht. Das ist dein Ding!“

„Ist ja unglaublich.“

„Ja, er als Obersupervisor wusste natürlich mit scharfem Blick, was mit mir und was mit ihm zu tun hatte.“

„In unseren Gesprächen sind wir immer subjektiv. Da kann nur ein Außenstehender sagen, was da der seelische Anteil oder das persönliche Problem von jedem einzelnen ist. Jeder, der in eine Auseinandersetzung verstrickt ist, kann sich nicht anmaßen zu sagen: Das hat jetzt etwas mit dir zu tun. Da gebe ich die Verantwortung, die ich in einer Beziehung habe, ab.“

„Völlig richtig. Diese abwehrenden Formulierungen heißen eigentlich nur: Ich will damit nichts zu tun haben, und deshalb sagen solche Menschen: Das ist dein Ding!“

„Ja, das sehe ich auch so."

„Aber das gehört ja auch zu einer Sektenstruktur, dass man den Teilnehmern das Gefühl gibt: Ihr seid etwas Besseres. Ihr seid zu gut für diese Welt. Ihr müsst euch abschirmen. Die Welt ist schlecht!"

„Genau das macht ja sehr unsozial!"

„Ja, und das Typische war, er hielt sich immer für einen Auserwählten. Harald hieß er übrigens. Der fühlte sich immer sehr schlecht, wenn er in die Stadt ging, und da hat ihm doch einmal so ein Seminarleiter, der sich mit Atlantis beschäftigte, gesagt, dass das ganz normal sei, denn in der Stadt werde er ja mit so viel negativer Energie von Menschen konfrontiert, dass er sich gut schützen müsse."

„Ja, das Negative ist immer außen. Dieser Harald hat offenbar nichts Negatives in sich, dabei merkt er gar nicht, dass er projiziert."

„Ganz und gar. So etwas darf ein Therapeut auch nicht sagen. Das ist doch ein Kardinalfehler. Dass er da nicht auf die Projektion hinweist. Außerdem bringt ein Therapeut jemanden durch diesen Ratschlag in die Isolation, und die eigentlichen Probleme im Inneren werden nicht angegangen."

„Was sagte Hermann Hesse noch: Es ist nicht eine Schwingung, die du im anderen entdeckst, nicht in dir selbst enthalten."

„Also alles ist in uns selbst, was wir im Außen spüren."

„Natürlich."

„Diese esoterischen Gruppen mit sektenähnlicher Struktur haben natürlich einen großen Zulauf, weil es in unserer Gesellschaft kriselt. Die Solidarität schwindet, Beziehungen brechen einfach ab, alles ändert sich sehr schnell. Da brauchen die Menschen irgendwie einen Halt. Ein Freund von mir verbringt den größten Teil seiner Freizeit in Seminaren. Da ist man natürlich irgendwie aufgehoben. Vielleicht sind die Menschen früher aus diesen Gründen ins Kloster gegangen."

„Ja, durchaus möglich. Was haben Sie denn nun im Benediktinerkloster herausgefunden?"

„Ach, das ist so vielfältig. Zuerst erschienen mir die Mönche unglaublich nett und entgegenkommend zu sein, so dass ich mich für meinen unangekündigten Besuch schon schuldig zu fühlen begann. Dann aber, nachdem ich einige Stunden über diesen Besuch nachgedacht hatte, kam mir doch vieles sehr widersprüchlich vor."

„So, Sie denken mehrere Stunden über unseren Fall nach. Bei diesem Eifer bekomme ich ja ein schlechtes Gewissen."

„Nein, ich habe mich nicht an den Schreibtisch gesetzt und stramm und diszipliniert über das Gespräch mit den Mönchen nachgedacht. Ich habe mich einfach meiner täglichen Arbeit im Alltag gewidmet wie zum Beispiel Abwaschen und Bügeln. Und dabei kamen die Gedanken mehr aus dem Unterbewusstsein."

„Und was ist Ihnen da aufgefallen?"

„Zuerst waren Bruder Jonas, Bruder Markus und Bruder Clemens sehr erfreut über meinen Besuch und bekundeten ihr Interesse an meinen Fragen. Sie hätten oft schon an den toten Franziskus gedacht und sich gewünscht, dass irgendwann ein Kommissar kommen würde, um diesen ungeklärten Fall wieder aufzurollen. Sie meinten, dass Gott mir die Ausdauer schenken möge, endlich den Mörder ihres toten Bruders zu finden. Als ich aber die Sprache auf Inge Sassen brachte, da fiel mir im Nachhinein auf, dass sich etwas in ihren Gesichtern verändert hatte. Sie gaben sich zwar jede erdenkliche Mühe, die Masken aufrechtzuerhalten, aber rein intuitiv dachte ich dann später, dass da etwas nicht stimmen konnte, ein Verdacht, der sich dann auch durch weitere Überlegungen erhärtete."

„Ich finde das richtig gut, dass Sie Ihrer Intuition so vertrauen und das offen zugeben. Ich bin dafür früher oft ausgelacht worden. Aber was war es, was die Vermutung erhärtete, dass irgendetwas an der Freundlichkeit und dem großen Interesse faul war?"

„Die Mönche behaupteten, dass sie nie bei den kulturellen Veranstaltungen im Kloster der Benediktinerinnen gewesen sind und auch nie Inge Sassen kennengelernt haben. Gerade beim Abwaschen dachte ich, dass das doch unwahrscheinlich ist. Angeblich interessiert es die Mönche auch heute noch nicht, was die Nonnen an kulturellen Dingen in ihrem Kloster anbieten. Angeblich geht auch heute noch keiner von den Brüdern dort hin. Ich habe an einer kirchlichen Schule mein Abitur gemacht, und zu den Theateraufführungen kamen immer die Schwestern unserer eigenen Schule und auch die Nonnen von einer Nachbarschule. Geistliche suchen den Kontakt untereinander. Das habe ich im Schulleben einer katholische Schule erlebt."

„Ja, das klingt sehr logisch. Hmm. Wie kriegt man nun die Brüder rum? Am Mittwoch kommt doch Schwester Theresa auf unser Polizeirevier. Da kann ich mich doch einfach einmal einer Lüge bedienen und ihr sagen: Bruder Clemens und andere Mönche hätten so sehr die kulturellen Veranstaltungen der Benediktinerinnen gelobt und seien gerne zu den Leseabenden gekommen."

„Das ist natürlich hoch gepokert, aber warum nicht."

„Wenn Schwester Theresa darauf eingeht, dann haben wir sie in der Falle."

„Lassen Sie mich noch vor der zweiten Teamsitzung wissen, ob Ihr Plan Erfolg gehabt hat. Das wäre für meine weiteren Spekulationen wichtig."

„Welche Theorie haben Sie?"

„Sie ist noch nicht ausgereift, und es fehlen noch einige Bausteine. Deshalb schweige ich noch."

„Ach so. Geheimsache?"

„Ich will keine Verwirrung anrichten. Wenn die Gedanken erst einmal auf einen bestimmten Verdacht gelenkt sind, dann ist man nicht mehr offen für neue Theorien."

„Richtig, das haben Sie uns im Studium auch immer gesagt."

„Sie haben ja gut aufgepasst."

„Nicht immer. Manchmal war ich auch mit den Gedanken ganz woanders."

„Das kann ich mir bei Ihnen gar nicht ..."

„Möchten Sie noch etwas Brot und Kräuterbutter als Vorspeise?" unterbricht ein Kellner die Unterredung.

„Ja, bitte. Das kann mein Magen schon verkraften", nimmt die Kommissarin das Angebot an und fährt fort: „Essen Sie eigentlich öfter hier, oder kochen Sie selbst etwas für sich?"

„Das haben Sie mich schon einmal gefragt. Allerdings erweitern Sie jetzt auch Ihre Frage. Also, ich esse hier manchmal mit Freunden, und ich koche auch gerne, aber nicht alleine, wenn dann mit einem Freund."

„Entschuldigen Sie meine Unkonzentriertheit. Der Tag war lang. Aber zurück zu unseren Theorien um den Mord an Lisa Behme. Sie haben sicherlich eine sehr interessante Theorie. Wenn Schwester Theresa angebissen hat, dann lasse ich Sie das ganz sicher noch vor der nächsten Teamsitzung wissen."

„Der Fall scheint Sie irgendwie persönlich doch ganz schön zu berühren, ist mein Eindruck."

„Das wundert mich bei Ihnen wirklich, dass Sie als Mann immer Ihre Intuition fragen."

„Der siebte Sinn ist nicht abhängig vom Geschlecht."

„Nein. Wirklich nicht, und Sie haben ja auch recht mit Ihrer Intuition. Es gibt so manche Fälle, die haben sehr viele Berührungspunkte zu meinem eigenen Leben, dass es mir schwerfällt, den Überblick zu behalten. Und das haben Sie bei diesem Fall wirklich gut durchschaut."

„Wieso?"

„Ja, Sie hatten mit dem Tantra schon einen richtigen Riecher. Ich bin mit Anfang zwanzig mit einem Mann zusammen gewesen, dessen Mutter sich umgebracht hatte, als er fünf Jahre alt war. Damals habe ich seinem persönlichen Schicksal kaum Bedeutung beigemessen. Da waren andere Dinge wichtiger. Heute aber weiß ich, wie prägend der Selbstmord auch für unsere Beziehung gewesen ist. Er war irgendwie unnahbar. Das hat damals auch viele Verletzungen hervorgerufen. Heute würde ich ihn besser verstehen. Und dann ist er auch noch auf die Idee gekommen, sich zum Tantralehrer ausbilden zu lassen. Er hat dann ein richtig gut funktionierenden Institut gegründet."

„Und das hat Ihnen nicht so zugesagt?"

„Nein. Er ging auch in eine andere Stadt im Süden Deutschlands und entfaltete dort sein neues Berufsfeld. Alles war locker und unverbindlich. Und dann dieses Esoterische. Das hat mir überhaupt nicht zugesagt. Da kam es zur Trennung."

„Na ja. Da hatten Sie sich ja eine interessante Person ausgesucht."

„Ja, weil auch mein Leben mit seinem eng verknüpft gewesen ist. Ich bin nach der Trennung nach Zürich gegangen und habe dort zwei Semester Psychologie studiert. Das war damals sehr wichtig für mich. Und ich muss immer daran denken, dass meine Mutter sehr oft sagte, dass sie nicht lange leben und sicherlich bald an einer Krankheit sterben würde."

„Und ist sie auch früh gestorben?"

„Nein. Sie lebt heute noch und ist schon 72. Aber als Kind hatte ich immer das Gefühl, dass sie schon mit einem Bein im Grab steht und dass ich sie jeder Zeit verlieren kann. Ich glaube, dass sie nicht so viel Lebenslust hatte und aus ihrem Leben rauswollte. Es hielten sie wahrscheinlich gesellschaftliche Normen. Aber lebensmüde schien sie mir zu sein. Ach, was rede ich Sie eigentlich jetzt voll. Das hat mit unserem Fall von Lisa Behme ja auch herzlich wenig zu tun."

„Na ja. Wenn wir als Kommissare eine persönliche Verbindung zu den Fällen haben, dann entsteht oft die beste Kraft. Es gibt Mordfälle, deren Lösung mich selbst völlig verändert hat. Diese Fälle machen etwas mit uns, und dadurch erhalten wir eine besondere Energie, um diese Morde zu lösen. Oft ziehen wir solche Fälle, die uns irgendwie tiefer berühren, magisch an.“

„Ich hoffe das für diesen Fall auch. In welcher Hinsicht sind Sie eigentlich in diesen Fall persönlich involviert?“

„Das muss ich Ihnen ein anderes Mal erzählen. Ich habe da einfach noch nicht den Überblick.“

„Das ist ja ganz neu, dass Sie einmal nicht den Überblick haben.“

„Mona hat aber immer den Überblick“, antwortet Kommissar Backhaus im scherzenden Ton.

„Wer ist Mona?“ fragt die Kommissarin überrascht zurück, und ihre Stimme kann ein gewisses Unbehagen nicht verbergen.

„Mona ist meine Maus“, spricht der Kommissar im ruhigen Ton weiter und zeigt dabei auf den Kragen seines Blazers, an welchem eine goldene Maus in Form einer Brosche befestigt ist. „Gestatten, ich bin Mona“, witzelt er weiter.

„Ja, also Sie sind ja wirklich ungewöhnlich. Diese Maus ist mir schon aufgefallen. Ich habe solche Broschen bisher nur bei Frauen gefunden.“

„Dann müssen Sie eben Ihr Rollenbild ein wenig erweitern.“

„Das ist für mich überhaupt kein Problem! Hat Ihnen diese Brosche jemand geschenkt?“

„Ja. Ein sehr wichtiger Mensch, der leider nicht mehr lebt.“

„Oh, das tut mir leid“, spricht die Kommissarin leise und verlegen weiter und wagt in diesem Augenblick keine weiteren Fragen zu stellen.

Das haben Sie doch sicherlich in Ihrer Ausbildung gelernt

„Herr Kollege, die Schwester Theresa hat angebissen und mir erzählt, wie gut der Kontakt zum Benediktinerkloster ist und dass die Herren Mönche regelmäßig zu den kulturellen Veranstaltungen gekommen sind und auch Inge Sassen kennengelernt haben“, flüstert die Kommissarin dem Kommissar zu, der zufrieden in sich hineinlächelt. „Reicht Ihnen das für Ihre Spekulation?“

„Auf jeden Fall. Danke für die Mitarbeit!“

„Gibt es noch etwas, das Sie, Frau Claußen und Herr Backhaus, dringend einbringen müssen?“ kommt von Hauptkommissarin Mahlmann die Frage mit tadelndem Blick.

„Nein. Wir hatten nur noch etwas vorher zu besprechen“, rechtfertigt sich Claßen.

„Gut, dann sollten Sie Ihre privaten Unterhaltungen jetzt einstellten!“ übernimmt die Hauptkommissarin wieder die Leitung und fährt fort: „Schließlich sind wir ja bei dem Fall Lisa Behme. Hier sind die aktuellen Beziehungen zu dem Mädchen wichtig.“ Die Hauptkommissarin schaltet ungeduldig einen Beamer an. „Wir haben interessante Beobachtungen und Entdeckungen gemacht. Hier Auszüge aus den Kameraüberwachungen. Am 28. August ist der Schwager von Inge Sassen im Garten der Luisenstraße 24 zu sehen. Sehen Sie: Er schaut nach links und rechts und prüft, ob ihn jemand beobachtet, dann betritt er schnell den Garten und sieht sich am Tatort um. Offenbar findet er nicht das, was er gesucht hat, und verlässt den Garten wieder. Was Thorsten Sassen hier hat finden wollen, bleibt als Frage offen.“

„Besonders überraschend ist für mich das Bild von Thorsten Sassen. Ich habe ihn nur als einen im Rollstuhl sitzenden Mann kennengelernt, der völlig geschwächt ist. Die Vitalität dieses Mann überrascht mich“, bemerkt Kommissar Backhaus.

„Ja, und vor allem besteht die Frage: Warum kommt er extra aus Düsseldorf hierher in die Luisenstraße 24? Dieser weite Weg. Da muss ihn doch etwas sehr bewegt haben“, bestätigt die Hauptkommissarin den Gedanken des Kommissars und setzt ihre Rede fort: „Interessanter ist aber noch die Szene mit Herrn Behme, dem Vater der ermordeten Lisa. Ganz ähnlich wie Thorsten Sassen schaut er sich um, ob ihn jemand beobachtet. Dann schreitet er zum Tatort und verliert dort die Fassung. Er verliert auch das Gleichgewicht. Nach einer gewissen Zeit – sehen Sie hier im Zeitraffer – zückt er einen kleinen Schreibblock und macht sich Notizen. Gedichte wird er in dieser Situation wohl nicht entworfen haben. Seltsam, das Verhalten.

Das waren erst einmal die beiden wichtigsten Beobachtungen zu der Videoüberwachung. Wir haben unsere Theorien dazu entwickelt, aber zuvor bitte ich um Ihre spontanen Assoziationen. Wenn ich erst einmal meine Theorien nenne, dann ist vielleicht das Beste an Ideen weg.“

„Das sehe ich auch so, Hauptkommissarin Mahlmann, das ist wirklich eine gute Idee!“ äußert Claßen deutlich ihre Zustimmung.

„Ja, das Verhalten von Herrn Behme ist schon auffällig. An die Aufzeichnungen, die er sich gemacht hat, kommen wir sicherlich nicht heran. Gibt es Beweise oder Möglichkeiten, ihn zu überführen, die von der Spurensicherung kommen könnten?“ kommentiert Dr. Uhlig als Erste die Ergebnisse.

„Es liegt nichts von der Spurensicherung gegen Herrn Behme vor. Keine Beweise, kein Haar, kein Fußabdruck“, äußert Kaeser ihr Bedauern, dem sich Kommissar Backhaus anschließt. „Genauso geht es mir mit einem Mann aus Inge Sassens Nachbarschaft, dem Herrn Stolle. Nun habe ich schon aus seinem Badezimmer ein Haar aus seinem Kamm geraubt, aber es gibt keine Übereinstimmung mit den gefundenen Haaren. Die drei Haare bleiben ein Rätsel.“

„Vielleicht sind es ja die drei goldenen Haare vom Teufel?“ witzelt Hauptkommissarin Mahlmann und löst ein allgemeines Gelächter aus.

„Vielleicht finden wir ja den Teufel dort, wo man ihn gar nicht vermutet“, lenkt Backhaus das Gespräch weiter. „Wir sollten auf jeden Fall eine Speichelprobe von Herrn Behme einfordern und überprüfen, ob diese Speichelprobe in irgendeiner Form mit Hautpartikeln übereinstimmt, die an der Mordwaffe zu finden sind.“

„Das sollten wir auf jeden Fall tun. Am besten, wir nehmen auch gleich von Thorsten Sassen den Speichel – und wenn möglich auch von diesem Herrn Stolle!“ hakt Dr. Uhlig nach.

„Wir haben uns ja vorgenommen, dass wir sowohl in Lisa Behmes sozialer Umgebung nach dem Mörder suchen als auch den Mord mit Inge Sassens Tod verknüpfen“, versucht Kommissar Backhaus das Gespräch in eine andere Richtung zu lenken.

„Moment, Herr Backhaus. Im letzten Drittel unserer Sitzung erhalten Sie noch einmal Gelegenheit, Ihre Phantasien zu dem Mord zu entwickeln. Jetzt müssen wir uns erst einmal auf die Fakten beschränken!“ kommt der Gegenwind von Hauptkommissarin Mahlmann. „Wer ist noch verdächtig, und von wem sollten wir außerdem eine Speichelprobe einfordern? Nun, nur Schweigen in der Runde? Auf jeden Fall ist die Geliebte von Herrn Behme, die Frau ... äh ... ist ja egal, wie sie heißt. Wenn Herr Behme verdächtig ist, dann ist auch sie verdächtig. Das haben Sie doch sicherlich in Ihrer Ausbildung gelernt, oder? Die Geliebten machen sich doch immer verdächtig. Und die Geliebte von Herrn Behme ist schon deshalb verdächtig, weil wir Lippenstiftreste an der Tatwaffe gefunden haben. Das macht besonders alle Frauen, die wir vernehmen, verdächtig. Solange der Lippenstiftrest noch nicht identifiziert ist, sind alle Frauen verdächtig! Auch haben wir noch nicht die Hautpartikel identifiziert, die Lisa unter ihren Fingernägeln hatte. Und die Lippenstiftreste weisen auch die Speichelreste eines Mannes auf. Eine Frau hat also Lippenstift aufgetragen und dann einen Mann geküsst. Daher haben wir in diesen winzigen Lippenstiftresten den Speichel von zwei Geschlechtern. Na, und da kommen Herr Behme und seine Geliebte doch ideal als Verdächtige ins Visier. Umgekehrt wird es wohl nicht der Fall sein. Welcher Mann trägt schon Lippenstift – und küsst dann noch eine Frau? Außer natürlich zur Karnevalszeit.

Außerdem sind noch Speichelproben von Ingo Sassen zu entnehmen, weil er den Verdacht gezielt auf jemand anderen lenken wollte. Wenn jetzt keiner mehr zu dem Umfeld von Lisa Behme Gedanken äußern will, dann sollten wir auf Inge Sassens Beziehungsgeflecht unsere Aufmerksamkeit lenken!"

„Ich habe ja schon allen von Ihnen den ungeklärten Mord von Bruder Franziskus vorgestellt und habe dann meine Nachforschungen in das Benediktinerkloster verlagert", übernimmt Kommissarin Claßen das Gespräch. „Da haben wir haben einen Widerspruch aufgedeckt. Die Benediktinermönche behaupten, Inge Sassen nicht gekannt zu haben und nie bei den kulturellen Veranstaltungen im Kloster der Benediktinerinnen gewesen zu sein, an denen Inge Sassen auch teilnahm. Eben dieses wurde von den Benediktinerinnen widerlegt."

„So, so. Da sind sich die Geistlichen einmal uneins", witzelt Hauptkommissarin Mahlmann. „Da ergibt sich für mich eine interessante Theorie. Inge Sassen schreibt in ihrem Abschiedsbrief, dass die Person, die sie liebt, gar nicht in Zügen und nicht auf demselben Gleis fährt. Passt diese Beschreibung nicht auf einen Geistlichen, der nicht heiraten darf?"

„Durchaus!" äußert Frau Zymbel ihre Zustimmung.

„Und nehmen wir einmal an, dass Inge Sassen ein heimliches Verhältnis zu Bruder Franziskus hatte und dass Thorsten Sassen von dieser Affäre wusste. Nach dem Tod von Inge Sassen hat er die Benediktinermönche mit diesem Wissen erpresst, und die Brüder haben ihm für sein Schweigen eine kirchliche Wohnung angeboten, in der er mietfrei wohnen konnte."

„Nicht schlecht. Und wer kommt denn dann als Mörder in Frage?"

„Vielleicht jemand aus dem klösterlichen Bereich?" lenkt Kommissar Backhaus den Verdacht weiter. „Ich weiß bloß noch nicht, wer in den näheren Verdacht gerät."

„Wir sollten unsere Fühler auf die beiden Klöster ausrichten", treibt Claßen die Untersuchung voran und erhält allgemeine Zustimmung.

„Ja. Die alten Verdächtigen bleiben natürlich weiterhin bestehen. Vor allem ist da Thorsten Sassen, dessen Alibi wir wirklich einmal genauer überprüfen sollten, denn die Pfleger, die ihn im Altenheim betreut haben, schienen mir doch sehr gekauft zu sein. Außerdem sollten wir den Vater der Ermordeten, Herrn Behme, beobachten lassen. Drittens stehen alle Geistlichen und sonstigen Angestellten des Benediktinerinnen- und des Benediktinerordens unter unserer besonderen Obhut", fasst Kommissar Backhaus die Ergebnisse zusammen.

Ein kleiner Umweg

„Frau Grunau ist schon wieder krank! Das ist jetzt schon das zweite Mal innerhalb von drei Wochen", begrüßt Musmann die Kommissarin mit kritischem Blick.

„Ich werde einmal mit ihr reden. Vielleicht klärt sich das ja auf. Manchmal ist man eben weniger und dann eben häufiger krank."

„Na, mit dem weniger, das glaube ich aber bei Frau Grunau nicht. Die wird eher noch häufiger krank werden, und die ganze Arbeit liegt dann wieder bei mir!"

„Manchmal bedarf es der Eingewöhnungsphase. Wir sollten Frau Grunau nicht gleich in eine Schublade stecken und ihr noch eine Chance geben."

„Ich habe immer eine gute Menschenkenntnis, und ich denke ..."

„Frau Musmann, ich habe schon die ganze Zeit versucht, bei Schwester Theresa anzurufen. Immer ist bei den Benediktinerinnen besetzt. Ich muss jetzt noch einmal dringend in die Stadt. Wären Sie so nett und würden es noch einmal versuchen, bei Schwester Theresa durchzuklingen und ihr sagen, dass ich etwa 45 Minuten später komme?"

„Ja, selbstverständlich."

Mit einem kurzen Nicken verabschiedet sich die Kommissarin von Musmann und sitzt wenige Minuten später nervös in ihrem Dienstwagen. Sie trommelt hektisch auf dem Steuerrad herum und greift dann, bevor sie den Motor anlässt, nach ihrem Handy. Mit sorgenvollem Gesicht drückt sie die Wahlwiederholung und wirft dann das Telephon wütend auf den Beifahrersitz. „Gut, dann muss ich eben doch fahren. Wenn da auch immer besetzt ist! Heute haben alle die Telephonitis!" schnaubt sie laut vor sich hin und fährt in einem viel zu schnellen Tempo los.

„Mist, jetzt bin ich auch noch geblitzt worden! Für Kommissare sollte es ein Extra-Tempo geben!" flucht sie laut und jagt mit der gleichen Geschwindigkeit weiter, bis ihr Wagen schließlich vor der Arztpraxis der Gynäkologin Frau Dr. Hübner zum Stehen kommt. Mit gerötetem Gesicht hetzt sie das Treppenhaus des mehrstöckigen Hauses hinauf und hält im dritten Stock inne. Sie klingelt und betritt die Arztpraxis.

„Frau Claßen?" begrüßt die Sprechstundenhilfe sie freundlich. „Wir wollten Sie heute noch anrufen."

„Ja, ich habe es auch bei Ihnen versucht, aber ständig ist besetzt gewesen."

„Ja, was meinen Sie, wer alles bei uns anruft. Werbefirmen, Pharmakonzerne, Ärzte, alles. Unsere Arbeit besteht nur aus Telephonaten."

„Haben Sie schon das Ergebnis?"

„Ja, Sie brauchen sich keine Sorgen zu machen. Bei den Gewebeproben war alles gutartig. Sie haben ja morgen noch einen Termin bei Frau Dr. Hübner, oder? Dann wird sie Ihnen alles erklären."

„Ja. Gott sei Dank, dass alles gutartig ist! Ich danke Ihnen und muss auch schon gleich wieder los. Tschüss und einen schönen Tag wünsche ich Ihnen noch."

„Den wünsche ich Ihnen auch und vor allem nicht so viel Hektik und Stress!" hört Claßen die Stimme der Angestellten, die wie Musik in ihren Ohren klingt. Ein wirklich schöner Tag ist mir geschenkt worden, denkt sie und nimmt in entspannten Atemzügen das Leben neu in sich auf. Alles wirkt nun ungewöhnlich und verändert auf sie. Die ihr im Treppenhaus entgegenkommenden Männer und Frauen strahlen jetzt eine ganz besondere Lebendigkeit aus. Leicht wird ihr Schritt, und im Rücken spürt Claßen eine besondere Wärme und eine unsichtbare Kraft, die ihr Halt gibt. Wie wichtig doch Gesundheit ist. Alles andere wird doch nur wichtig gemacht! kommen ihr die Gedanken, während ihre Lippen in die Welt hinausstrahlen und ihre Augen selig alle Passanten auf der Straße mit wohlwollenden Blicken mustern. Plötzlich entdeckt sie unter den vielen Menschen Frau Grunau.

„Frau Grunau? Sie sind doch für heute krank gemeldet!"

„Ja, es geht mir auch nicht gut. Können Sie mich in Ihrem Wagen mitnehmen?"

„Ja, wenn Sie wollen. Steigen Sie ein! Das heißt, ich habe eigentlich noch einen Termin und muss in eine ganz andere Richtung. Aber na gut, dann komme ich eben noch später als angekündigt und fahre einen kleinen Umweg", lenkt die Kommissarin ein, die plötzlich durch den entlastenden Bericht von ihrer Ärztin von einer Großzügigkeit und Toleranz erfasst ist.

„Ach, das ist aber wirklich nett. Ich kann nämlich gar nicht richtig laufen.“

„Warum denn das?“

„Mein Fußgelenk und meine Hüfte. Der Knöchel ist geschwollen, und die Hüfte schmerzt. Wir haben doch bei den Massagen stets am Boden auf der Matte gearbeitet. Außerdem habe ich heftige Halsschmerzen. Na ja, alles Erstverschlimmerungen. Das gehört zum Reinigungsprozess dazu. Ich war ja auf dem Seminar. Aber gleichzeitig spüre ich, wie schon alles sehr gut heilt.“

„Ach, Ihrem Tantraseminar? Schon wieder?“

„Ja. Warum haben Sie eigentlich immer etwas gegen Tantra? Ich dachte, dass ...“

„Ich melde nur meine Zweifel an. Eine Therapie, bei der ständig die heftigsten Nebenwirkungen auftreten, macht mich skeptisch. Ich selbst habe so etwas in meiner Therapie nicht erlebt. Zwar war es in seelischer Hinsicht manchmal auch heftig, aber körperlich ging es mir insgesamt besser.“

„Die meisten lehnen Tantra ja ab, weil sie zu spießig sind.“

„Nein. Das käme mir nie in den Sinn. Ich kenne sogar eine Freundin, die Tantra macht.“

„Wie heißt sie denn, die Freundin? Vielleicht kenne ich sie ja.“

„Ich will ihren Namen lieber nicht nennen. Tantra ist eine so diskrete Sache.“

„Verstehe.“

„Aber diese Seminare scheinen Ihnen ja gar nicht gut zu tun, wenn Sie danach immer krank sind?“

„Oh, doch. Das ist eben diese Erstverschlimmerung, das sagt Norbert auch immer. Außerdem bin ich in dem letzten Seminar in Berührung mit meinem letzten Leben gekommen, und da kommt natürlich ganz schön viel hoch. Bei Norbert im Seminar hatten wir am Samstag eine Heilerin, die uns Lichtenergie gegeben hat. Da kann die Vergangenheit einfach durch Licht geheilt und weggefegt werden. Da braucht man dann keine komplizierten Therapien mehr.“

„Ach so.“

„Ich weiß jetzt, was Sie denken. Sie glauben, dass ich ganz schön verrückt bin und lieber meine Arbeit als Sekretärin machen sollte. Sicherlich redet man schon im Büro über mich.“

„Ja, unser jetziges Leben ist doch auch wichtig. Selbstverständlich ist es gerade zu Beginn einer neuen Beschäftigung von Bedeutung, dass man regelmäßig erscheint. Ich kenne auch andere Sekretärinnen, die lange und regelmäßige Fehlzeiten hatten, aber das war nicht gleich am Anfang.“

„Danke, Sie sind jedenfalls ehrlich. Frau Musmann tuschelt sicherlich hinter dem Rücken über mich. Ich werde mir in Zukunft Mühe geben. Aber jetzt kam im Seminar einfach so viel hoch.“

„Tun Ihnen diese Seminare denn wirklich gut, wenn immer so viel hochkommt? Außerdem kann man mit Licht doch nicht einfach heilen. Wenn das ginge, wäre das ja schön. Dann bräuchten wir viele Landeskrankenhäuser nicht mehr.“

„Sie versuchen mich zu manipulieren, aber das ist eben auch ehrlich von Ihnen. Sie meinen es ja gut mit mir. Aber das, was für uns selbst gut ist, ist nicht immer gut für den anderen.“

„Da stimme ich zu. Aber vielleicht können Sie auch später diese Seminare weitermachen, wenn Sie in Ihrer Arbeit etwas besser eingearbeitet sind, oder?“

„Ja, wenn ich nach ganz bestimmten Normen leben würde, dann würde ich auch so denken. Arbeiten, Geldverdienen, fleißig sein und einen guten Eindruck machen. Bloß nicht negativ auffallen. Die Seele will aber oft etwas ganz anderes. Das sagt uns Norbert auch immer. Und wenn wir unserer Seele Raum geben, dann finden wir auch die nötige Kraft für die Arbeit, um Geld zu verdienen und die Seminare zu bezahlen. Außerdem ist es wichtig, dass wir uns immer mehr trauen, Dinge zu tun, die wir sonst nicht machen.“

„Ach so. Ob das immer so gut ist, mutig zu sein? Manchmal ist Angst ja auch ein berechtigter Schutz!“

„Ich weiß, dass Sie nicht nach diesen Werten leben, aber Sie haben trotzdem ein gutes Herz.“

„Und mit Ihrem Fuß? Sollten Sie da nicht einmal zu Arzt gehen? Vielleicht ist es ein Bänderriss.“

„Nein. Das ist rein seelisch. Eine Wasseransammlung. Wir haben natürlich auch viel auf dem Boden gehockt und massiert. Aber das Wasser sammelt sich an, weil ich lernen muss, die Dinge loszulassen.“

„Ob das so stimmt? Bei einer Massageliege wäre das sicherlich nicht passiert.“

„Sicherlich auch. Ich muss nur lernen, in mein Fließen zu kommen.“

„Soll ich Sie direkt vor Ihrer Wohnung herauslassen?“

„Ja, gerne. Wollen Sie heute noch zu den Schwestern?“

„Ja. Eine kurze Routinebefragung.“

„Schwester Theresa hat mir früher Nachhilfeunterricht gegeben. Und das ganz ehrenamtlich. Sie kümmerte sich gerne um Kinder, die es nicht so leicht hatten. Sie ist auch in Ordnung, und sie steht auf Frauen.“

„Das ist das klassische Vorurteil gegenüber Nonnen. Ich wäre da vorsichtig mit meinem Urteil.“

„Das ist kein Urteil. Das ist einfach Intuition! Das merkt man doch, ob sich jemand für das gleiche Geschlecht interessiert. Das sind doch Schwingungen, die einfach so im Raum sind. Und Ihr Kollege, Herr Backhaus, der ist doch ganz sicher schwul.“

„Das glaube ich nicht. Herr Backhaus? Auf keinen Fall. Ich selbst würde das auf keinen Fall über jemanden so leicht sagen. Erst wenn mir jemand selbst so etwas offenbart, dann würde ich das auch so denken, aber vorher nicht. So, wir sind da. Ich lasse Sie jetzt hier raus. Wann kommen Sie denn wieder ins Büro? Morgen?“

Mit einer leichten Drehbewegung öffnet Grunau die Autotür, schwingt dann mit ihrem Oberkörper noch einmal so zurück, dass ihr Gesicht nur wenige Zentimeter von Claßens Kopf entfernt ist. Die Kommissarin ist durch diese plötzliche Nähe innerlich erstarrt und schaut nervös in das ihr fremde Augenpaar. Sie möchte handeln und etwas zu ihrer Abgrenzung sagen, doch die Gedanken treten in ihrem Inneren auf der Stelle. Wie eine Hypnotisierte klebt sie an dem Blick ihres Gegenübers, dessen Hand sie nun auf ihrem Gesicht fühlt. Zart streichen zwei Finger über ihre Wange, und dann berührt Grunau mit ihren Lippen die gerötete Wange. Sie hat mich geküsst! kommt eine entfernte Stimme aus dem Unterbewusstsein der Kommissarin.

„Das Interessante an Ihnen sind die Gegensätze, von denen Sie beherrscht werden. Das macht wirklich Ihre faszinierende Ausstrahlung aus. Sie haben so etwas ganz Sensibles hinter Ihrer Logik und Stringenz“, hört Claßen die Worte, die wie von weit her ertönen und nicht im Gedächtnis bleiben wollen.

Jetzt ist die Autotür wieder geschlossen, und Claßen sieht ihre Nachbarin Frau Schauber auf dem Gehweg stehen, die ihr freundlich zuwinkt. Die Kommissarin nickt mit gefasster Miene Frau Schauber zu.

So kommen wir nicht weiter

„Wir hatten eigentlich mit Herrn Kommissar Backhaus gerechnet", empfängt Bruder Jonas die Kommissarin.

„Der ist heute krank, und ich muss seine Vertretung übernehmen."

„Dann bestellen Sie bitte Ihrem Kollegen die besten Genesungswünsche."

„Das werde ich tun. Und Sie sind Bruder Jonas?"

„Ja, richtig. Ich hatte mit Herrn Backhaus telephoniert und auch schon persönlich mit ihm gesprochen."

„Und wo ist Ihr Kollege Bruder Clemens?" fährt die Kommissarin mit kritischem Blick fort.

„Bruder Clemens ist leider durch eine dringende Angelegenheit, welche die Organisation unseres Ordens betrifft, verhindert."

„Gut. Und Bruder Markus? Ist auch er verhindert?"

„Bruder Markus leitet heute die Exerzitien und ist völlig unabkömmlich."

„Gut. Warum wurde unserem Kommissariat verschwiegen, dass von 1950 an bis heute die Mönche des Benediktinerordens bei kulturellen Veranstaltungen mit den Benediktinerinnen zusammenarbeiten und dass bei diesen Terminen Inge Sassen auch in Kontakt mit dem ermordeten Bruder Franziskus gekommen ist?"

„In vielen Religionen gilt die Achtsamkeit für die Zunge. Besonders im Christentum sollen wir sehr darauf achten, was wir über unseren Nächsten sagen. Wir dürfen unseren Nächsten nicht einfach einen Idioten oder Narren nennen. Wir Brüder hüten uns, über das Leben eines Mitbruders zu tratschen. Wenn jemand von uns nicht gegen die Regeln des Ordens verstößt, steht er außerhalb der Kritik und Beobachtung. Achte auf den eigenen Balken, den du im Auge hast und nicht auf den Splitter im Auge deines Bruders. Wir sind tolerant. Und selbst wenn einer unserer Brüder einmal gegen eine Regel verstößt und das Fasten heimlich bricht, dann machen wir es wie der heilige Franziskus. Wir brechen alle das Fasten."

„Könnten Sie bitte etwas konkreter werden. Hatte Bruder Franziskus nun privaten Kontakt mit Inge Sassen?"

„Wir Brüder sind keine Privatdetektive. Wir richten unseren Blick auf den Balken ...“

„Ja, ja. Soweit ich weiß, entfernt man doch zuerst den Balken aus dem eigenen Auge und dann den Splitter aus dem Auge des Bruders. Vergessen Sie den Splitter nicht! Warum haben Sie die Verbindungslinie, die es zwischen Bruder Franziskus und Inge Sassen gegeben hat, verschwiegen? Sie machen sich dadurch verdächtig!“

„Oh, du meine Güte. Das habe ich in keiner Weise beabsichtigt!“

„Kannten Sie Inge Sassen?“

„Dazu war ich zu jung. Ich bin erst seit 1960 hier im Orden.“

„Also gut. Aber Bruder Clemens und Marcus sind alt genug. Sie hatten sicherlich Kontakt zu Inge Sassen, oder?“

„Ich spreche nicht für meine Brüder.“

„Bruder Jonas, Sie arbeiten doch, wie mir Herr Backhaus berichtet hat, in der Seelsorge, oder?“

„Ja.“

„Und Sie wissen doch sicherlich, dass eine Selbstmörderin sich in einer schweren Krise befunden haben muss. In einer Einengung der Möglichkeiten, in einer emotionalen Engführung und in einer Unfähigkeit, nach einer kreativen oder aggressiven Lösung zu suchen. Außerdem ist bei einer Selbstmörderin das Selbstwertgefühl in sehr hohem Maße angekratzt oder gar nicht vorhanden. Stimmen Sie mir in diesen Punkten jedenfalls zu?“

„So könnte man das durchaus sagen.“

„Inge Sassen war eine gebildete und kreative Frau, die einen intellektuellen Weitblick hatte. Wie konnte es möglich sein, dass diese Frau in eine Enge getrieben wurde und so ganz und gar ihr Selbstwertgefühl verloren hat?“

„Da gibt es sicherlich viele Möglichkeiten. Der Mensch lebt ja nicht nur vom Intellekt allein.“

„Wohl wahr!“

„Das Herz ist sicherlich das Wichtigste im Menschen. Die Enge im Herzen, eine Enge in Liebesdingen, die trifft alle Geschöpfe am schlimmsten, auch die mit weitem Intellekt.“

„Wohl wahr, wohl wahr.“

„Und was soll das mit unserem Orden zu tun haben?“

„Kommen Sie nicht selbst drauf?“

„Nein, bitte helfen Sie mir auf die Sprünge.“

„Inge Sassen befand sich in einer solchen Situation, die Sie *die Enge in Liebesdingen* nennen. Sie war schwanger, ihr Abschiedsbrief deutet auf eine Liebe zu einer Person hin, die sie nicht erreichen konnte. Die Zeit in den fünfziger Jahren war damals moralisch eng und ließ einer Frau, die sich in einer solchen Lage befand, keinen großen Handlungsspielraum. Wenn Inge Sassen als verheiratete Frau ein Kind von einem Priester erwartete, dann war sie in einer unglaublichen Enge, aus der es nur einen Ausweg gab."

„Gott zeigt uns immer einen Ausweg!"

„Das hoffe ich auch. Auch für mich in diesem Fall. Auf diese Art und Weise kommen wir nicht weiter, Bruder Jonas."

„Ich kann doch nicht mit Ihnen über eine Verstorbene sprechen, die ich nicht einmal gekannt habe."

„Schon der Beginn unseres Gespräches zeigte mir, dass Sie ausweichen und etwas wissen, das Sie mir nicht sagen wollen."

„Diesen Eindruck will ich Ihnen nicht nehmen, nur ob es stimmt, ist eine zweite Frage."

„Warum wollen Sie Ihre Brüder schützen? Wenn einer Ihrer Brüder eine Affäre mit Inge Sassen gehabt hat, dann ist das ja noch kein Mord. Wenn es Bruder Franziskus gewesen ist, kann er sowieso nicht belangt werden. Wir vom Kommissariat werden mit allen Informationen diskret umgehen. Wir wollen nur alles über das Umfeld von Inge Sassen aufdecken, um herauszufinden, wer vielleicht ein Motiv gehabt haben kann, die kleine Lisa Behme zu töten, die durch die zufällige Entdeckung des Abschiedsbriefes mehr über das wahre Leben dieser Frau ans Licht gebracht hätte."

„Fragen Sie meine Brüder. Ich kann Ihnen doch nun wirklich nicht weiterhelfen. Gott gebe Ihnen Kraft, dass Sie in diesem Fall das Richtige tun."

„Ja. Kennen Sie die Terminkalender von Bruder Clemens und Bruder Markus?"

„Ja. In unserem Orden legt jeder seine Termine offen dar. Wir haben einen gemeinsamen Terminplaner für alle."

„Wie sieht es morgen aus. Morgen Vormittag? Können da beide aufs Kommissariat kommen? Mein Kollege ist morgen wieder da."

„Nein. Bruder Markus leitet die ganze Woche die Exerzitien."

„Dann wird mein Kollege die beiden für nächste Woche einladen."

„Ich danke Ihnen für Ihren Besuch. Sie bringen so viel Leben in unser Kloster.“

„Wirklich?“

Der Röntgenblick

Ein kräftiger, großer Mann, der mit einer schwarzen Mönchskutte bekleidet ist, hält zur Begrüßung die Hand von Kommissar Backhaus länger, als Männer dies gewöhnlich unter sich zu tun pflegen. Die Begrüßung erinnert auch ein wenig an einen Phototermin zweier bekannter Politiker, die für die Presse ihr Begrüßungsritual verlängern. In dieser Begegnung werden allerdings andere Worte gesprochen, als bei einem politischen Akt, denn Bruder Markus lässt einen kaum zu versiegenden Redeschwall von christlichen Gedanken in dieses Begrüßungsritual einfließen: „Gott segne Sie und gebe Ihnen Kraft, die dunklen Geheimnisse der Menschen aufzudecken, die auch der Schöpfer uns ins Herz gelegt hat. Es ist gar nicht so leicht, der Schattenseite der Menschen ins Gesicht zu sehen. Aber: Sollten wir vom Baum der Erkenntnis essen? Nein? Gut und Böse liegen bei Gott. Der Mensch darf nicht urteilen!“

Jetzt zieht Kommissar Backhaus seine Hand verlegen weg.

„Bitte setzen Sie sich doch!“ fordert er den Geistlichen auf. „Sie sind allein. Sie wollen doch gemeinsam mit Bruder Clemens kommen, oder?“

„Ja, ich muss mein großes Bedauern äußern und hoffe, dass ich dem Kommissar keine Umstände mache, wenn ...“

„Wenn ich zwei Gespräche führen muss?“

„Ja, genau. Bruder Clemens lässt sich entschuldigen und bedauert sein Fehlen sehr, aber er wurde gerade heute Morgen von einer furchtbaren Gastritis heimgesucht.“

„Das lässt sich nun nicht ändern. Dann werde ich mit ihm zu einem anderen Zeitpunkt sprechen. Sie, Bruder Markus, wissen jedenfalls, weshalb ich Sie noch einmal auf unser Kommissariat gebeten habe.“

„Es geht noch einmal um unseren seligen Bruder Franziskus.“

„Und um Inge Sassen.“

„Ach, ja.“

„Sie und Ihre Brüder, die damals in den fünfziger Jahren im Benediktinerorden gelebt haben, kannten Inge Sassen, nicht wahr?“

„Ja.“

„Warum haben Sie uns dies bei unserem ersten Gespräch verschwiegen?“

„Sehen Sie, der Mord an Bruder Franziskus hat damals schon sehr viel Staub aufgewirbelt. Sie wissen ja selbst, dass die Kirche in unserer Gesellschaft immer mehr an Bedeutung verliert und oft in einem sehr kritischen Licht steht.“

„Was meinen Sie damit? Was hat das mit Inge Sassen zu tun?“

„Na ja, Sie wissen schon, sobald es heißt, dass die Brüder unseres Ordens mit ihr Kontakt hatten, sind doch den wildesten Spekulationen Tor und Tür geöffnet.“

„An welche Spekulationen denken Sie?“

„Ach, wer weiß, was die Leute sich dann alles zusammenreimen, wenn wir erst einmal mit unserem Orden ins Gerede kommen.“

„Was werden die Leute reden? Was genau werden sie sich zusammenreimen?“

„Ach, das habe ich alles nicht behalten, was sie damals nach dem Mord gesagt haben. Da gibt es doch immer etwas. Zum Beispiel, dass wir Mönche da nachts die tollsten Frau empfangen und unsere Affären haben und dass Bruder Franziskus aus Eifersucht umgebracht worden ist, weil er einem Mönch die Geliebte ausgespannt hat. Das sind doch die Schlagzeilen, nach denen sich viele Klatschzeitschriften die Finger lecken.“

„Und diese Gerüchte haben gar keinen Wahrheitskern und haben mit Ihrem Orden gar nichts zu tun?“

„Sehen Sie, genau das ist es! Ich entwerfe eine Phantasie, ein Gerücht, das außerhalb unseres Ordens über uns verbreitet werden könnte, und schon glauben Sie, dass irgendetwas Wahres an diesen Gerüchten dran sein könnte. Aus eben diesem Grund habe ich auch unseren Kontakt mit Inge Sassen verschwiegen!“

„Ich habe Ihnen in keiner Weise unterstellen wollen, dass an den von Ihnen formulierten Gerüchten etwas dran sein sollte. Das war überhaupt nicht meine Intention. Auch bitte ich um Entschuldigung, dass meine Worte diese negative Wirkung hatten. Ich hatte meine Worte offenbar nicht sorgfältig genug gewählt. Es ist gemein, wenn man ins Gerede kommt, vor allem in ein Gerede, auf das man keinen Einfluss mehr zu haben scheint.“

„Ja. Dann können Sie mich ja verstehen.“

„Und stand Bruder Clemens bereits in einem solchen Gerede?“

„Damals sah man einen Zusammenhang zwischen dem Mord an Bruder Franziskus und dem Selbstmord von Inge Sassen."

„Und was redeten die Leute so?"

„Ach, jemand von den Mönchen hat Bruder Franziskus aus Eifersucht umgebracht, weil er Inge Sassen für sich alleine haben wollte. Dann hat Inge Sassen Selbstmord begangen."

„Und kam Bruder Clemens damals ins Gerede?"

„Ja. Und das völlig zu Unrecht. Ich lege meine Hand dafür ins Feuer, dass Bruder Clemens überhaupt kein Interesse an Frauen hat. Er könnte sich nie in eine Frau verlieben."

„Weil er Männer bevorzugt?"

„Nein. Auf keinen Fall. Das ist nicht so, wie Sie denken. Das sind die Vorurteile gegenüber Mönchen. Bruder Clemens ist durch und durch ein Asket. Er hat sein Leben Gott und der Wissenschaft geweiht."

„Sehr beeindruckend. Und stand Bruder Clemens damals in sehr engem Kontakt mit Bruder Franziskus?"

„Wir Brüder stehen alle in sehr engem Kontakt. Wir versuchen keinen zu bevorzugen oder auszuschließen. Wir teilen Gottes Liebe alle gleichermaßen."

„Geht das denn? Also, mir würde das schwerfallen, wenn ich in so einen Orden eintreten würde. Da könnte ich gar nicht alle gleichermaßen mögen. Der eine oder andere ist einem dann doch sicherlich sympathischer, oder?"

„Sicher. Aber die Gemeinschaft steht im Vordergrund. Es ist nicht so, dass sich da zwei in ihrer Freundschaft zurückziehen."

„So, so. Gab es denn eine Freundschaft zwischen Bruder Clemens und Bruder Franziskus, bei der man sich nicht aus der Gemeinschaft zurückzog?"

„Durchaus."

„Wie sah diese Freundschaft aus?"

„Das ist alles so lange her. Das kann ich gar nicht mehr sagen. Fragen Sie doch Bruder Clemens selbst, wenn er wieder gesund ist."

„Sie, Bruder Marcus, sind doch sicherlich ein guter Menschenkenner und Beobachter und jemand, der sehr genau ist. Sie haben auch sicherlich Angst einen Fehler zu machen und sind deshalb vorsichtig mit Ihren Äußerungen. Es geht mir hier nicht um eine perfekte Beschreibung der Freundschaft zwischen den Ordensbrüdern Clemens und Franziskus. Es würde mir reichen, wenn Sie mir aus Ihrem großen Erinnerungsschatz lediglich ein paar spontane Eindrücke mitteilen, die nicht unbedingt völlig richtig sein müssen. Was kennzeichnete Ihrer Meinung nach die Beziehung zwischen Bruder Franziskus und Bruder Clemens?"

„Vertrauen und Innerlichkeit."

„Zwei sehr wichtige Bausteine einer Freundschaft. Darum kann man zwei Menschen beneiden."

„Ja. Es hat Bruder Franziskus gut getan, dass er in Bruder Clemens einen Gesprächspartner fand, dem er alles anvertrauen konnte."

„Ja, darum kann man Bruder Franziskus wirklich beneiden. So eine Freundschaft hat etwas sehr Tragendes. Der Tod von Bruder Franziskus muss sehr schmerzhaft für Bruder Clemens gewesen sein."

„Ja. Das war er aber auch für uns alle."

„Hatten Sie in Ihrer Ordensgemeinschaft damals eigentlich auch Angst, dass noch einer Ihrer Mitbrüder hätte ermordet werden können?"

„Natürlich."

„Und warum?"

„Ja, der Mord an Bruder Franziskus wurde ja nicht aufgeklärt, und wir wussten nicht, aus welchem Motiv heraus Bruder Franziskus getötet worden war. Es hätte ja auch ein Mörder sein können, der es grundsätzlich auf Mönche und vielleicht auch auf uns abgesehen hatte."

„Haben Sie heute noch Angst, dass es einen von Ihren Brüdern treffen könnte?"

„Nein. Vielleicht ein bisschen. Aber heute denke ich, dass man auf keinen Fall eine Agression oder mörderische Wut gegen unseren Orden hatte."

„Sondern gegen Bruder Franziskus?"

„Ja."

„Haben Sie irgendeine Erklärung, warum der Mörder gerade Bruder Franziskus ausgewählt hatte?"

„Nein, überhaupt nicht. Da habe ich keine Anhaltspunkte. Außerdem habe ich Ihnen alles schon geschildert."

„Was war Bruder Franziskus eigentlich für ein Mensch? Erzählen Sie mir doch bitte etwas über ihn."

„Er war ein besonderer Mensch mit einer auffälligen und außergewöhnlichen Wahrnehmung. Er konnte die Stimmungen, die ein Mensch mit sich bringt, besonders gut auffangen."

„Wir haben in unserer Akte ein Photo von ihm. Ja. Es ist die besondere Sensibilität, die mir in seinem Gesicht sofort auffällt."

„Ja. Das fällt nur dem auf, der auch diese Feinfühligkeit in sich hat. Wenn ich zu Bruder Franziskus kam und traurig war, dann sagte er zu mir: Was willst du mir über deine Traurigkeit erzählen? Die ersten Male war ich erstaunt, dann akzeptierte ich seinen Röntgenblick. Meine Emotionen lagen offen vor ihm. Ich konnte ihm nichts vormachen."

„Solche Menschen sind ein Segen, aber auch eine Herausforderung für den, der nicht authentisch ist. Und wir sind ja alle irgendwann einmal nicht authentisch."

„Natürlich. Aber eben deshalb brachte er soviel Echtheit in unsere Gemeinschaft. Es wollte keinen entblößen, aber schon sein Blick sagte uns, dass man ihm nichts vorzumachen brauchte."

„Und diese Sensibilität legte Bruder Franziskus auch Inge Sassen gegenüber an den Tag?"

„Er wird sich ihr gegenüber nicht verstellt haben. Aber ich weiß, worauf Sie anspielen. Sie meinen, dass er bei ihr gut landen konnte, weil er so feinfühlig war."

„Nein. Das habe ich nicht unbedingt gemeint, aber war es so?"

„Er hatte kein Verhältnis zu Inge Sassen. Das wäre uns Brüdern aufgefallen."

„Bruder Franziskus ist ein ganz anderer Mann gewesen als der Schwager von Inge Sassen, nicht wahr?"

„Den kenne ich gar nicht."

„Oh, doch. Dieser Mann hat nach Inge Sassens Tod in einer Wohnung gewohnt, die Ihrem Orden gehört. Die Wohnung in der Wiesenstraße 12."

„Hat er da gewohnt? Ich kenne diesen Mann nicht. Das mit der Vermietung, das macht immer Bruder Clemens. Außerdem soll er ja auch in unserer Gästewohnung gewesen sein. Wir kümmern uns aber nicht um die verwandtschaftlichen Beziehungen unserer Gäste."

„Und wenn jemand Sassen heißt, dann fragen Sie ihn auch nicht, ob er mit Inge Sassen verwandt oder verschwägert ist?"

„Nein, das geht uns nichts an!"

„Sehr souverän und diskret. Wussten Sie, dass Inge Sassen Probleme in ihrer Familie hatte?"

„Nein. Hatte sie das?"

„Wusste Bruder Clemens davon?"

„Nein, das hätte er mir gegenüber erwähnt."

„Und Bruder Franziskus. Wusste er von den Problemen?"

„Nein."

„Aber Inge Sassen hatte Probleme in ihrer Familie, und da Bruder Franziskus doch so einfühlsam war, hätte er doch sicherlich etwas merken müssen, oder?"

„Vielleicht. Ich hätte Ihnen nichts von Bruder Franziskus berichten dürfen, denn schon locken Sie mich in eine Falle."

„Das tut mir leid. Das wollte ich nicht."

„Außerdem passt der Mensch in kein Programm! Wenn Bruder Franziskus einmal nicht einfühlsam war, dann ist das auch richtig und normal!"

„Ja. Der Mensch ist unberechenbar."

„Ich muss jetzt unser Gespräch abbrechen. Ich habe nicht das Gefühl, dass es um ein neutrales Verhör geht."

„Wenn dieser Eindruck entstanden ist, dann bedauere ich das sehr."

„Ich muss trotzdem gehen. Außerdem habe ich noch einen dringenden Termin."

„Gut. Dann bedanke ich mich für unser Gespräch, das wir ja zu einem anderen Zeitpunkt fortsetzen können. Außerdem würde ich gerne mit Bruder Clemens sprechen, sobald er gesund ist."

Ein echtes Bömbchen?

„Ist Frau Grunau heute da und kann einen Brief tippen?" fragt die Kommissarin die Sekretärin Musmann, während sie in einer Akte blättert.

„Das müssten Sie doch besser wissen als ich!"

„Wie darf ich denn das verstehen?"

„Ich dachte, dass Sie so einen guten und heißen Draht zu ihr haben."

„Ich kenne Frau Grunau nicht so gut, dass ich weiß, wie es ihr heute geht und ob sie heute krank ist oder nicht", spricht die Kommissarin im ruhigen und sachlichen Tonfall weiter, wobei ihr Gesicht einen aufkommenden Ärger nicht verbergen kann.

„Na, dreimal dürfen Sie raten, ob die Dame heute da ist oder nicht."

„Verstehe. Haben Sie die Telephonnummer von Frau Grunau?"

„Ja. Haben Sie diese Nummer denn nicht?"

„Nein. Wieso?"

„Das, das ... ich dachte, dass das ..."

„Ich werde jetzt einmal bei Frau Mechthild Grunau anrufen", entscheidet Claßen und schreitet, ihren Blick auf eine Akte gerichtet, in ihr Büro zurück. Dort stellt sie den telephonischen Kontakt zu Grunau her. „Claßen hier."

„Ach, das finde ich aber nett", vernimmt die Kommissarin am anderen Ende der Leitung die Stimme von Grunau. „Rufen Sie aus dem Büro an?"

„Ja, ich wollte mich auch kurz fassen. Wie geht es Ihnen?"

„Mein Fuß ... Ich kann kaum auftreten. Es ist alles noch mehr geschwollen. Eine Wasseransammlung."

„Waren Sie beim Arzt?"

„Der schreibt mich doch gleich die ganze Woche krank."

„Haben Sie es schon einmal mit der Schüßlersalbe Nr. 10 versucht? Die bringt vieles wieder ins Gleichgewicht."

„Mir geht es seelisch sehr schlecht. Haben Sie in Ihrer Wohnung eigentlich ein Gästezimmer?"

„Ja, warum fragen Sie?"

„Kann ich eine Nacht in Ihrem Gästezimmer verbringen? In meiner Wohnung halte ich es einfach nicht mehr aus."

„Ich kann erst nach 19 Uhr. Wenn Sie kommen wollen?"

„Danke. Ich komme."

„Gut, dann muss ich mich jetzt wieder der Arbeit zuwenden", lenkt die Kommissarin das Gespräch zum Ausklang und schreitet nach dem Auflegen des Telephonhörers zu der Tür ihres Büros. Dann reißt sie rasch die Tür auf und ist erleichtert, dass sie auf keinen Lauscher trifft. Lediglich die Sekretärin schaut sie erstaunt an. „Ist etwas Dringendes?" fragt sie mit ängstlichem Blick.

„Nein. Ich suche nur Kommissar Backhaus."

„Der ist doch in seinem Büro. Schon seit Stunden!"

„Das hatte ich vergessen."

„Und Frau Grunau? Kommt sie morgen wieder?"

„Das wird sich zeigen. Ich habe in den Abendstunden noch ein Gespräch mit ihr", antwortet die Kommissarin im betont souveränen Tonfall, während sie sich langsam zu dem Büro ihres Kollegens bewegt.

„Und ich kann dann wieder die ganze Arbeit machen!" schimpft Musmann vor sich hin.

„Das wird sicherlich nicht der Fall sein. Es wird sich etwas ändern", versucht die Kommissarin ihre Sekretärin aufzumuntern und drückt mit einer energischen Bewegung die Türklinke zum Büro von Kommissar Backhaus herunter. Mit einem breiten aufgesetzten Lächeln entzieht sie sich dann dem Blick ihrer Sekretärin.

„Ach, Herr Kollege. Sind Sie weiter in unserem gemeinsamen Fall gekommen?"

„Nein. Die Speichelproben sind alle negativ ausgefallen. Auch die Lippenstiftreste bleiben unidentifiziert. Jede Frau bleibt verdächtig! Jeder Mann bleibt auch verdächtig! Das kann ja heiter werden!"

„Und die Mönche?"

„Die Mönche sind so etwas von kompliziert. Die mauern derartig. Man kommt an sie nicht heran, und jeder, der einigermaßen denken kann, weiß, dass sie etwas verbergen."

„Und das Gespräch mit Bruder Markus?"

„Ich bin nicht weitergekommen. Keine Beweise. Nur Vermutungen. Vermutungen, die aber durch nichts gestützt werden können. Ich hoffe, dass ich mehr von Bruder Clemens erfahren kann, aber der ist ständig krank."

„So, was hat er denn?"

„Er leidet unter Durchfall."

„Dann müssen Sie ihn zur Not auf der Toilette verhören."

„Haha!"

„Glauben Sie, dass diese Benediktinermönche Interesse an Frauen haben oder dass sie vielleicht eher homosexuell sind?"

„Das sind immer kühne Spekulationen. Ich habe mich bei solchen Vermutungen schon gravierend getäuscht. Haben Sie homosexuelle Neigungen bei den Mönchen wahrgenommen?"

„Na ja, ich habe ja damals in Zürich die Vorlesungen bei Verena Kast gehört, und nach ihrer Auffassung hat wohl jeder Mensch auch bisexuelle Neigungen. Ja, ich könnte mir vorstellen, dass Bruder Markus Neigungen zum eigenen Geschlecht hat. Ob er oder Bruder Clemens ein homosexuelles Verhältnis hatten, das weiß ich nicht. Ob sie sich getraut haben, ihre Neigungen auszuleben, ich weiß es nicht."

„Das ist interessant, dass Sie Verena Kast zitieren."

„Warum?"

„Das machen viele Leute."

„Was? Viele Leute zitieren Verena Kast?"

„Nein. Viele Menschen berufen sich auf berühmte Autoren oder Denker, wenn sie über Homosexualität sprechen. Der und der hat gesagt, dass wir homosexuelle Anteile haben. Also muss es ja stimmen. Von den eigenen Gefühlen spricht niemand. Niemand sagt: ‚Ja, wir alle haben homosexuelle Anteile. Ich schließe mich da nicht aus. Und ich nehme auch die homosexuellen Gefühle bei dem und dem wahr, weil ich selbst diese Anteile kenne.‘ Das sagt niemand. Alle verstecken sich hinter anderen Denkern.“

„Sie haben recht. Ja, auch ich habe homosexuelle Anteile – wenn Sie das hören wollen? Stehen Sie denn auch selbst zu Ihren homosexuellen Anteilen?“ spricht die Kommissarin im lauten und energischen Ton weiter, während sich bei ihren letzen Worten die Bürotür öffnet und Musmann im Türrahmen steht, welche die Kommissare mit einem seltsamen Blick mustert.

„Frau Musmann! Würden Sie das nächste Mal bitte anklopfen!“ schimpft die Kommissarin laut.

„Das hatte ich eigentlich getan, aber Sie hatten es nicht gehört!“

„Was gibt es?“

„Bruder Markus aus dem Benediktinerkloster hat gerade angerufen und meldet, dass ein Paket bei den Mönchen angekommen ist, das sehr seltsam ist.“

„Ist er noch am Apparat?“ fragt Herr Backhaus.

„Ja.“

„Dann stellen Sie bitte sofort durch.“

„Jaja.“ Mit einem freundlichen Augenzwinkern stellt Backhaus die Telephonanlage so ein, dass Claßen das Gespräch mitanhören kann.

„Ja, Herr Backhaus. Gut, dass ich Sie erreiche. Heute haben wir ein Päckchen erhalten, in welchem etwas tickte. Und Bruder Clemens ist so mutig gewesen und hat das Paket geöffnet ...“

„Mein, Gott, so etwas darf man gar nicht machen!“

„Es war nur ein Wecker drin, der tickte. Aber es lag noch ein Brief dabei. Soll ich Ihnen vorlesen, was in diesem Brief steht?“

„Ja, bitte sofort.“

„Ihr Scheinheiligen! Wenn ihr etwas verraten wollt, dann ist beim nächsten Mal hier ein echtes Bömbchen drin!“

„Fassen Sie bitte nichts von dem Inhalt des Pakets an. Ich schicke Ihnen sofort jemanden vom Labor, der sich die Sache ansehen wird.“

„Gut, dann warten wir.“

„Was denken Sie, Frau Claßen? Sie haben ja alles mit angehört“, fragt Backhaus, nachdem er den Hörer aufgelegt hat.

„Meine spontane Idee war: Die Mönche haben sich das Paket selbst geschickt. Und was sagt Ihnen Ihre innere Stimme?"

„Schwierig. Ihren Gedanken habe ich auch spontan gehabt, dann aber war mir Bruder Markus viel zu aufgeregt."

„Ja, das stimmt. Entweder ist er ein sehr guter Schauspieler, oder er war bemüht, souverän und ruhig zu wirken, aber auch ich habe gemerkt, dass er innerlich erregt war."

„Ich habe unser Gespräch aufgenommen. Wir können es uns später noch einmal anhören und überlegen, was da noch so mitschwingt."

„Wir sollten die Ergebnisse des Labors bezüglich dieses Drohbriefes abwarten."

„Das sollten wir. Die ganze Sache kommt mir jetzt auch sehr kindisch vor. So als wollten da ein paar Kinder einmal Krimi spielen und packen dann so ein Paket mit einem Brief."

Die Anstrengung

Auf ein kurzes Klingelzeichen hin öffnet Claßen ihre Wohnungstür. Nach wenigen Minuten erblickt sie Grunau im Treppenhaus, die einen Tulpenstrauß trägt.

„Danke, dass ich zu Ihnen kommen durfte", sind die ersten Worte von Grunau.

„Ja, kommen Sie doch rein. Ich kenne solche Phasen, die Sie gerade durchmachen, auch in meinem Leben."

„Wirklich? Sie wirken immer so stark und cool."

„Nein. Ihren Mantel nehme ich schon. Der kommt am besten hier hin. Nein, cool bin ich nicht. Gerade das Gefühl, dass ich es in meiner Wohnung alleine nicht mehr aushalte, kannte ich auch sehr deutlich in Ihrem Alter."

„Echt? Das ist ja stark!"

„Doch. Und in solchen Phasen habe ich auch immer jemanden gefunden, der mir Unterstützung angeboten hat."

„Das finde ich aber gut, dass Sie sich noch an solche schlechten Zeiten erinnern. Die meisten vergessen ja so etwas, wenn es ihnen gut geht."

„Schlechte Zeiten kann man gar nicht vergessen."

„Können wir uns nicht duzen? Ich bin Mechthild."

„Es ist zwar ungewöhnlich, dass die Jüngere der Älteren das Du anbietet, aber gut, mein Vorname ist Lorena."

„Das weiß ich schon von dir.“

„Ihren Vornamen kenne ich ja auch – eigentlich.“

„Du meinst *deinen* Vornamen?

„Ja. Wollen wir heute noch ein bisschen fernsehen?“

„Das ist doch sehr unpersönlich.“

„Nun gut. Was schlägst du vor, Mechthild?“

„Darf ich deine Wohnung einmal ansehen? Ich bin schon ganz neugierig.“

„Ja, gut, hier ist der Flur, hier mein Arbeitszimmer, dort drüben mein Schlafzimmer, geradeaus das Wohnzimmer und links von dir das Gästezimmer. Neben dem Gästezimmer das Bad und direkt daneben die Gästetoilette.“

„Gut, darf ich mir das alles einmal ansehen?“

„Ja, bitte. Ich koche derweil Wasser für einen Tee. Willst du auch einen?“

„Ja. Gerne! Wow, dein Schlafzimmer finde ich aber originell. Ich hätte es mir gar nicht so bunt vorgestellt.“

„Nein?“ ruft Claßen durch den Flur zum Schlafzimmer herüber.

„Nein. Ich dachte, dass es spießiger sei. Das Schlafzimmer sagt doch immer sehr viel über einen Menschen aus.“

„Kennst du das Schlafzimmer von Schwester Theresa?“

„Nein.“

„Das sieht völlig kühl aus. So, als wenn jemand nie Sinnlichkeit lebt.“

„Na ja, als Nonne ist das ja auch nicht wichtig.“

„Bist du aber naiv. Glaubst du wirklich, dass alle Geistlichen so keusch hinter den Klostermauern leben?“

„Ich weiß gar nicht, was ich da glaube. Das ist mir eigentlich auch ganz egal.“

„Das Wohnzimmer ist ja auch klasse. Dass du soviel Gefühl für Farbe hast, hätte ich nicht gedacht. Das ist ja ...“

„Also, ehrlich gesagt, Mechthild“, unterbricht Claßen ihren Gast. „fühle ich mich gar nicht wohl gerade. Ich komme mir richtig überrumpelt vor.“

„Oh, das tut mir leid.“

„Ich habe dir mein Gästezimmer angeboten. Dein Verhalten empfinde ich als grenzüberschreitend. Du gehst hier einfach so selbstverständlich durch meine Wohnung, bezeichnest mich als naiv, obwohl du mich kaum kennst. Das ist mir zu dominant, obwohl ich auch ahne, dass du viele Ängste und Unsicherheiten mit deiner Forschheit zu überspielen versuchst – aber mir ist nicht wohl dabei.“

„Du kannst die Menschen ganz schön durchschauen. Das tut mir alles sehr leid. Das habe ich nicht absichtlich gemacht. Ich muss mich bei dir entschuldigen.“

„Okay. Was hältst du davon, wenn du deine Tasche schon mal im Gästezimmer abstellst, dir das Zimmer ansiehst, und wenn wir dann im Wohnzimmer erst einmal einen Tee trinken?“

„Ja, gerne.“

Nach etwa zehn Minuten trägt Claßen ein Tablett mit Geschirr und Teekanne in das Wohnzimmer und sieht ihren Gast auf der Couch liegen. „Ah, du hast es dir schon bequem gemacht.“

„Ja, ich hoffe, dass das nicht auch zu grenzüberschreitend ist.“

„Nein“, entgegnet Claßen und gießt heißes Wasser in die Tassen. „Teebeutel sind hier. Es sind elf verschiedene Sorten.“

„Klasse. Danke. Das Gästezimmer ist echt toll.“

„Freut mich, dass es dir gefällt.“

„Denkst du noch über deine Mordfälle nach, wenn du in deiner Wohnung bist?“

„Manchmal ja und dann wieder auch nicht.“

„Und wie ist das mit dem Fall Lisa Behme?“

„Das ist sicherlich ein besonderer Fall. Was macht eigentlich dein Fußgelenk? Hast du es mit der Salbe versucht?“

„Die Salbe habe ich mir sofort gekauft, Frau Doktor, und auch eingerieben, aber sie zeigt noch keine Wirkung.“

„Das dauert auch.“

„Ich habe übrigens einen Pomander dabei, in welchem Engelsenergien sind. Hier. Willst du auch welche?“ fragt Grunau sanft mit einem strahlenden Lächeln.

„Ich glaube an so etwas nicht.“

„Dann kannst du es ja ruhig nehmen. Es kann doch nicht schaden.“

„Also meinetwegen, wenn ich dir einen Gefallen damit tue.“

„Außerdem habe ich noch zehn Regeln zum Glücklichsein mitgebracht und fünfhundert positive Affirmationen.“

„Aber der Mensch muss doch auch einmal unglücklich sein. Das kann man doch gar nicht vermeiden!“

„Ja, aber diese Karten können doch auch nicht schaden.“

„Schon seit Jahren geben die Zeitungen Tipps, wie man glücklich werden kann, was man sich sagen soll, was man denken soll, um glücklich zu werden."

„Ja, und? Was ist daran schlecht?"

„Wir können das Unglück nicht vermeiden. Wir können nicht verhindern, dass wir auch einmal unglücklich sind. Das ist doch ganz schön anstrengend, immer gegen das Unglück anzuarbeiten. Außerdem, wo viel Licht ist, ist auch viel Schatten."

„Das finde ich gar nicht anstrengend."

„Ich schon. Man bekommt in diesen Zeitschriften Tipps, wie man im Slalom das Unglück umschiffen kann. Wenn es am schönsten ist, soll man gehen, damit man nur die positiven Dinge behält. Dabei kann es auch im Nachhinein interessant und wichtig sein, gemeinsam eine öde Zeit durchlebt zu haben."

„Ja, durchaus."

„Man sollte lieber Tipps geben, wie man den Problemen realistisch ins Auge sieht. Stattdessen gibt es immer nur Ratschläge, wie man die Realität ausblendet und an etwas Positives denkt. Welch eine Kraftanstrengung! Wir lernen uns selbst doch auch gar nicht kennen, wenn wir immer nur glücklich sein wollen und die unglücklichen Seiten in uns nicht spüren können."

„Ja, das ist ja mal ein ganz neuer Aspekt. Das klingt wirklich interessant. Welche Haltung hast du denn zu unglücklichen Gefühlen?"

„Unglückliche Empfindungen sind wichtig. Unglaublich wichtig. Wir werden durch unser Unglück geschliffen. Unglückliche Stimmungen können wichtige Antriebsfedern sein, um die Realität zu sehen und etwas zu verändern und vielleicht auch eine Revolution zu machen."

„Das klingt ja gut. Für Inge Sassen war das Unglück aber keine innere Antriebsfeder. Es bringen sich doch auch viele um."

„Ja, du hast recht."

„Vielleicht wären diese Karten, die ich hier mitgebracht habe, auch etwas für sie gewesen. Vielleicht hätte sie sich dann nicht umgebracht."

„Also, gut. Lass uns in die Karten schauen. Welche Regeln und Ratschläge gibt es da? *Vergleich dich nicht mit anderen.* Das ist doch schon einmal ein guter Ratschlag."

„Wie wäre es eigentlich, wenn ich dir einmal eine Tantramassage gebe?"

„Um Gottes willen! Nein!"

„Du hast wirklich etwas gegen Tantra. Das dient doch nur der Entspannung!“

„Ich kann auch nicht von einem Thema zum anderen springen. Wie wäre es, wenn wir erst einmal uns mit diesen Karten beschäftigen.“

„Na, gut. Dann ziehen wir die nächste Karte.“

„Wie lange machst du das eigentlich schon mit dem Tantra?“

„Jetzt springst du aber auch von einem Thema zu anderen.“

„Stimmt.“

„Schon gute fünf Jahre bin ich beim Tantra dabei. Das ist ein guter therapeutischer Prozess.“

„Also, ich stelle mir einen guten Therapeuten ganz anderes vor.“

„Du kennst Tantra ja gar nicht. Also kannst du auch nicht darüber urteilen!“

„Stimmt. Trotzdem wäre jemand ein guter Therapeut für mich, der mir hilft, dass ich immer mehr mein Inneres entdecke und dass ich in meinem Inneren positive Kräfte entwickle, die mich tragen und immer unabhängiger vom Therapeuten machen. Wenn ich aber von einem Therapeuten oder Seminarleiter immer wieder oder sogar immer öfter Input brauche, dann ist eine Abhängigkeit entstanden, die keiner Seele gut tut.“

„Aber ich fühle mich nicht abhängig.“

„Aber, wenn du schon so lange da bist ...“

„Im Hinduismus heißt es, dass der eigene Weg der wichtigste ist. Auch wenn der Weg eines anderen noch so erhaben und von Erleuchtung geprägt ist, dann ist doch der eigene Weg tausendmal wichtiger. Mit dem Tantra – das ist mein Weg. Ich kann da doch nicht deinen Weg gehen.“

„Nein.“

„Ich glaube, dass du vielleicht mich so gar um die Tantraseminare beneidest.“

„Also, von anderen massiert zu werden, Zärtlichkeiten mit anderen auszutauschen und Sinnlichkeiten mit anderen zu erleben, danach sehnt sich wohl jeder. Mir würde aber eben nicht die Weltanschauung gefallen, die mir mit diesen Zärtlichkeiten verkauft wird. Außerdem will ich nicht, dass jemand versucht mich zu manipulieren und mich abhängig zu machen.“

„Du versuchst mich doch auch zu manipulieren, oder?“

„Klar, aber ich versuche nicht, dich abhängig zu machen. Und dieser Gedanke aus dem Hinduismus ...? Stammt der eigentlich auch von Norbert oder Annemarie oder Dagmar?“

„Ja. Gut geraten.“

„Achtest du bei Norbert, Annemarie und Dagmar eigentlich auch so wachsam darauf, dass sie dich nicht manipulieren?“

„Natürlich.“

„Und manipulieren sie dich?“

„Wir werden immer manipuliert, und du versuchst es jetzt schon wieder bei mir. Du willst, dass ich meine Tantralehrer sehr kritisch sehe. Das macht mich richtig wütend.“

„Und wie ist das bei Dagmar, Nobert und Annemarie? Bist du da auch mal so richtig wütend oder hast du da keine Wut?“

„Nein, bei denen habe ich bisher keine Wut gehabt, weil die sind irgendwie clean.“

„Und was heißt das?“

„Die versuchen nicht, mich zu manipulieren.“

„Zur Heilung gehört doch aber auch, dass alle Gefühle mit im Spiel sind, auch die Wutgefühle. Das gehört zu einer guten Beziehung dazu, sonst ist es eine künstliche Beziehung. Aber so manche Lehrer, die schaffen es irgendwie, dass sie nur idealisiert werden und keine Aggressionen abbekommen. So wie deine Lehrer, die in ihrem Prospekt nur positive Rückmeldungen der Teilnehmer abdrucken „Danke Norbert, dass wir das erleben konnten und blablabla. Im Alltag macht das doch keiner! Das sind künstliche Beziehungen!“

„Was mischt du dich eigentlich in meine Tantraseminare ein? Warum liest du die Prospekte, wenn es dich eh nicht interessiert?“

„Das war rein dienstlich.“

Welche Zeit haben wir?

Claßen sieht eine dunkle Gestalt die Treppe hinunterhasten. Es ist eine Frau, deren Gesicht sie nicht erkennt. „Ich weiß, dass Sie es sind, Frau Sassen“, ruft sie dieser Person zu. „Nun reden Sie endlich! Wer hat Sie in die Enge getrieben? Das wissen Sie doch!“

Langsam dreht sich die Unbekannte um. Ihr Gesicht bleibt im Dunkeln. Jetzt flüstert sie, und Claßen spitzt ihre Ohren. „Es war nicht mein Kind. Mein Harald wusste das nicht, dass ... es so offensichtlich durch die Schwangerschaft ... ich wollte Distanz zu Thorsten, aber er hat mich erpresst."

„Wer ist Mechthild?" fragt Claßen.

„Mechthild ist ganz wichtig. Wieso wollen Sie das wissen?"

„Wer ist Mechthild?" murmelt Claßen nach dem Aufwachen vor sich hin und denkt über den Traum nach. Dann klingelt der Wecker. „Oh, es ist schon zehn nach sieben. Jetzt aber schnell", treibt sie sich an und geht unter die Dusche. Nach dem Ankleiden schmiert sie sich ein Brot, steckt es in eine Papiertüte und hetzt aus der Wohnung. „Mein Gott, jetzt komme ich auch heute noch zu spät, wo doch die nächste Teamsitzung dran ist", flucht sie laut beim Autofahren vor sich hin.

Mit schnellen Schritten betritt sie das Polizeigebäude und wundert sich, dass an diesem Tag so viele Parkplätze frei sind. Auch auf den Fluren hält sich bei ihrer Ankunft keiner auf, und sie blickt verwundert durch die leeren Gänge. Richtig froh ist sie, als sie vom Büro her die Stimmen von Musmann und einer Reinemachefrau hört.

„Ja, wenn ich nicht so früh komme, dann schaffe ich heute gar nichts", schallen die Worte von Musmann aus dem Sekretariat bis in den Flur.

Claßen bleibt stehen, blickt auf ihre Armbanduhr, deren Zeitangabe funkgesteuert wird. Jetzt erst nimmt sie wahr, dass es 7.30 Uhr ist. Mein Gott, die Winterzeit! Ja, bei dieser Uhr habe ich die Zeiteinstellung per Funk! denkt Claßen, verharrt einen Moment und beginnt zu lauschen.

„Und Ihre junge Kollegin, kann die Ihnen nicht einmal unter die Arme greifen?" fragt Frau Kahlmann.

„Die ist seit gestern erst wieder da. Na ja, wo sie doch ein Verhältnis mit der Kommissarin hat, da gibt sie sich jetzt mehr Mühe."

„Echt, ein Verhältnis mit der Frau Claßen?"

„Ja, ich habe doch selbst gehört, dass sie Kommissar Backhaus eingestanden hat, dass sie homosexuelle Gefühle hat."

„Sie ist also lesbisch."

„Ja, und er ist doch schwul. Deshalb klappt doch das auch so gut mit den beiden. Obwohl ich zuerst dachte, dass die Claßen an dem Backhaus interessiert ist, dann gemerkt hat, dass er schwul ist und – dann ihm zuliebe gesagt hat, dass sie homosexuelle Neigungen hat."

„Ach, und wer ist der Lover von dem Backhaus?"

„Der junge Mann, der ihn manchmal abholt. Kennen Sie den?"

„Der Gutaussehende?"

„Ja, hübsche Männer sind meistens schwul."

„Und wie lange sind die Claßen und die Grunau schon zusammen?"

„Ach, das ist schwer zu durchschauen. Vielleicht kannten die sich schon vorher, und sie hat die Grunau angeschleppt und hier empfohlen."

„So."

„Und mit dem Backhaus geht sie auch in ein Schwulenrestaurant."

„Ja?"

„Und eine Freundin von mir, die ganz in der Nähe von Frau Claßen wohnt, erzählte mir, dass Frau Grunau Frau Claßen im Auto geküsst hat. So ganz schamlos. Ja, das hat mir die Frau Schauber erzählt, und sie hat es mit eigenen Augen gesehen."

„So, die fahren auch immer gemeinsam in einem Auto?"

„Ja, in Frau Claßens Wagen."

„Soso."

Jetzt hört Claßen Schritte näher kommen. Sie dreht sich um und erblickt Kommissar Backhaus. Rasch beginnt sie sich zu rühren und trällert vor sich hin. Schlagartig verstummt das Gespräch zwischen Kahlmann und Musmann.

„Einen wunderschönen guten Morgen!" flötet Claßen der Sekretärin und der Reinemachefrau zu und wendet sich dann um: „Ach, Herr Backhaus, gut, dass Sie schon so früh da sind. Ich muss Sie dringend in meinem Büro sprechen."

„Ja, wenn ich nicht so früh komme, schaffe ich nichts!" antwortet Herr Backhaus.

„Das denken viele hier", mischt sich Musmann in das Gespräch ein, und während die beiden Kommissare im Büro von Claßen verschwinden, flüstert sie Frau Kahlmann zu: „Die ist heute so gut drauf, weil sie die Nacht mit Frau Grunau verbracht hat. Letztens hat doch auch wieder die Grunau bei ihr übernachtet. Wetten, dass Frau Grunau auch heute blendend gelaunt sein wird?"

„Das glaube ich Ihnen sofort. Welche Zeit haben wir eigentlich? Wann wird Frau Grunau kommen?"

Eine Stimme aus dem Jenseits

„Ich habe mir inzwischen erlaubt, die Benediktiner zu verhören und vor allem habe ich Bruder Clemens gezielt ins Visier genommen", eröffnet die Hauptkommissarin die Sitzung, während ihr Körper eine intensive Grundspannung zum Ausdruck bringt.

„Oh, davon weiß ich ja überhaupt nichts!“ äußert Kommissar Backhaus sein Erstaunen. „Ich dachte, dass das eigentlich meine Hauptaufgabe sei ...“

„Dieser Besuch im Kloster war auch nicht geplant. Er hat sich eher zufällig ergeben. Ich war gerade in der Nähe des Benediktinerklosters, und da dachte ich, wo Sie doch Bruder Clemens nicht zu fassen bekommen, dass es doch das Beste sei, wenn ich selbst die Initiative ergreifen würde.“

„Natürlich bin ich gespannt, was er gesagt hat, aber trotzdem empfinde ich Ihren Besuch als Grenzüberschreitung.“

„Ach, nun seien Sie doch nicht kindisch, Herr Backhaus! Wir arbeiten doch im Team. Alle Leistungen kommen doch in einen Topf, aus dem alle profitieren. Außerdem reagieren die Benediktiner auf Frauen ja auch ganz anders, wo sie doch die ganze Zeit unter Männern sind.“

„Und was hat Bruder Clemens nun gesagt?“

„Er entschuldigte immer wieder sein Wegbleiben und hat zugegeben, dass ihn mit Bruder Franziskus eine tiefe Freundschaft verbunden hat. Sie sind zwei unzertrennliche Seelenbrüder gewesen. Bruder Clemens ist in keiner Weise verdächtig. Außerdem verbirgt er nicht irgendetwas. Er hat, auf mein Bitten hin, sogar eine Speichelprobe abgegeben. Die Laboranalyse hat gezeigt, dass er nicht zu den Verdächtigen gehört.“

„Alle Achtung, dass Sie das geschafft haben“, drückt Kommissar Backhaus seine Anerkennung aus.

„Na ja, auch wenn die Speichelproben negativ ausfallen, so bleiben diese Testpersonen doch in gewisser Weise noch verdächtig. Man kann sie nicht zu hundert Prozent entlasten. Es hat da schon Fälle gegeben ...“, fährt die Hauptkommissarin fort. „Wir sollten jetzt aber wieder auf die Kameraüberwachung zu sprechen kommen. Die Kameraüberwachung zeigt doch interessante Szenen, die wir einmal genau analysieren sollten.“

„Sind Sie interessant oder auch wichtig für unsere Arbeit?“ fragt Kommissarin Claßen in einem leicht schnippischen Unterton dazwischen.

„Ich weiß, Frau Claßen, Sie wollen den Fall durch die Ereignisse der Vergangenheit lösen und machen sich dabei über die Kameraüberwachung lustig. Das zeigt sich jedenfalls in Ihrer Ironie."

„Keineswegs, Frau Mahlmann. Ich halte Ihre Arbeit für sehr wichtig."

„Gut. Die Familie Behme möchte mittlerweile das Haus und das Grundstück in der Luisenstraße verkaufen. Herr Behme will die Scheidung, Frau Behme willigt auch ein, und beide wollen nach diesem schrecklichen Ereignis nicht mehr in dem Haus wohnen."

„Das ist durchaus verständlich", fügt Kommissar Backhaus hinzu.

„Ja. Und interessant sind die Käufer."

„Lassen Sie mich raten. Es sind auch Benediktinermönche dabei?"

„Ja. Woher wissen Sie das?"

„Intuition."

„Ja, bei diesen Kameraaufnahmen zum Beispiel sieht Bruder Jonas sich das Grundstück an und dann später das Haus. Sehen Sie! Er bleibt in der Ecke stehen, wo die kleine Lisa ermordet worden ist."

„Welche Begründung hat er für den Kauf des Hauses genannt?" hakt Kommissar Backhaus nach.

„Die Kirche und der Orden brauchen Wohnungen, die sie vermieten können, weil sie sonst kaum Geld haben und immer mehr Mitglieder aus der Kirche austreten."

„Da kommen einem ja die Tränen", mischt sich Claßen mit einem ironischen Lächeln ein.

„Na ja, es ist schon so, dass die Vermietung von Wohnungen für die Kirche auch eine wichtige Einnahmequelle ist. Manche vererben ja auch ihre Wohnung an die Kirche. Ich meine aber, dass die katholische Kirche bis jetzt keine Bungalows oder Einfamilienhäuser gekauft hat. Der Kauf des Hauses in der Luisenstraße ist in der Tat etwas ungewöhnlich", meint Kommissar Backhaus.

„Der Verkauf ist noch nicht endgültig zu Ende. Die Familie Behme hat noch keine Auswahl unter den zahlreichen Käufern getroffen. Und wir haben ja auch noch immer unsere Kamera installiert und können sehen, was ein Käufer so auf dem Grundstück macht und ob er am Tatort irgendwo gräbt", redet Hauptkommissarin Mahlmann weiter.

„Es gibt zahlreiche Käufer?" fragt Claßen interessiert nach.

„Ja, hier habe ich eine Liste der Käufer, die sich – mit Ausnahme der Benediktinerbrüder – in keiner Weise verdächtig gemacht haben."

„Darf ich in die Liste einmal hineinschauen, Hauptkommissarin Mahlmann?“ fragt Claßen.

„Ja, gerne. Verdächtig hat sich natürlich auch wieder der Vater der Ermordeten gemacht, obwohl der Speicheltest ihn entlastet hat. Wir haben ihn auf die Notizen, die er am Tatort gemacht hat, angesprochen“, fährt Hauptkommissarin Mahlmann fort. „Er war natürlich innerlich sehr verwundert, leugnete zunächst alles und dann, als ich sagte, dass ich es mit eigenen Augen gesehen hätte, dass er drei Wochen nach dem Mord am Tatort gesessen und sich einiges aufgeschrieben habe, da gestand er es ein.“

„Und welche Erklärung hatte er dafür?“ mischt sich Dr. Uhlig in das Gespräch mit ein.

„Eine sehr seltsame. Er behauptete doch, dass er gemeinsam mit der kleinen Lisa Geschichten erfunden und geschrieben habe. Sie seien oft in die Natur gegangen, und dann hätten sie Märchen oder kleine Geschichtchen erfunden, die er dann aufgeschrieben habe. Ob das in dem jungen Alter schon möglich ist – das fragt man sich doch wirklich.“

„Aber Lisa ist jetzt tot, und sie wird ihm ja wohl nicht als kleines Engelchen noch am Tatort eine Geschichte diktiert haben, oder?“ kommt von der Kommissarin die zynische Bemerkung.

„Oh doch. Eben das behauptet Herr Behme“, setzt die Hauptkommissarin den Gedanken dagegen.

„Haben Sie ihn nicht gleich verhaften lassen?“ prustet die Kommissarin los.

„Herr Behme hat erzählt, dass er sich noch einmal innerlich ganz auf seine Tochter eingestellt und einen solchen inneren Draht zu ihr gefunden habe, als lebe sie noch. Dann sei er zum Tatort gegangen und habe aufgeschrieben, was der Geist der toten Lisa ihm mitgeteilt habe.“

„Nein!“ kommt mit heftigen Kopfschütteln der Kommentar von Dr. Uhlig.

„Doch. Und Herr Behme hat mir am nächsten Tag die Notizen gebracht, die ich Ihnen jetzt einmal vorlesen kann. Herr Behme bittet sogar darum, dass wir diese Notizen hören und in unsere Ermittlungen mit einbinden.“

„Ja, warum nicht. Dann wollen wir den Geist der toten Lisa einmal hören“, gibt Kommissar Backhaus mit ironischem Unterton seine Zustimmung.

„Also, das Märchen von dem Schatz und der Schlange. Alles ist harmlos, keine Gefahr und dann die Überraschung: Ein Kind findet einen Schatz. Der Schatz ist eine Gefahr. Die Schlange weiß schon lange von dem Schatz, weiß aber nicht, wo er genau vergraben ist. Jetzt kommt sie aus dem Loch gekrochen. Es ist eine alte Schlange. Sie ist nicht geschmeidig, denn die hat schwere Lasten, Lasten aus der Vergangenheit. Ihr kann der Schatz Heilung und Erlösung bringen. Sie will die Erlösung, solange sie noch lebt. Das ist ihr wichtig. Jetzt kommt sie. Nur der Schatz ist wichtig und alles, was sich ihr in den Weg stellt, wird ihr Opfer. Noch hat sie das Schicksal auf ihrer Seite. Die Schlange sieht so harmlos aus, aber hinter ihrer Maske ist so viel Leid."

„Das sind doch nie und nimmer die Worte eines Kindes!" stellt Dr. Uhlig fest.

„So habe ich im Alter von sechs Jahren nie und nimmer gedacht", unterstützt die Kommissarin ihre Kollegin.

„Für mich bleibt Herr Behme ganz klar der Hauptverdächtige, auch wenn ihn der Speicheltest entlastet!" wiederholt Hauptkommissarin Mahlmann ihre These. „Er spricht von einer Schlange. Das zeigt, dass er den Brief, den seine Tochter in der Hand gehabt hat, gelesen hat. Es kann kein Zufall sein, dass Frau Sassen in ihrem Brief von einer Schlange berichtet und die Stimme der toten Lisa aus dem Jenseits soll diesen Begriff auch verwenden. Damit hat er sich verraten. Ich werde ihn in der nächsten Woche vorladen, und dann sollten wir ihn einmal richtig in die Mangel nehmen."

„Ja, das ist vernünftig, obwohl ich auch die Benediktinermönche und Thorsten Sassen im Auge behalten will", fügt Backhaus hinzu.

„Ja, okay. Ich habe natürlich auch Frau Behme befragt und ihre Meinung zu den seltsamen Anwandlungen ihres Mannes eingeholt", treibt Hauptkommissarin Mahlmann das Gespräch voran.

„Und?" hakt Kommissar Backhaus nach.

„Sie bestätigt alles, was Herr Behme gesagt hat. Sie hält das alles für normal. Vater und Tochter hätten diese innige Beziehung gehabt. Beide hätten eben sehr viel Phantasie. Die Phantasie habe Lisa von ihrem Vater geerbt. Da horcht man natürlich auf, nicht wahr?"

„Wie meinen Sie das?" will es Dr. Uhlig genauer wissen.

„Das ist doch alles sehr unstimmig. Ein Vater, der fremdgeht, will so eine innige Beziehung zu seiner Tochter gehabt haben, wie wir sie vielleicht nur in Schriftstellerfamilien vorfinden? Das stimmt doch hinten und vorne nicht. Die halten doch zusammen die beiden, weil sie etwas zu verbergen haben!“

„Vaterliebe und Fremdgehen schließen sich ja nicht aus“, hält Dr. Uhlig dagegen. „Das wäre für mich kein Argument.“

„Das sehe ich aus der Sicht einer Frau aber etwas anders. Die eigene Frau betrügen und dann ein liebevoller Vater und geistreicher Schreiber und innerlicher Mensch zu sein, das passt nicht!“

„Wie sollten uns nicht an diesem Punkt festhaken“, versucht Claßen zu vermitteln.

„Ja, genau!“ stimmt Kommissar Backhaus zu. „Die Behmes bleiben unter Hauptverdacht, werden beschattet, und wir suchen weiter nach Beweisen. Ebenso stehen aber die Benediktinermönche im Kreuzverhör. Es ist zu vermuten, dass sie sich den Drohbrief selbst geschickt haben. Wir suchen noch nach dem Drucker, aus welchem das Schreiben stammt. Wenn wir das nachweisen können, dann haben wir den Punkt gefunden, um sie auszuhebeln.“

„Ja, wir hatten das auch schon in einer Runde besprochen – der Drohbrief der Mönche ist seltsam, äußerst seltsam“, stimmt Hauptkommissarin Mahlmann zu und erntet durch ein Nicken von allen die Zustimmung „Möchte sich noch jemand von Ihnen die Aufzeichnungen der Kameraüberwachung genauer ansehen?“ wirft sie dann schließlich die Frage in die Runde, und es folgt ein allgemeines Kopfschütteln.

„Nein, ich denke, dass wir da ganz und gar auf Ihre solide Arbeit und Beobachtungskunst vertrauen können“, macht Claßen das Kompliment.

„Dann danke ich Ihnen allen“, schließt Hauptkommissarin Mahlmann die Sitzung mit einem souveränen Lächeln und wendet sich dann mit einem ernsten Gesichtsausdruck Claßen zu. „Könnte ich Sie noch einmal kurz sprechen? Bitte in meinem Büro?“

Unsere Kindheit konnten wir uns nicht aussuchen

„Danke, dass Sie sich noch die Zeit genommen haben“, sind die Worte, mit denen Mahlmann Claßen in ihrem Dienstzimmer empfängt. „Vor allem nach einem so langen Arbeitstag, aber es ging nicht anders. Es geht um Frau Grunau.“

„So?“

„Ja. Frau Musmann sagte mir, dass Sie doch einen ganz guten Kontakt zu ihr haben, und da dachte ich, dass ich vielleicht einmal mit Ihnen über Frau Grunau sprechen kann."

„Das ist für mich zwar etwas ungewöhnlich, weil ich nicht gerne mit einer Kollegin über dritte spreche. Außerdem kenne ich Frau Grunau erst, seitdem sie hier angefangen hat zu arbeiten. Aber, um was geht es?" antwortet Claßen, während jedes der Worte, das sie gesprochen hat, eine hitzige Angst in ihr auszulösen beginnt. Dennoch versucht sie durch einen souveränen Gesichtsausdruck nichts nach außen dringen zu lassen, merkt aber wie ihre Sätze sehr zögerlich kommen. Ihr Gehirn arbeitet auf Hochtouren und schießt ihr die unterschiedlichsten Fragen ins Bewusstsein: Hat Frau Musmann auch Frau Mahlmann gegenüber behauptet, dass Mechthild und ich eine Affäre haben sollen? Was hat die Mahlmann erzählt? Soll ich das richtigstellen? Soll ich Frau Mahlmann erklären, dass das alles nur ein Gerücht ist. Habe ich so etwas nötig? Muss ich jedes Gerücht aufgreifen und mich rechtfertigen? Warum will sie mit mir über Mechthild sprechen? Hat sie zu oft gefehlt? Will die Hauptkommissarin mich austesten? Was wird hier wirklich gespielt?

„Wissen Sie, es geht um die Arbeit von Frau Grunau. Sie hat ja schon sehr oft gefehlt, und sie macht ihre Arbeit sehr ungenau. Sie tippt Berichte nicht ab, macht die Ablage nur selten, na ja, das ist doch sehr anstrengend für Frau Musmann."

„Und? Weshalb wollen Sie dann mit mir sprechen?"

„Ich dachte, dass Sie vielleicht noch andere Erklärungen für diese Schwäche in der Arbeitshaltung von Frau Grunau sehen als Frau Musmann."

„So? Was sagt denn Frau Musmann?"

„Frau Grunau ist faul und aufsässig. Sehen Sie das auch so?"

„Ganz und gar nicht. Wenn zwei im Streit liegen, dann haben ja immer beide Schuld. Niemand kann sagen, dass jemand aufsässig ist. Das sind Grundregeln der Streitschlichtung. Wenn Frau Musmann so etwas behauptet, dann ist sie selbst auch nicht einfach und auch ..."

„Ja, natürlich. Nur diese vielen Fehlzeiten. Heute ist Frau Grunau schon wieder krank, und angeblich macht sie jetzt so viele Seminare. Jetzt auch noch ein neues, irgendetwas mit Lichtenergie. Frau Musmann sagt, dass Frau Grunau gar nicht mehr richtig erreichbar ist und nur noch ein Leben im Licht will."

„Da sind natürlich auch ganz starke Gegensätze zwischen Frau Grunau und Frau Musmann. Frau Musmann ist sehr bodenständig und hat mit feinstofflichen Energien wenig im Sinn. Sie muss das natürlich bei Frau Grunau abwerten. Außerdem weiß ich, dass Frau Grunau keine einfache Kindheit gehabt hat. Wir alle konnten uns unsere Kindheit nicht aussuchen. Deshalb sollten wir schon nachsichtig mit allen Menschen sein, deren Kindheit nicht einfach war."

„Können Sie noch einmal mit Frau Grunau reden? Sie scheinen einen ganz guten Draht zu ihr zu haben, oder?"

„Also, ich finde Frau Grunau nett, und sie hat soziale Qualitäten, die wir in unserem Team brauchen können."

„Ich hoffe, dass sich alles zum Guten entwickeln wird. Denn, wenn das so weitergeht, dann muss ich Frau Grunau die ... also, das Probejahr wird dann nicht verlängert werden."

Der Weg in das Licht

Dass sie jetzt noch ein Lichtenergie-Seminar macht, davon hat Mechthild mir gar nichts erzählt, denkt Claßen, als sie Mahlmanns Büro verlässt. In Gedanken versunken schreitet sie den langen Flur zu ihrem Arbeitszimmer zurück. Der regnerische Spätnachmittag hat ein mattes Licht in das Vorzimmer geworfen, wo die Schreibtische von Musmann und Grunau stehen. Die bequemen Drehstühle sind leer, denn Musmann ist schon gegangen.

Innerlich wieder etwas wacher geworden, nähert sich Claßen Mechthilds Schreibtisch und sieht dort eine Zeitschrift liegen, die auf der Seite 12 aufgeschlagen ist. Neugierig liest die Kommissarin den Titel der Zeitschrift „Astro – ganz privat" und mustert dann genauer die folgenden Seiten. Dort stellt eine Chefastrologin mit Namen Angela Kirchbaum Auszüge aus ihrem Buch Wege ins Licht vor.

„Du kannst dein Ego stärken", dringen die Sätze in Claßens Gehirn. „Du kannst deinen Weg ins Licht finden, wenn du dein Ego stärkst. Wenn du dir jeden Tag in einer Meditation gewisse Erkenntnisse sagst, dann kannst du dich verändern. Und nun sprich mir folgende Worte nach: Ich liebe mich so, wie ich bin. Ich bin der allerwichtigste Mensch im Leben. Ich bin die Person, der ich am häufigsten begegne, mit der ich die ganze Zeit zusammen bin. Meine Person ist der zentrale Mittelpunkt meines Universums. Ich bin die Sonne, der Mond und die Sterne, die auf und untergehen und die niemals aufhören zu leuchten. Andere

Menschen sind mein Klang- und Resonanzelement. Es ist mir wichtig, dass ich andere Menschen zum Leuchten bringe und mit meinem Licht erfülle."

Nach diesen Sätzen lehnt sich die Kommissarin etwas zurück und nimmt einen tiefen Atemzug. Das ist ja total narzisstisch. Wenn ich mich nur auf mich konzentriere und als Heiland für andere sehe, dann werde ich doch immer einsamer. Der Weg zum Du bringt doch eine enorme Erweiterung, zieht Claßen die Schlussfolgerungen aus dem Text und nimmt dann wahr, dass eben diese Chefastrologin am Ende der Artikels noch Werbung für ein Seminar macht, das sie unter dem Titel Mein individueller Weg ins Licht anbietet.

So, da ist Mechthild jetzt auch noch. Und das findet auch noch weit weg in München statt, denkt sie.

In einem neuen Raum

„Ich werde doch noch einmal zu den Schwestern des Benediktinerordens fahren. Ich habe das Gefühl, dass ich bei den Frauen leichter an Informationen herankomme. Irgendwie blocken diese Frauen nicht so sehr wie die Benediktinermönche", macht Claßen ihrem Kollegen Backhaus den Vorschlag.

„Vielleicht haben sie nicht so viel zu verbergen wie die Brüder."

„Da liegen Sie richtig, Herr Kommissar. Deshalb werde ich gleich morgen noch einmal zu den Schwestern fahren."

Die in den Nachrichten bereits angekündigten heftigen Novemberstürme ziehen Veränderungen nach sich. Ziegel werden von den Dächern gerissen, Ernten vernichtet und Wasser über die Ufer gedrängt. Dieses Toben geht auch nicht an den Seelen der Menschen vorbei. Nach einer unruhigen Nacht sucht Claßen Halt und Ruhe im Alltag und in der Konzentration auf die täglichen Pflichten, eine Konzentrationsübung, die ihr nicht so recht gelingen will. Sie greift nervös nach einem Stapel von Karteikarten, die ihr Mechthild Grunau geschenkt hat und auf denen positive Affirmationen stehen. „Ich finde eine Quelle der Harmonie in mir selbst und anderen. Heute entdecke ich ganz neue, wunderbare Räume. Neue Erfahrungen ändern mein Leben und bereiten einen glücklichen Wendepunkt vor. Ich habe einen interessanten Neuanfang vor mir. Heute betrete ich wichtige, unbekannte Räume", liest sie laut, während sie am Fenster steht und die einzelnen Karteikarten auf der kalten Fensterbank ablegt.

„Für einen Schirm ist es viel zu windig. Der geht nur kaputt“, sagt sie laut, um ihre inneren Abneigungen vor dem Hinausgehen zu überwinden. Ein letzter innerer Ruck, und schon steht sie mit Hut und Mantel im Flur und eilt mit leicht verkniffenem Gesichtsausdruck das Treppenhaus hinunter. „Mal sehen, was die Schwestern heute zu verbergen haben?“ spricht sie im Auto laut vor sich hin und beginnt sich auf ihrer Arbeit einzustellen.

„Schwester Theresa hat noch eine kurze Besprechung“, sind die Worte von Schwester Ingeborg, mit denen sie empfangen wird. Während sich eine deutliche Enttäuschung in ihrem Gesicht nicht verbergen lässt, bemüht sich die Kommissarin um freundliche Floskeln. „Na ja, dann schaue ich mir eben mal Ihr Kloster an. Das ist doch auch inspirierend. Natürlich nur, wenn das möglich ist und ich hier nicht störe.“

„Das ist ja schön, dass Ihnen unser Ort eine Inspiration ist. Wir geben ja auch Seminare. Vielleicht möchten Sie einmal ein Seminar bei uns besuchen. Sehen Sie sich ruhig um.“

„Ja, haben Sie einen Prospekt?“

„Ich kann Ihnen einen besorgen. Er liegt in meinem Büro, und auf dem Weg dorthin zeige ich Ihnen etwas von unserem Kloster“, macht Schwester Ingeborg den Vorschlag, und auf Claßens Zustimmung hin schreitet sie selbstbewusst voran. „Hier den ganzen Flur entlang haben wir die Zimmer für unsere Gäste.“

„Oh, so viele Zimmer stehen zur Verfügung?“

„Ja, es sind 25.“

„Da kann man ja mit einer Schulklasse zur Ihnen kommen.“

„Ja, sicher. Heute sind die Klassen aber meist größer.“

„Und dort drüben, die Türen – die schönen Türen mit dem Rundbogen – sind das auch Gästezimmer?“

„Nein. Dort drüben beginnt der Trakt, wo wir Schwestern unsere Rückzugsmöglichkeiten haben. Jede von uns hat nur ein Zimmer, und alle Zimmer sind ...“ Plötzlich hält Schwester Ingeborg in ihrem Satz inne, reckt ihren Hals und vergrößert die linke Ohrmuschel mit ihrer Hand. „Ah, das Telephon klingelt im Büro. Es ist Schwester Maria. Wir haben ein Zeichen vereinbart. Sie entschuldigen mich bitte für einen kleinen Augenblick“, flötet Schwester Ingeborg der Kommissarin zu.

Seltsam, dass die Nonnen ein Klingelzeichen vereinbaren, aber auch irgendwie menschlich – und vielleicht auch ehrlich, bei der vielen Arbeit, denkt Claßen still vor sich hin und schreitet den langen Flur weiter und sieht sich verlegen um. Plötzlich fällt ihr auf, dass die Tür zu einem der Zimmer aufsteht. Sie klopft mit der Hand an die Tür, und als keine Stimme ertönt, schlüpft sie ohne zu zögern hinein. Ihr erster Blick fällt auf ein Regal, auf welchem ein Photo steht. Bei genauerem Hinsehen erkennt die Kommissarin, dass es ein Bild von Inge Sassen ist. „Ja, dieses Bild war auch unter den Bildern, die Frau Dr. Gebert, Inges Tochter bei uns abgegeben hat“, spricht die Kommissarin leise vor sich hin, ergreift das Bild und steckt es in ihre Manteltasche. Dann bleibt sie erstarrt stehen, lauscht und versucht in die zahlreichen Gedanken, die auf sie einhämmern, Ordnung zu bringen. Was könnte hier noch in diesem Zimmer wichtig sein? fragt sie sich, um zu einer inneren Disziplin zu kommen.

Entschlossen greift sie nach einem Hefter, der auf dem Schreibtisch liegt und steckt ihn unter ihren dicken Mantel.

Das ist Diebstahl! sagt ihr eine innere Stimme.

In großer Anspannung verlässt sie den Raum. Draußen geht sie nervös auf und ab und schickt ihre Blicke in alle Richtungen.

„Ah, Sie haben lange warten müssen. Das tut mir leid“, entschuldigt sich die mit schnellem Schritt herannahende Schwester Theresa. „Schwester Ingeborg hat mir schon alles erzählt.“

„Ach, das macht doch gar nichts mit dem Warten ...“, winkt die Kommissarin mit einer lässigen Handbewegung ab. „Ich habe mich schon einmal hier umgesehen. Es ist ja etwas kalt in diesen Hallen, und dort drüben steht noch eine Zimmertür ein wenig offen. Hoffentlich kühlt das ...“

„Oh, das ist mein Zimmer. Ja ...“, unterbricht die Schwester die Kommissarin und läuft quer durch den Flur zu der offenen Tür, kramt einen Schlüssel aus der Tasche und schließt die Tür ab. „Wenn man so viel zu tun hat, dann lässt man schon einmal eine Tür offen. Ich danke Ihnen für den Hinweis, Frau Claßen.“

„Ich glaube, dass ich sicherlich einmal in Ihrem Kloster eine Meditation oder die Exerzitien mitmache. Das reizt mich irgendwie ... Dieses ganz Ambiente und diese Ausstrahlung. Das hat etwas sehr Ruhiges und Besinnliches.“

„So empfinden wir Schwester das manchmal ganz und gar nicht. Es geht hier doch oft sehr hektisch zu. Der katholischen Kirche werden ja auch immer mehr die Gelder entzogen und ... na ja, aber deswegen sind Sie ja nicht gekommen. Sie hatten ja noch Fragen an uns.“

„Es geht noch einmal um den ermordeten Franziskus und um die Benediktiner.“

„Am besten setzen wir uns doch zu einer Tasse Tee in unser Gästezimmer“, schlägt Schwester Theresa vor und schließt mit einer souveränen Bewegung eine Tür auf, die vom langen Flur bequem zu erreichen ist.

„Oh, hier haben Sie es aber angenehm und schön warm.“

„Ja, wir heizen hier immer. Denn Gäste kommen ja schnell einmal.“

„Bruder Franziskus wusste doch sicherlich von den Schwierigkeiten, die Inge hatte, oder?“

„Sie meinen Frau Sassen?“

„Ja.“

„Das kann gut sein, dass Bruder Franziskus näher in Frau Sassens Familienangelegenheiten eingeweiht war.“

„Was verbergen dann die Benediktiner? Warum ist es so kompliziert, die Brüder zu verhören? Warum weichen sie den Besuchen auf dem Kommissariat so aus? Ich würde ihre Informationen sehr diskret behandeln.“

„Ja. Natürlich. Haben Sie eigentlich eine Familie. Sind Sie verheiratet und haben Kinder?“

„Nein. Ich lebe schon seit längerem als Single, und Kinder habe ich auch nicht.“

„Ja, dann ist vieles gar nicht so leicht nachvollziehbar, was Frau Sassen erlebt hat.“

„Wie meinen Sie das?“

„Na ja, für Sie ist das Leben noch offen, und für Inge Sassen war es das nicht. Mit der Heirat und mit der Schwangerschaft war für die Frau damals das Leben ziemlich festgelegt. In den fünfziger Jahren gab es noch keine Pille, und die Frauen konnten nicht so einfach gehen. Wenn sie neu heirateten, wurden sie von der Kirche exkommuniziert und sie waren eine Erregung öffentlichen Ärgernisses.“

„Ja, das sehe ich auch so. Mit der Rolle der Frau ... Und vieles ist für die Frauen auch heute noch schwierig, aber das kann man oder frau eben nur als Frau nachempfinden. Viele Männer haben für manche Situationen kein Verständnis, und wir Frauen sind doch irgendwie seelenverwandter. Manches brauche ich einer Frau gar nicht zu erklären, sie versteht es sofort, weil sie eben in der gleichen Situation ist.“

„Ja, ja!“ hört die Kommissarin die Ordensschwester antworten, und ihr fällt dabei auf, dass die Augen ihres Gegenübers ein warmes Aufleuchten nicht verbergen können. Ob Mechthild recht hat, wenn sie behauptet, dass Schwester Theresa auf Frauen steht? stellt sich Claßen dann still die Frage.

„Es ist doch ein Unterschied, ob man von Frau zu Frau redet oder von Frau zu Mann“, greift Schwester Theresa wieder das Wort auf und starrt die Kommissarin dabei intensiv an.

„Da stimme ich Ihnen zu. Es ist ein deutlicher Unterschied. Wir haben in Deutschland die Gleichberechtigung der Geschlechter noch lange nicht. Viele behandeln eine Frau ganz anders als einen Mann. Das ist in den Menschen so drin wie ein Programm, und dadurch leben Männer und Frauen natürlich in zwei verschiedenen Welten, die aber künstlich erzeugt werden, und das können eben oft nur Frauen nachempfinden.“

„Ja, natürlich. Ist Ihnen eigentlich immer noch kalt? Weil Sie Ihren Mantel tragen und so ein wenig zusammengekauert dasitzen.“

„Heute will mir nicht so richtig warm werden, und ich bin heute stark in mich gekehrt – die Midlifecrisis, wissen Sie. Da gibt es vieles in meinem Leben, das mir doch sehr festgelegt zu sein scheint. Sie sehen, dass ich das Leben von Inge gut verstehen kann. Das macht unglücklich, wenn alles so zementiert wirkt.“

„Ja.“

„Also, mein weiblicher Instinkt sagt mir, dass Sie mehr über den Fall Inge Sassen wissen, aber sich mit diesem Wissen zurückhalten. Und ich denke, dass Sie Ihr Wissen nicht aus böser Absicht verbergen, sondern aus einem Gefühl der Verantwortung heraus. Das kann ich gut verstehen, weil ich auch immer so handele.“

„Nun, allen Respekt vor Ihrer Intuition, aber Sie dürfen natürlich nicht mit Unterstellungen arbeiten.“

„Entschuldigung. Ich wollte Ihnen nichts unterstellen. Das sind nur Vermutungen gewesen. Ich sehe in Ihnen eine Seelenverwandte, auch wenn wir beide in ganz unterschiedlichen Welten leben.“

„Also zu dem Fall Sassen, da kann ich Ihnen wirklich nicht weiterhelfen, und ich möchte auch etwas vorsichtig mit meinen Äußerungen sein. Das tue ich in der Tat aus einer gewissen Verantwortung heraus, die ich für das Kloster habe. Falls Sie keine neuen Beweise oder Indizien haben, dann möchte ich jetzt nicht weiter über diesen Fall sprechen.“

„Gut. Abschließend möchte ich Ihnen noch sagen: Inge Sassen fand Sie sicherlich ganz toll. Also, wenn ich Inge Sassen gewesen und mit solch schwierigen Problemen zu Ihnen gekommen wäre, dann hätte ich Sie fest in mein Herz eingeschlossen."

„Jetzt wartet aber wirklich die Arbeit auf mich. Sie haben es ja schon gehört, dass das Telephon ständig klingelt. Ihr Tee ist auch ganz kalt geworden. Sie haben ja kaum etwas getrunken."

Mechthild, wo bist du?

In ihrer Brust spürt die Kommissarin einen heftigen Schmerz. Es ist Verlustangst, die sie plagt. Was sie verlieren kann, weiß sie im Augenblick nicht. Das Gefühl eines Verlustes ist aber nicht zu leugnen. Jetzt hetzt sie eine lange Treppe hinauf. Oben angekommen, schaut sie sich um und kann nur leere Räume erblicken. „Ist denn hier keiner?" ruft sie. „Mechthild? Warum hast du mich verlassen? Warum bist du ausgezogen?"

„Hier bin ich doch", vernimmt sie Mechthilds Stimme hinter ihrem Rücken und dreht sich rasch um.

„Ich verlasse dich, weil du mich vernichtest."

„Ich vernichte dich? Wie denn?"

„Du kritisiert meine Seminare zu sehr. Du willst sie mir wegnehmen. Du bringst mich seelisch um. Deshalb bin ich ausgezogen."

„Aber ich kann dir deine Seminare doch gar nicht wegnehmen."

„Du versuchst mich ständig zu bearbeiten und klopfst so lange auf mir rum, bis ich diese Seminare nicht mehr mache. Das ist keine Liebe. Wenn du mich lieben würdest, dann würdest du meine Seminare akzeptieren."

„Darf denn in einer Freundschaft keine Kritik sein?"

„Vielleicht kannst du mich einfach mal so akzeptieren, wie ich bin. Mit all meinen Seminaren, die ich mache, mit all meinen Gedanken, die ich habe – geht das?"

„Ich akzeptiere dich doch."

„Nein. Das tust du nicht."

„Ich mache mir meine Gedanken über dich. Darf ich dir diese Gedanken nicht sagen? Ist das Toleranz, wenn ich all dem, was du machst, kritiklos zustimmen muss und keine Bedenken äußern darf? Ja, ist das Toleranz?"

„Wenn du mich liebst, magst du auch meine Seminare. Du liebst mich aber nicht, und deshalb ziehe ich aus. Tschüss!“

„Mechthild? Wo bist du?“ ruft Claßen und schreckt aus dem Schlaf hoch.

Der Vorsprung

„Wie sollen wir jetzt vorgehen? Wagen wir den Totalangriff oder tun wir so, als ob wir nichts wissen?“ richtet Claßen die Frage an Kommissar Backhaus.

„Ja, es ist so, wie Sie es vermutet haben. Eine der Seiten aus dem Ordner, den Sie aus Schwester Theresas Zimmer gestohlen haben, stammt mit 99-prozentiger Wahrscheinlichkeit aus demselben Drucker, mit welchem der Drohbrief für die Benediktinermönche gedruckt wurde.“

„Wie hat man das feststellen können?“

„Der Experte hat die Schrift vergrößert und detaillierter unter die Lupe genommen. Bei dieser Analyse fällt auf, dass der Drucker einen Fehler, also eine kleine Macke hat. Sehen Sie, hier! Die ersten beiden Zeilen druckt er etwas dünner als normal aus. Dann kommt eine Zeile, in welcher er die Buchstaben in ganz ordentlicher Qualität hervorbringt. Dieses Phänomen haben wir bei beiden Briefen. Und dann kommt noch etwas, das sehr ungewöhnlich ist. In der vierten Zeile gibt der Drucker die Tinte so ungünstig ein, dass die ersten vier Wörter durch unsere Vergrößerung so wirken, als seien sie mit einem feinen Stift durchgestrichen. Solche Unstimmigkeiten weist mit sehr hoher Wahrscheinlichkeit kein zweiter Drucker auf. Auch die Druckertinte ist ein und dieselbe. Der Absender des Briefes, den Sie Schwester Theresa entwendet haben, ist ein Kloster in der Schweiz. Er stammt aus der Benediktinerabtei in Engelberg.“

„Den Ort kenne ich. Der liegt auch in der Nähe von Zürich. Zwar nicht ganz so nah, aber östlich von Zürich, glaube ich.“

„Bruder Markus ist etwa vier Wochen, bevor der Drohbrief verfasst wurde, in eben diesem Kloster in der Schweiz gewesen. Es wäre ein leichtes, den Drucker dort beschlagnahmen zu lassen und dann ...“

„Damit ist noch nichts bewiesen. Vielleicht sagen die Mönche, dass bei Ihnen eingebrochen wurde oder dass viele zu dem Drucker Zugang haben.“

„So etwas ist zu befürchten. Es ist besser, wenn wir den Benediktinern nicht zeigen, was wir wissen. Dann haben wir einen Vorsprung. Sicher ist jedenfalls, dass sie den Drohbrief selbst verfasst haben, um ablenken zu wollen. Jetzt müssen wir nur noch beweisen, von welcher Sache sie ablenken wollen."

„Ich halte es auch für besser, wenn wir die Karten noch nicht offen legen."

„Wiegen wir sie in Sicherheit. Dann machen sie bestimmt den nächsten Zug."

„Und Schwester Theresa? Sie weiß mehr, als sie zugibt."

„Die Frage ist: Wen will sie schützen?"

„Es ist schwer an sie heranzukommen. Sie ist klug. Wenn sie nicht reden will, dann redet sie nicht."

„Das ist bei den Brüdern auch so."

„Schwester Theresa liebt Inge Sassen bis heute. Das ist eine ewige lange Liebe. Eigentlich ist sie um dieses Gefühl zu beneiden. Das ist schön, wenn man jemanden so ausdauernd und noch über den Tod hinaus lieben kann."

„Welche Rolle mag sie in dem Leben von Inge Sassen gespielt haben?"

„Nun, sie war in diese Frau verliebt. Vielleicht hatten sie eine Affäre. Das war nicht leicht für Schwester Theresa. Ihre Geliebte war nicht frei."

„Nein, und sie selbst war es auch nicht."

„Kompliziert für die beiden. Wie die zwei Königskinder. Was hätte ich gemacht, wenn ich Inge Sassen gewesen wäre? Also, ich hätte Bruder Franziskus um Hilfe gebeten."

„Ja. Und was hätte dieser tun können, damals in jener biederen Zeit? Er hätte Inge nur zu einer Scheidung raten können und ihr dann anbieten können, mit ihren beiden Töchtern in einer Wohnung kostenfrei zu wohnen, die der Kirche gehört. Wenn ich Schwester Theresa gewesen wäre, hätte ich sie geradezu dazu gedrängt, diesen Vorschlag anzunehmen."

„Wie meinen Sie das?"

„Na ja, ich wäre doch ständig in Sorge gewesen. Die Frau, die ich liebe, ist Gemahlin eines anderen und dann wird sie noch von ihrem Schwager vergewaltigt. Da hätte ich gar nicht mehr schlafen können."

„Es kam also sehr viel Druck auf. Und dann kam doch alles anders. Wer hat all das vereitelt?“

„Vielleicht ist der Schwager doch verdächtiger als wir meinen?“

„Sie können sich ja erstaunlich gut in die Rolle einer lesbischen Nonne hineinversetzen.“

„Das ist mein Beruf.“

„Mechthild hat recht. Ich muss ein Seminar bei Schwester Theresa machen.“

„Welche Mechthild?“

„Ach, nicht diese Mechthild. Mechthild Grunau. Sie hat bei Schwester Theresa als Schülerin früher Unterricht gehabt. Mechthild sagte mir schon vor einiger Zeit, dass Schwester Theresa auf Frauen steht und dass ich nur an sie herankomme, wenn ich ihr Herz gewinne.“

„Und Sie wollen ihr Herz gewinnen und an sie herankommen?“

„So ist das nicht gemeint. Ich will diesen Fall lösen, und ich spüre, dass ich mit Schwester Theresas Wissen weiterkommen könnte.“

„Na, dann. Wir können vielleicht eine Kollegin als Novizin in den Orden einschleusen.“

„Das ist zu viel Aufwand. Ich werde bei den nächsten Exerzitien dabei sein.“

„Und ich werde noch einmal Bruder Clemens befragen. Vielleicht kann ich ihm ja doch noch etwas entlocken, was er Frau Mahlmann noch nicht gesagt hat.“

Die Frau will in Ruhe gelassen werden

Kommissarin Claßen fühlt einen kalten Steinfußboden unter ihren nackten Füßen. Wo sind denn meine Schuhe? fragt sie sich. Ach, ich werde in Schwester Theresas Zimmer gehen. Da ist ja Teppichboden drin, denkt sie weiter und huscht durch den Säulengang. Die Tür zu Schwester Theresas Zimmer steht auch offen. Als sie den Raum betritt, sieht sie eine Person im Sessel sitzen, die den Rücken zu ihr gekehrt hat.

„Wer sind Sie?“ ruft die Kommissarin laut.

Jetzt dreht sich die Person um.

„Inge Sassen? Ja, Sie sind Inge Sassen. Ich erkenne sie wieder vom Bild. Leben Sie doch noch? Na gut. Sie wollen nicht reden. Was wissen Sie noch? Es ist ein Kind umgebracht worden, das Ihren Abschiedsbrief gefunden hat. Sie müssen mir sagen, was Sie wissen.“

„Lassen Sie mich in Ruhe!“ sagt die Angesprochene plötzlich. „Es wird kein weiterer Mord mehr geschehen. Das weiß ich. Lassen Sie mich in Ruhe! Durch Ihre Nachforschungen richten Sie nur Unheil an!“

„Unheil? Nein. Wen versuchen Sie zu schützen? Sie sind doch vergewaltigt worden? Wer könnte Ihnen noch drohen?“

„Sie haben es doch gehört! Die Frau will in Ruhe gelassen werden!“ dringt plötzlich eine scharfe Stimme aus dem Hintergrund in Claßens Rücken. Rasch dreht sie sich um und blickt auf Schwester Theresa.

„Aber Sie wollten mir doch helfen, den Fall aufzuklären?“ äußert Claßen ihre Verwunderung und schaut zu dem Sessel zurück. Jetzt ist Inge Sassen verschwunden, und ein eindringliches Geräusch dröhnt an Claßens Ohren. Sie schlägt mit der flachen Hand auf den Wecker.

Viel Arbeit

„Ich würde an deiner Stelle endlich einmal Urlaub machen. Komm doch mit auf ein Seminar! Es gibt da so ein interessantes mit dem Thema: Was geschah in Atlantis wirklich?“ schlägt Mechthild Grunau der Kommissarin vor, während sie ihre Pizza mit Pfeffer bestreut.

„Nein. Allein das Thema schreckt mich schon ab. Außerdem kann ich mir ein Wegbleiben nicht erlauben, wo ich so dicht an einer Sache dran bin.“

„Du siehst sehr überarbeitet aus. An den Exerzitien kannst du immer noch teilnehmen. Du findest doch keine Ruhe im Kloster, weil du dann wieder mit deiner Arbeit beschäftigt bist.“

„Und du? Du bist doch auch ständig mit deinen Seminaren beschäftigt. Das ist doch auch Arbeit, oder?“

„Das ist Entspannung pur!“

„Du bist aber nie erreichbar. Wenn ich dich anrufe, habe ich immer nur deinen Anrufbeantworter. Wenn ich dich nicht eben gerade vor der Mittagspause erwischt und zum Essen eingeladen hätte, dann hätte ich wieder nicht mit dir sprechen können.“

„Ich hatte eben immer viel zu tun – und viel innere Arbeit.“

„Aber offenbar die falsche Arbeit. Im Büro bist du doch wenig ...?“

„Was geht dich das an! Ich habe dir schon einmal gesagt, dass du dich nicht in mein Leben einmischen sollst. Es ist wirklich sehr nett mit dir, aber diese Einmischung ...!“

„Du bist ständig auf deinen Lichtseminaren!“

„Nur einmal im Monat.“

„Und dann machst du noch die Tantraseminare.“

„Ich kann so viele Seminare machen, wie ich will. Willst du mich einsperren? Woher weißt du das überhaupt mit meinem Lichtseminar? Hast du dich mit Frau Mahlmann solidarisiert? Seid ihr alle gegen mich?“ prustet Mechthild Claßen entgegen und stößt dabei in ihrer Aufregung den Pfefferstreuer um.

„Der ist eh halb leer. Da kann nichts mehr herausfallen“, versucht die Kommissarin das erhitzte Gespräch auf eine nüchterne Ebene zu lenken.

„Am liebsten würde ich dir den Pfeffer ins Gesicht streuen!“

„Mechthild, ich versuche nur eine Beziehung zu dir aufzubauen, aber ich habe das Gefühl, dass ich dich gar nicht erreichen kann. Ich laufe dir ständig nach“, erklärt Claßen, und dabei huscht ein Lächeln über ihr Gesicht.

„Das mit den Seminaren ist ganz und gar meine Sache!“

„Ist es ja auch. Ich mache mir nur auch meine Gedanken dazu. Für mich ist eine gute Therapie dazu da, dass wir uns den Alltag schöner machen und dort Fuß fassen können. Eine gute Therapie hilft uns, dass wir beziehungsfähiger werden und nicht ständig in Seminaren leben. Das ist für mich ein Davonlaufen.“

„Du weißt immer alles besser. Ich sollte bei dir eine Therapie machen. Das wäre wohl das Beste, Frau Therapeutin!“

„Nein. Aber ich will dir helfen. Ich möchte nicht, dass du deinen Job verlierst.“

„Es gibt tausend andere Jobs.“

„Das sagt sich so leicht.“

„Sagt es sich nicht! Ich habe ja schon einen anderen.“

„Und welchen?“

„Ich tippe für Studenten Examens- und Diplomarbeiten.“

„Das machst du auch noch nebenbei? Da kannst du deine Arbeit bei uns doch gar nicht richtig machen. Das geht doch nicht. Du brauchst das Geld für deine Seminare, nicht wahr? Das gibt es doch nicht. Mechthild, du wirst dadurch den Job bei uns verlieren. Wenn du noch etwas Geld brauchst, dann kann ich dir das geben, aber konzentriere dich erst einmal auf deine Arbeit als Sekretärin. Die Mahlmann schmeißt dich sonst raus, und so einen Job bekommst du vielleicht nicht so schnell wieder.“

„Wenn wir fest daran glauben, dass wir wirklich etwas verdient haben, dann bekommen wir es auch.“

„Das ist doch naiv! Das sind doch Kinderträume!“

„Glaubst du nicht an deine Träume?“

„Doch auch, aber wie soll ich das erklären ...“

„Dein Angebot, mir Geld zu geben ist sehr nett, aber ich kann es nicht annehmen. Du glaubst doch aber auch an deine Träume, sonst hättest du mir nicht gerade deinen Traum von Inge Sassen und Schwester Theresa erzählt, oder?“

„Das ist etwas anderes.“

„Du solltest an deine Träume glauben, weil sie dir wichtige Informationen geben.“

„Dieser Traum hat mir noch einmal die Bestätigung gegeben, dass ich an den Exerzitien, die in zwei Wochen stattfinden, wirklich teilnehmen muss. Außerdem werde ich Schwester Theresa ab morgen beschatten lassen. Sie sitzt auf einem Geheimnis wie die Henne auf ihrem Ei, das sie schützen will.“

„Eine Nonne beschatten zu lassen – das wird schwierig. Die Klostermauern sind dick.“

„Irgendwann wird sie auch mal das Kloster verlassen, und dann wissen wir mehr.“

„Na ja. Aber Urlaub solltest du trotzdem machen.“

„Findest du es nicht auch seltsam, dass ich im Traum Inge Sassen als Lebende gesehen habe?“

„Ja, aber das ist doch im Traum nichts Ungewöhnliches. Hamlet hat auch seinen toten Vater gesehen und sogar mit ihm gesprochen. Außerdem träume ich von vielen Toten. Im Traum sind sie immer lebendig und reden mit mir. Wie alt war denn Inge Sassen, als sie dir im Traum erschien?“

„Na ja, sie sah so aus wie auf dem Photo, das auf Schwester Theresas Regal steht.“

„Ach, so. Wenn Inge Sassen noch leben würde, dann hätte sie im Traum viel älter ausgesehen.“

„Dachtest du etwa, dass Inge Sassen noch lebt?“

„Nein.“

„Aber ich denke schon, dass Inge Sassens Wesen, dass ihr Geist mir dringend noch etwas mitteilen will, aber irgendwie unter dem Einfluss von Schwester Theresa steht. Sie ist mir ja auch in Schwester Theresas Zimmer erschienen. Irgendetwas von Inge Sassen ist noch lebendig und will Klärung.“

„Aber im Traum wollte sie doch, dass du sie in Ruhe lässt, oder?“

„Wenn sie das wirklich wollte, dann wäre sie mir gar nicht erschienen. Sie trat in mein Unterbewusstsein und stand dann unter dem Einfluss von Schwester Theresa. Diese Nonne will, dass irgendetwas von Inge Sassen nicht bekannt wird."

„Hast du schon öfters von Ermordeten oder Selbstmördern geträumt?"

„Ja."

„Na ja. Beide Personen sind in dein Unterbewusstsein getreten, und das sagte dir deutlich, dass Nachforschungen nicht erwünscht sind. Es war eine Abwehr da. Wo aber eine Abwehr ist, da gibt es immer etwas zu verteidigen."

„Ja, genau."

„Trotzdem solltest du Urlaub machen. Du wirkst schon seit langem gestresst, sonst hättest du auch nicht einfach so Inge Sassens Photo aus Schwester Theresas Zimmer gestohlen."

„Ich weiß, das war eine Kurzschlusshandlung. Ich verstehe selbst nicht, dass ich das getan habe. Ich glaube, dass ich auch zu viele Krimis gesehen habe und mich in diesem Augenblick wie eine Heldin fühlen wollte."

„Hat denn Schwester Theresa den Verlust ihres Bildes noch gar nicht beklagt?"

„Die wird sich hüten. Dann müsste sie ja noch mehr über Inge Sassen offenbaren. Außerdem werde ich versuchen, bei den Exerzitien das Photo wieder in ihr Zimmer zu schmuggeln."

„Grandios."

„Lass bitte deine Ironie. Ich werde es versuchen, und du wirst sehen, dass es klappt."

„Dann drücke ich dir beide Daumen."

„Danke. Wir könnten ja auch beide einmal ein paar Tage wegfahren, aber weißt du, was mich davon abhält?"

„Ja, was denn?"

„Frau Musmann hat schon im Büro verbreitet, dass wir beide ein Lesbenpaar sind."

„Das weiß ich."

„Das weißt du? Seit wann?"

„Schon lange. Die kann doch nicht anders. Das, was die Leute denken, ist mir egal. Wichtig ist, was wirklich ist und was wir selbst denken."

„Na ja, das stimmt schon, aber ich bin auch ganz gerne authentisch und werde für das gehalten, was ich auch wirklich bin.“

„Und? Wie gehst du eigentlich mit deinen Tabus um? Hast du keine homosexuellen Anteile?“

„Die hat doch jeder.“

„Ist es dir peinlich, mit mir in einer Paarbeziehung gesehen zu werden? Schämst du dich für mich?“

„Nein, sonst hätte ich ja schon lange etwas im Büro gesagt. Aber zwischen uns ... Ich könnte nie eine Beziehung zu einem sehr jungen Menschen aufbauen. Eigentlich habe ich mir oft eine Tochter gewünscht, aber irgendwie kam es nie dazu. Was machen eigentlich deine Stiefeltern? Hast du noch Kontakt zu ihnen?“

„Nein. Ich bin mit siebzehn Jahren bei ihnen ausgezogen – zu meiner Freundin, meiner Geliebten.“

„Und haben deine Stiefeltern versucht, mit dir Kontakt aufzunehmen?“

„Nein. Das haben die ja nicht nötig. Ich soll ihnen dankbar sein, dass sie mich adoptiert haben. Wenn ich gehe, dann haben sie es nicht nötig, auf mich zuzukommen. In deren Augen bin ich ja schwierig und verkehrt.“

„Hinter dieser Haltung steckt natürlich Unsicherheit. Beziehungen fordern ja sehr viel Arbeit, und das auf beiden Seiten. Also, wenn ich mir so vorstelle, dass ich ein Kind adoptiere, dann würde ich das, genau wie die meisten Menschen, mit sehr viel Optimismus und Idealismus tun. Jeder hat doch dann die Hoffnung, dass das ein guter Kontakt, eine gute Beziehung wird, die auch dauert. Wenn diese Hoffnung platzen würde, dann wäre das für mich sehr enttäuschend und traurig.“

„Für meine Stiefeltern nicht.“

„Weißt du, wo du vorhin gerade die Sache mit den sexuellen Tabus angesprochen hast, da denke ich, dass die eigentlichen Tabus auf einer ganz anderen Ebene liegen, nämlich der Kommunikationsebene. Wie viele Dinge sind da tabu zwischen dir und deinen Pflegeeltern? Was schlucken sie in sich hinein, und wie viele Gedanken würden sie dir gern sagen? Oder was würdest du ihnen am liebsten sagen?“

„Ach, das interessiert die sowieso nicht.“

„Trau dich da doch mal!“

„Nein. Dazu habe ich keine Lust!“

„Wir beide könnten ein paar Tage an die Ostsee fahren, und wenn du willst, dann kannst du ja auch meine Stiefeltern einladen."

„Das ist eine völlig absurde Idee!"

Happy hour

„Wir kommen in dem Fall keinen Zentimeter weiter. Es passiert überhaupt nichts! Und das, was passiert, ist nicht gerade in unserem Sinne", beschwert sich Hauptkommissarin Mahlmann mit energischer Stimme gleich zu Beginn der Dienstbesprechung. „Wir sollten unsere Sitzung in Zukunft Happy hour nennen."

„Woher kommt denn dieser Zynismus, Frau Kollegin?" fragt Kommissar Backhaus nach.

„Dieser Zynismus sichert mir mein seelisches Überleben in meinem Beruf. Heute steht doch in der Zeitung, dass unser Kommissariat gar nicht mehr an der Aufklärung des Mordes von Lisa Behme interessiert ist, sondern viel mehr den lange zurückliegenden geheimnisvollen Mord an Bruder Franziskus aufdecken will. Dieses Gerücht haben sicherlich die Benediktiner verbreitet."

„Das glaube ich kaum", mischt sich die Kommissarin ein. „Die Benediktiner sind nicht so sehr daran interessiert, dass viel Staub über diesen Mord aufgewirbelt wird."

„Eben!" setzt die Hauptkommissarin dagegen. „Deshalb zwingen sie uns auch, uns endlich auf den Fall Lisa Behme zu konzentrieren, und das ist auch richtig so! Wir brauchen wohl diesen Druck! Aber bisher spielen alle Kollegen nur Räuber und Gendarm und verschwenden viel Zeit, indem sie die Beute belauern. Sie trauen sich wohl gar nicht, mal richtig durchzugreifen, oder?"

„Oh doch, wir sind nur sehr vorsichtig und wollen die Beute nicht gleich aufscheuchen", rechtfertigt sich Kommissar Backhaus.

„Die Beute lacht sich doch schon tot!" widerspricht Mahlmann.

„Ich überwache Schwester Theresa seit einer Woche", wirft die Kommissarin ein.

„So, Sie überwachen sie", brüllt Hauptkommissarin Mahlmann über den langen Tisch herüber. „Sie hätten mal lieber das ganze Zimmer von dieser Nonne durchsuchen lassen sollen. Haben Sie schon eine Haarprobe von dieser Geistlichen untersuchen lassen? Uns fehlt doch noch immer die Identität eines Haares. Besonders die Identität des Haares einer älteren Dame. Wie sieht es aus mit der Speichelprobe dieser Dame?

Man sollte bei Geistlichen keine falsche Bescheidenheit an den Tag legen."

„Wir wollten eben die Beute nicht gleich aufscheuchen, bevor wir zum Schuss ansetzen", unterstützt Herr Backhaus seine Kollegin.

„Sie haben doch überhaupt nichts, womit Sie schießen können! Keine Beweise! Kein Haar! Keine Zeugen! Keine Abdrücke von Schuhen oder Fingern! Womit wollen Sie also bitte schießen außer mit Ihrer billigen Phantasie?"

„In solchem Ton lass ich nicht mit mir reden!" wettert Kommissarin Claßen dagegen und erhebt sich. „An solch einer Sitzung werde ich nicht teilnehmen. Ich lasse mich nicht abwerten, nur weil hier jemand selbst auf einem Berg von Frustrationen sitzt!"

„Dann gehen Sie eben!" gibt Mahlmann die barsche Antwort zurück.

„Moment mal", greift Uhlig ein. „Wir haben hier eine Teamsitzung, und da sollte es uns nicht egal sein, dass ein Kollege oder eine Kollegin einfach so geht."

„Ja, wir sollten versuchen uns zu einigen!" bestätigt Backhaus mit Nachdruck.

„Einigung heißt hier doch immer, dass ich mich auf Methoden einlassen muss, die man vielleicht im Kindergarten beim Räuber- und Gendarmspiel anwendet", setzt Frau Mahlmann dagegen.

„Also, ich glaube heute ist wirklich keine gute Luft zum Reden. Wir sollten die Dienstbesprechung auf einen günstigeren Zeitpunkt vertagen. In der Zwischenzeit kann jeder über sein Verhalten nachdenken und nach konstruktiven Vorschlägen Ausschau halten", zieht Frau Dr. Uhlig die Schlussfolgerung.

„Das ist wirklich eine gute Idee!" greift die Kommissarin als Erste das Angebot auf und verlässt den Raum. Kommissar Backhaus folgt ihr, und nach wenigen Sekunden erheben sich auch die anderen. Schließlich bleibt nur Hauptkommissarin Mahlmann mit nachdenklichem Gesichtsausdruck zurück.

„Hat hier vielleicht jemand daran gedacht, schon einmal einen nächsten Termin festzulegen? Nein natürlich nicht! Wie die Kinder!" ruft sie beleidigt in den leeren Raum hinein.

Nicht um jeden Preis

„Hast du nicht Lust, mit zu den Exerzitien zu kommen?" richtet Claßen an Mechthild Grunau die freundliche Frage. „Ich könnte deine Mithilfe sicherlich gut gebrauchen. Du bist doch eine ausgezeichnete Beobachterin."

„Nein. Du kommst ja auch nicht mit auf meine Tantraseminare."

„Diese bezahlten Familienbindungen?"

„Siehst du, du wertest diese Seminare ab."

„Ja, das sagte ich dir ja schon mal, dass Gemeinschaften und Familien, in denen ich für diese Beziehungen bezahlen muss, keine echten Gemeinschaften sind."

„Jetzt hör auf mit den Beleidigungen! Ihr Kommissare, ihr seid wirklich überarbeitet. Deshalb seid ihr ständig gereizt, und deshalb ist auch eure letzte Teamsitzung geplatzt!"

„Na gut, wenn du im Streit mit mir auseinandergehen willst? Ich dachte eigentlich, dass wir uns vor meiner Abfahrt noch versöhnen können."

„Nicht um jeden Preis!"

Das Enneagramm

„Nach meiner ausführlichen Einleitung kann nun endlich jeder von Ihnen sich einmal vorstellen. Wenn Sie wollen, können Sie nur Ihren Vornamen nennen, und wir können uns während dieser Zeit hier duzen. Das macht vieles einfacher. Willst Du gleich einmal beginnen", richtet Schwester Theresa das Wort an eine Teilnehmerin, die der Kommissarin irgendwie bekannt vorkommt.

„Ich bin Renate. Und ich habe dieses Seminar gewählt, weil ich mal aus meinen gewohnten Denkmustern herauskommen wollte. Vielleicht kennt ihr das, dass man immer wieder in den gleichen Denkmühlen gefangen ist und da einfach nicht herausfindet", kommen die ersten zögerlichen Worte von der Angesprochenen, worauf sie ein kräftiges Nicken erntet.

Das ist die zweite Frau von Harald Sassen, denkt die Kommissarin. Was will die denn hier? Ist das ein Zufall?

„Wir werden uns in den nächsten Tagen mit dem Enneagramm vertraut machen. Enneagramm, dazu gehören die neun Gesichter der Seele. Es gibt neun Menschentypen. Jeder Charakter hat ganz bestimmte Fallen, in die er tappt, ganz bestimmte Stresspunkte und Erlösungswege. Ich werde auch die besonderen Stärken bei jeder Zahl ausführlich schildern. Vielleicht findet Ihr Euch dann irgendwo – wenn auch nur in Ansätzen – wieder. Wir wollen also versuchen, uns näher kennenzulernen, uns selbst und unsere Nächsten. Was fällt Euch zu der Frage ein, wie Ihr Euch selbst in einer Meditation besser entdecken und verstehen könnt?" hört die Kommissarin Schwester Theresa sagen. Erst jetzt merkt Claßen, dass ihre Gedanken während der Vorstellung der Teilnehmer abgeschweift sind und sich auf den Mordfall konzentriert haben. Nun richtet sie, da sie selbst sich als Letzte äußern muss, ihre Konzentration auf die vielen Gesichter, die sie neugierig anschauen.

Erstes Pausengespräch: Was willst du eigentlich von mir?

„Du hast es wirklich geschafft, Theresa, Frauen einander näherzubringen", macht die Kommissarin der Ordensschwester das Kompliment, während beide abseits der Veranstaltung in einer kleinen Nische des Klosters stehen.

„Danke, für die positive Rückmeldung!"

„Ja, ich denke, dass es besonders wichtig ist, dass wir Frauen uns ernst nehmen und einander respektieren. Bei einer Frau aus der Gruppe fällt mir das allerdings etwas schwer."

„Das geht uns allen so. Wir können nicht alle Menschen lieben. In denen, die wir nicht lieben, begegnen uns oft unsere Schattenanteile."

„Und das aus dem Munde einer Ordensschwester. Hast du nicht den Auftrag, alle Menschen zu lieben?"

„Nein. Wir sind ja nicht Gott."

„Bei Renate fällt mir die Nächstenliebe besonders schwer. Kennst du diese Frau? Hast du sie vorher schon einmal gesehen?"

„Nein."

„Sie ist Harald Sassens zweite Frau."

„Ach so."

„Und kennst du sie wirklich nicht?"

„Nein. Was willst du eigentlich von mir? Willst du mir Komplimente machen, um deinen Fall lösen zu können? Außerdem muss ich jetzt zurück in unseren Seminarraum. Kommst du auch mit?"

Zweites Pausengespräch: Welche Zahl war Inge Sassen?

„Ich muss mich bei dir entschuldigen, Theresa", beginnt die Kommissarin vorsichtig, während sie in das Büro von Schwester Theresa eintritt.

„Wieso, es gibt doch nichts zu entschuldigen. Wir Menschen sind so, wie wir sind."

„Ich habe sicherlich durch mein ungeschicktes Vorgehen bei dir den Eindruck erweckt, dass ich nur an der Lösung meines Falls interessiert bin und deine Informationen nur benutzen will."

„Das ist schon in Ordnung. Du musst ja auch deine Pflicht erfüllen."

„Ja und nein. Ich muss einiges erfüllen. Erfüllen aber muss ich vor allem meine Leidenschaft. Mein Beruf ist meine Leidenschaft."

„Da haben wir etwas gemeinsam."

„Dann kannst du mich ja verstehen. Siehst du, es liegt mir so viel daran, den Mord von Lisa Behme aufzuklären. Besonders deshalb, weil er mit dem Schicksal und dem Leid einer Frau verbunden ist, die eine sensible und interessante Frau gewesen ist. Wenn ich Inge Sassen gekannt hätte, dann hätte ich mich sicherlich mit ihr angefreundet. Inge Sassen war sicherlich ein ganz anderer Typ als Renate, Harald Sassens zweite Frau, oder?"

„Da liegen Welten zwischen diesen beiden Charakteren. Das sind Unterschiede wie Tag und Nacht."

„Welcher Zahl würdest du denn Renate zuordnen? Sie behauptet ja selbst, dass sie eine Fünf nach dem Enneagramm sei."

„Renate ist nie und nimmer die Fünf. Eher eine Unerlöste Neun, die noch bei der Sechs, ihrem Stresspunkt verharrt."

„Und Inge Sassen? Welcher Zahl hätte man ..."

„Sie? Inge Sassen hätte damals jeder sicherlich für eine Sieben gehalten."

„Und warum?"

„Die fröhliche Sieben mit Champagnerblut, perlend und sprudelnd. Eine Person, die das Leben in vollen Zügen genießt und sehr viele Kontakte hat."

„Und was war hinter der Fassade?"

„Inge ist damals die Unerlöste Fünf gewesen. Hinter ihrer Maske steckte eine tiefe Depression. In Wirklichkeit war sie unnahbar. Aber die Unerlöste Fünf geht eben zur Sieben, geht von Veranstaltung zu Veranstaltung, von Fest zu Fest und kommt nicht zur Ruhe. So begeht die Fünf Verrat an ihrem eigenen Selbst. Einige Menschen wirken wie Siebener, sind es aber nicht. Sie betäuben nur ihren inneren Kummer."

„Und welchen wirklichen Kummer mag wohl Renate verdrängen? Was meinst du?"

„Das weiß ich nicht. Dazu kenne ich diese Frau zu wenig. So, jetzt muss ich aber noch einmal in unsere Seminarkirche. Ich erwarte dort hohen Besuch. Es ist nur ein kurzes Gespräch, und dann komme ich gleich wieder ins Seminar. Und du?“

Ich fühle mich irgendwie beobachtet

Das ist die Gelegenheit, endlich das Bild und den Ordner zurückzubringen, sagt sich Claßen, während sie Schwester Theresa, die den langen Gang entlangschreitet, nachblickt. Am Ende des Flures wird die Nonne von einem Priester, der das geistliche Gewand und die Mitra trägt, mit einer wohlwollenden Geste begrüßt. Dann wechseln beide leise Worte miteinander und bewegen sich nach wenigen Minuten in Richtung der Seminarkirche, die zu dem Kloster gehört.

Jetzt sieht Claßen ihre große Chance gekommen. Mit heftiger innerer Anspannung schleicht sie über den langen Gang, wendet sich dann nach rechts und steht direkt vor Schwester Theresas Tür. Vorsichtig drückt sie die Klinke herunter und fühlt eine angenehme Erleichterung in sich. Die Tür ist nicht verschlossen. Rasch ist sie im Zimmer, und hier kann sie ihre Neugier wieder einmal kaum unterdrücken und mustert aufmerksam alle Gegenstände. Jetzt ruht ihr Blick auf einem Photoalbum, das auf dem Schreibtisch liegt. Innerlich noch unentschlossen, was sie jetzt in dieser Situation tun soll, versucht sie ihren klaren Verstand zurückzugewinnen. Zuerst muss das Bild zurück! Dann kann ich in das Album schauen! sagt sie sich. Kaum aber hat sie das Bild auf das Regal zurückgestellt, da hört sie ein Geräusch, das ihre Ohren eindeutig als Zuschlagen von Schwester Theresas Zimmertür an den Verstand melden. Richtig, ich hatte die Tür nur angelehnt, um keinen Lärm zu erzeugen. Das Fenster ist nicht offen. Der Luftzug kann es nicht gewesen sein, der die Tür zugeschlagen hat! warnt sie ihr Verstand. Bewegungslos verharrt sie vor dem Regal, und unerträgliche Ängste schießen in ihr hoch. Werde ich jetzt eingeschlossen? hämmert die Frage in ihrem Kopf.

Als nach etwas fünf Minuten ihre Ohren kein Geräusch mehr wahrnehmen, unterbricht die Kommissarin ihre Starre und schleicht auf Zehenspitzen zur Tür. Sie öffnet. Niemand ist zu sehen. Sie schlägt den Weg zum Seminarraum ein und versucht ihr Ängste zu verstehen.

Die ganze Zeit, denkt sie. Die ganze Zeit, als ich in Schwester Theresas Zimmer war, fühlte ich mich irgendwie beobachtet. Das habe ich in der Situation gar nicht gemerkt. Erst jetzt wird es mir deutlich.

Bin ich dir wichtig?

„Mechthild? Ich versuche schon seit Tagen dich anzurufen“, spricht die Kommissarin auf Grunaus Anrufbeantworter. „Bist du mir böse? Wo steckst du eigentlich? Ich weiß, dass du die ganze Woche krank gemeldet bist. Wie geht es dir? Ich mache mir Sorgen. Wenn du Lust hast, dann ruf doch noch einmal zurück, ja?“

Nervös legt die Kommissarin den Hörer auf, versucht gegen ihre inneren Spannungen anzuarbeiten und greift dann erneut zum Hörer. Sie wählt die Nummer der Telephonseelsorge.

„Guten Tag. Ich habe da ein Problem, das wohl auch nicht ganz so wichtig ist. Ich blockiere jetzt wohl für wichtigere Anrufe die Leitung“, beginnt die Kommissarin.

„Sie haben hier angerufen, und jetzt sind Sie für mich wichtig. Sie haben alle Zeit der Welt“, antwortet eine freundliche Frauenstimme, deren Alter Claßen auf etwas Ende fünfzig schätzt.

„Danke. Es ist nämlich so, dass ich mir ständig Sorgen um eine junge Freundin – sie ist auch noch meine Arbeitskollegin – mache. Ich weiß auch gar nicht, wie ich ihr helfen kann, und da dachte ich, dass ein neutraler Rat von außen helfen könnte – oder dass es jemand von außen vielleicht einmal anders sieht. Ich meinem Kopf kreisen ständig die gleichen Gedanken.“

„Und welche Gedanken kreisen da in Ihrem Kopf?“

„Dass Mechthild, so heißt diese Frau, sich zugrunde richtet und sich selbst immer mehr schadet. Und ich muss zusehen, dabei sollte ich doch noch mit ihr sprechen.“

„Wer wollte denn, dass Sie mit Mechthild sprechen?“

„Meine Chefin.“

„Kann sie das nicht selbst, Ihre Chefin? Das ist doch sicherlich ihre Rolle, oder?“

„Ja, eigentlich haben Sie recht, aber ...“

„Sie haben sich diese Verantwortung andrehen lassen?“

„Ja.“

„Übernehmen Sie gerne Verantwortung für andere?“

„Vielleicht.“

„Aber offenbar fühlen Sie sich in dieser Rolle nicht wohl.“

„Ich wollte Mechthild helfen. Sie hat keine einfache Kindheit hinter sich, ihre Mutter wurde von ihrem Vater erschossen, als sie fünf Jahre alt war. Sie hat nie eine Therapie gemacht, aber jetzt macht sie diese

Tantraseminare als Therapie, aber ich zweifele an dem guten Sinn dieser Seminare."

„Und warum zweifeln Sie?"

„Weil ich den Eindruck habe, dass diese Leute sie nur abhängig machen. Sie schleppt sich selbst krank zum Seminar. Ein Treffen mit mir hat sie auch schon öfter abgesagt, wenn es ihr nicht gut ging, aber ihr Seminar, das würde sie nie verpassen wollen. Nie, auch nicht bei Eisglätte, selbst da würde sie noch auf allen Vieren hinkriechen. Das nenne ich äußerstes Pflichtgefühl oder eben Abhängigkeit. Außerdem wirkt sie so unnahbar, wenn sie von den Seminaren zurück ist."

„Aber offenbar empfindet Ihre Freundin das nicht so, oder?"

„Ja, das ist es eben."

„Und Ihre Sorgen, die nützen keinem. Ihre Freundin hat nichts davon, und Ihnen schadet das auch nur."

„Vollkommen richtig."

„Ich kenne und erlebe das bei meiner eigenen Tochter. Je mehr Sorgen ich mir gemacht habe, desto weiter rückte sie von mir weg. Aber ich kann Ihre Gedanken nachvollziehen. Vielleicht wäre es günstig, wenn Sie zweigleisig fahren. Wenn Sie die Probleme mit Mechthild hier vor Ort besprechen, und dann kann ich Ihnen noch einmal die Telephonnummer der Zentrale für Weltanschauungsfragen geben. Dort sitzt auch ein Sektenbeauftragter. Der kann Ihnen zum Nutzen und Schaden dieser Seminare sicherlich Genaueres sagen."

„Das ist wirklich eine gute Idee, weil ...", stimmt Claßen zu und hält inne, da es an der Tür klingelt. „Entschuldigung, aber ich bin im Augenblick so chaotisch. Besonders mit meinen Terminen. Jetzt habe ich doch ganz den Besuch meiner Schwester vergessen. Ich kann jetzt gar nicht weitersprechen. Kann ich die Nummer der Stelle für Weltanschauungen noch einmal bekommen. Ich melde mich dann auch noch mal, und ich danke Ihnen für das Zuhören."

Ich habe wertvolle Zeit verbraten

„Haben diese Exerzitien Sie nun entscheidend verändert?" will Kommissar Backhaus wissen.

„Ich habe wertvolle Urlaubszeit verbraten und nichts herausfinden können. Schwester Theresa hatte die absolute Sperre."

„Und Sie selbst? Haben Sie etwas aus den Exerzitien mitnehmen können?"

„Ich hätte lieber Urlaub machen sollen. So war ich doch immer mit dem Fall beschäftigt."

„Dann lade ich Sie heute zum Essen ein."

„Heute Mittag?"

„Ja, ich habe Zeit."

„Das trifft sich gut. Dann kann ich morgen zur Bank gehen. Aber vor dem Essen muss ich noch zur Zahnärztin."

„Hoffentlich können Sie dann auch hinterher etwas essen?"

„Das wird schon gehen. Es wird nur eine Krone eingesetzt."

Eine Zahnkrone und ihre Folgen

„Na, haben Sie Ihre Sache beim Zahnarzt erfolgreich erledigt?"

„Ja, das war ganz gut und schmerzlos. Eine neue Assistentin war bei dem Arzt. Die hat das ganz gut gemacht."

„Probieren Sie einmal die Vorsuppe heute. Die ist besonders gut."

„Hoffentlich nicht zu scharf, weil da Chili drin ist."

„Die ist überhaupt nicht scharf, und das Brot ist heute ganz besonders frisch und kross und dieses Mal mit ganz speziellen Gewürzen angereichert. Probieren Sie!"

Die Kommissarin ergreift eine Brotscheibe, beißt hinein und spuckt plötzlich das Gekaute wieder aus. „Oh! Ich glaube, dass die Krone draußen ist."

„Das ist aber blöd."

„Na ja, dann esse ich jetzt eben nur sehr weiche Sachen und lasse mir nach dem Essen noch einmal die Krone einsetzen. Aller guten Dinge sind zwei."

„Ist das Ihre Krone?" fragt Herr Backhaus und zeigt mit seiner Gabel auf einen kleinen Gegenstand, der auf dem Teller zwischen dem angekauten Brot liegt.

„Das ist das stolze Dinge, das ganz schön teuer gewesen ist."

„Da ist ja etwas sehr Merkwürdiges drin", spricht Herr Backhaus weiter, wendet mit seiner Gabel die Krone so, dass die offene Seite noch deutlicher oben liegt und zeigt auf das Innere. „Da ist doch noch etwas drin, was da gar nicht hineingehört, meines Erachtens ... ich bin natürlich kein Zahnarzt ..."

„Sie haben recht."

„Na, das ist aber ungewöhnlich. Kannten Sie eigentlich die neue Assistentin der Zahnärztin?"

„Nein."

„Wie war ihr Name?"

„Ich habe es vergessen."

„Hat Ihre Zahnärztin Ihnen die neue Mitarbeiterin vorgestellt?"

„Nein. Finden Sie das verdächtig?"

Backhaus fischt mit einem Zahnstocher die Krone aus dem gekauten Brei heraus und wendet sie noch einmal auf dem Teller ein wenig hin und her. „Bitte nichts mehr herunterschlucken. Sie sollten sich sofort einmal den Mund ausspülen", gibt er im ernsten Ton seiner Kollegin die Anweisung.

Die Kommissarin gehorcht sofort, und als sie in den Speisesaal zurückkommt, findet sie Backhaus telephonierend vor.

„Es kommt sofort ein Kollege aus dem Labor, der sich die Krone ansieht. Außerdem habe ich einen Krankenwagen bestellt, der Sie ins Krankenhaus bringt."

„Ins Krankenhaus? Ich fühle mich doch ganz wohl!"

„Wer weiß, was Sie schon verschluckt haben und was noch unter der Krone war. Sobald wir den Laborbefund haben, nehmen wir Ihre Zahnärztin fest."

„Sie meinen, dass da ein Anschlag auf mich dahinterstecken könnte?"

„Das ist durchaus nicht auszuschließen."

Jetzt erkenne ich den Ernst des ganzen Falls

Kommissar Backhaus betritt das Wartezimmer für die Notaufnahme im St. Bernward-Krankenhaus, erblickt seine Kollegin und lächelt ihr freundlich zu. „Frau Claßen, ich darf Sie jetzt nach Hause fahren. In Ihrem Blut hat man keine Gift- oder Schadstoffe gefunden."

„Aber wieso kann ich nicht alleine nach Hause fahren. Bin ich etwa krank?"

„Ich dachte, dass Sie vielleicht noch ein wenig unter Schock stehen könnten und da ..."

„Da wollten Sie mich persönlich nach Hause fahren?"

„Ja."

„Was ist denn nun mit der Krone und den Ergebnissen aus dem Labor?"

„Das erzähle ich Ihnen, wenn wir draußen sind."

„Sie sind ja heute so fürsorglich. Ist es ernst mit dem Anschlag?" flüstert die Kommissarin, als beide den leeren Flur erreicht haben.

„Unter der Krone befand sich eine kleine Kapsel mit Zyankali.“

„Jetzt werden mir die Knie aber wirklich weich.“

„Draußen wartet schon ein Personenschutz auf Sie.“

„Das heißt also, wenn die Krone nicht herausgefallen wäre und ich weiter gekaut hätte ... Sie haben mir das Leben gerettet.“

„Ein glücklicher Zufall meinte es gut mit Ihnen.“

„Wollen wir uns nicht duzen?“

„Ja. Ich bin Lars. Das weißt du ja.“

„Und ich heiße Lorena. Das weißt du ja auch.“

„Ich glaube, Hauptkommissarin Mahlmann hat recht. Ich träume bei diesem Fall.“

„Hat sie so etwas gesagt?“

„Ja. Aber jetzt bin ich aufgewacht und erkenne den Ernst des ganzen Falls.“

Schließlich geht es um mein Leben

„Wir lassen alles bei dieser Zahnärztin untersuchen. Wir nehmen den ganzen Laden auseinander. So lassen wir uns nicht noch einmal narren!“ schimpft Kommissarin Claßen vor sich hin.

„Wir haben doch schon konkrete Ergebnisse, die uns bald zu einer sicheren Spur führen“, versucht Kommissar Backhaus seine Kollegin zu trösten.

„Was denn? Es kam im zahntechnischen Labor zu einer Verzögerung. Die Krone wurde erst später fertig und sollte offenbar noch kurz vor dem Einsetzen in die Praxis gebracht werden. Leider hatten das Dienstauto und der Wagen des Chefs einen Platten. Ist das ein Zufall? Zwei Fahrzeuge, die gleichzeitig fahruntüchtig sind, weil sie einen zerstochenen Reifen haben?“

„Ja, das klingt für mich auch wie geplant. Und dann hatte die Sekretärin des Zahnlabors ein Taxi bestellt, damit die Krone noch rechtzeitig zu deinem Termin eingesetzt werden konnte. Die Zahntechnikerin nahm die Sache in die Hand und fuhr mit der gut verpackten Krone direkt zu deiner Zahnärztin. Unten im Flur soll ihr eine Frau im Kittel entgegengekommen sein, die sich als Sprechstundenhilfe ausgab, es aber nicht war.“

„Nein, denn oben hat sie sich als Assistentin von Herrn Brombach, dem Leiter des zahntechnischen Labors, ausgegeben und behauptet, sie habe den Auftrag, die Krone selbst einzusetzen. Meine Zahnärztin hat das alles zugelassen, und so kam es eben dazu."

„Nur eine Kette von Zufällen hat den Mordanschlag auf dich überhaupt möglich gemacht. Wenn dieser Ablauf nur an einer Stelle gehakt hätte, dann ..."

„Wer konnte von alldem wissen? Wer wusste, dass ich eine Krone brauche und dass meine Zahnärztin den Auftrag gibt, diese Krone zu holen? Da kommen nur wenige Personen in Betracht."

„Richtig: Deine Zahnärztin und ihr Personal. Und eben das zahntechnische Labor mit all seinen Angestellten. Aber bisher sehe ich weit und breit kein Motiv. Du etwa?"

„Nein, ich kann mir nur vorstellen, dass es irgendwie mit diesem Fall zu tun hat. Irgendwer will nicht, dass ich weiter darin herumstochere. Jemand, der auch Verbindungen zu einem Zahnarzt oder Zahntechniker hat. Ich wäre durch die Zyankalikapsel einfach so gestorben, und keiner hätte später etwas nachweisen können."

„Bei all unseren Nachforschungen im Fall Lisa Behme hat uns nie die Spur in die Nähe eines Zahnarztes geführt. Oder haben wir da etwas übersehen?"

„Renate Sassen hatte doch ein Alibi bei einer Zahnärztin. Sie hatte sich doch zu der Tatzeit einer Wurzelbehandlung unterzogen, oder?"

„Aber in Hannover."

„Trotzdem jeder Assoziation ist wichtig. Und ausgerechnet Renate Sassen treffe ich bei den Exerzitien."

„Ach, das kann doch wirklich kein Zufall sein. Und wenn ja, dann einer, der untersucht werden muss."

„Ich werde zu Schwester Theresa fahren. Sie weiß mehr, als sie sagt. Und wenn sie hört, dass sie mit ihrem Schweigen das Leben von Menschen aufs Spiel setzt, dann wird sie vielleicht ..."

„Wir sollten uns vor allem das Leben dieser Renate Sassen einmal genauer ansehen."

„Ja, und auch Schwester Theresa lasse ich weiterhin observieren. Sie selbst ist nicht die Mörderin. Da müsste mich meine Menschenkenntnis sehr täuschen, aber sie schützt jemanden."

„Vielleicht solltest du vor dem Besuch im Kloster noch einmal mit Mahlmann sprechen. Die hat einen dringenden Verdacht, dem ich nicht ganz folgen kann."

„Und der wäre?"

„Die Geliebte von Herrn Behme soll es jetzt mal wieder sein. Sie habe ihn von seiner Familie wegreißen und ganz für sich haben wollen. Die kleine Lisa hätte immer zwischen den beiden gestanden."

„Und hat sie Beweise?"

„Verschaff dir selbst ein Bild. Sie hat einen Schuhabdruck im Garten identifiziert. Er gehört zum Schuh der Geliebten von Herrn Behme."

„Und, was sagt die?"

„Sie habe eine Nacht, bevor die kleine Lisa starb, heimlich im Garten gestanden, weil er in den letzten Wochen so wenig Zeit für sie gehabt habe. Sie habe ihn beschattet und sehen wollen, ob er wirklich so spät von einer Dienstbesprechung nach Hause gegangen und auch dort geblieben sei."

„Seltsam ist das schon. Und das alles so kurz vor dem Mord."

„Du weißt ja, wie Frau Mahlmann ist. Sie will, dass du die Untersuchungen im Kloster einstellst und dich auf Herrn Behmes Geliebte konzentrierst. Aber lies dir die Akten erst einmal selbst durch."

„Ich werde mich auf die Untersuchungen konzentrieren, die ich selbst für notwendig halte. Schließlich geht es um mein Leben!"

Verantwortung

„Schwester Theresa, ich danke Ihnen, dass Sie sich hier in Ihrem Büro Zeit für mich genommen haben."

„Das ist doch selbstverständlich. Ich hoffe aber, dass Sie Ihre Zeit nicht verschwenden. Es ist doch schon alles gesagt worden."

„Offenbar nicht. Es wurde ein Mordanschlag auf mich verübt. Ich sollte mit einer Zyankalikapsel vergiftet werden."

„Großer Gott! Das tut mir leid. Das ist sehr, sehr furchtbar! Gott helfe Ihnen und beschütze Sie!"

„Ihre Hilfe ist mir dabei viel lieber als die Hilfe Gottes. Ein Mädchen musste schon sterben, weil sie zufällig etwas gefunden hat, was andere nicht wissen sollten. Jetzt soll ich auch wohl an meiner Arbeit gehindert oder ganz ausgeschaltet werden, damit irgendetwas nicht ans Tageslicht kommt. Und ich denke, dass Sie ahnen, was es ist, aber jemanden schützen wollen. Aber: Es geht hier um Verantwortung! Wie viele Leben sollen noch geopfert werden, damit ein Geheimnis nicht offenbar wird?"

„Ich halte Sie für einen klugen Kopf, Frau Claßen. Es gibt nicht viele Menschen, die über so viel Selbstreflexion verfügen wie Sie. Und wenn Sie diese kritische Selbstreflexion einmal wachrufen, dann wissen Sie auch ganz genau, dass Sie gerade mit Unterstellungen arbeiten. Aber ich kann Sie verstehen. Es geht ja um Ihr Leben, und die Todesangst lässt oft gute Geistesgaben hinter Wolken verschwinden und stürzt uns tief in sehr subjektive Wahrnehmungen."

„Das Kompliment, das ich da herausgehört habe, kann ich an Sie zurückgeben. Auch Sie sind eine beherrschte und umsichtige Frau mit intellektuellem Weitblick. Die Kritik habe ich natürlich auch verstanden."

„Trinken Sie einen Tee mit mir?"

„Ja, gerne."

„Dann stelle ich jetzt auch das Telephon ab."

„Das ist eine sehr angenehme und höfliche Geste von Ihnen."

„Sehen Sie, ich möchte Ihnen helfen, weil ich diese Sache mit der Todesangst allzu gut kenne. Sie wissen aber sicherlich auch, dass es das gute Recht eines jeden Menschen ist, Geheimnisse zu haben. Nur weil ich mein Privatleben nicht offen darlege, mache ich mich noch nicht strafbar. Sie können es sicherlich auch verstehen, dass ein Mensch sein Privatleben für sich behalten will, auch wenn er denkt, dass vielleicht die eine oder andere Information für die Aufdeckung eines Mordfalls wichtig sein könnte."

„Das kann ich nur verstehen, wenn ich Ihren Standpunkt einnehme. Aus der Sicht einer Kommissarin sehe ich das natürlich etwas anders. Außerdem ist ein Mordanschlag auf mich verübt worden. Wäre Ihnen so etwas geschehen, ich weiß nicht, ob Sie dann auch noch alles so locker betrachten könnten?" spricht Claßen im wütenden Ton weiter.

„Das ist völlig richtig. Während das Teewasser kocht, werde ich noch einmal versuchen, mich in die Vergangenheit zu versetzen, und ich hoffe, dass Sie mir folgen können."

„Bitte, fangen Sie an", antwortet die Kommissarin in einem ruhigeren Tonfall.

„Also, es ging Inge Sassen sehr schlecht in ihren letzten Jahren in der Luisenstraße."

„Das kann ich mir lebhaft vorstellen."

„Inge wurde von ihrem Schwager Thorsten zum Geschlechtsakt gezwungen. Sie hat darüber mit Bruder Franziskus gesprochen."

„Und was hat er ihr geraten?"

„Dass sie sich scheiden lassen sollte."

„Und warum hat sie das nicht getan?“

„Thorsten hat sie erpresst. Er hat ihr angedroht, Harald zu erzählen, dass sie ihn verführt habe und dass sie dann schuldig geschieden wäre und kaum Anspruch auf Unterhalt hätte. Außerdem hat er ihr mit äußerster Heftigkeit erklärt, dass sie ihm nicht entfliehen könne. Wohin sie auch gehe, er werde sie verfolgen. Er hatte Inge als seinen Besitz betrachtet.“

„Und Inge hat auch Ihnen das alles erzählt?“

„Inge kam eines Tages in die katholische Seelsorge und sprach mit mir über all diese Dinge. Wissen Sie überhaupt, was das heißt, wenn eine Frau vergewaltigt wird?“

„Ja und nein.“

„Wer es nicht miterlebt hat, vermag es sich nicht vorzustellen. Inge war zu tiefst verwundet. Die Sexualität war ihr zum richtigen Horror geworden. Wenn eine Frau vergewaltigt worden ist, dann will sie erst einmal keine Sexualität mehr. Sex ist dann wie Salz in der Wunde. Das können Männer nicht verstehen.“

„Und ihr Ehemann auch nicht?“

„Nein. Sie versuchte sich ihm zu entziehen. Er zwang sie zu sexuellen Handlungen und ging dann auch fremd.“

„Mit Renate? War seine zweite Frau damals schon seine Geliebte?“

„Das weiß ich nicht. Auch Inge wusste das nicht. Harald hielt eben alles gut geheim, aber er hatte seine Geliebten und nicht nur eine.“

„Und Thorsten Sassen hat dann auch die Benediktinermönche erpresst?“

„Sie wissen ja sehr viel.“

„Weil er wusste, wer Bruder Franziskus umgebracht hat?“

„Nein. Das weiß bis heute keiner. Nur der Mörder. Nein, die Sache verhält sich noch etwas anders. Inge hatte es geschafft, eine Kur durchzusetzen. So bekam sie Abstand von Thorsten und Harald. Das war noch bevor Inge und ich uns kennenlernten, also bevor sie in die Seelsorge kam.“

„Und in der Kur hat sie dann jemanden kennengelernt?“

„Ja. Sie hat sich in eine Frau verliebt, die in einem Hotel am selben Ort alleine Urlaub machte.“

„Wissen Sie den Namen dieser Frau?“

„Sie nannte sich Mechthild und wollte Inge ihren Nachnamen nicht nennen.“

„Und warum nicht?“

„Weil sie eine anerkannte Person in der Öffentlichkeit war. So hat sie es jedenfalls damals Inge erzählt.“

„Und wie klappte das dann mit der Geheimhaltung des Namens? Inge hat doch Briefe von Mechthild bekommen. Da muss doch eine Adresse dabei gewesen sein.“

„Mechthild hatte eine Postfachadresse in Berlin.“

„Und Inge Sassen? Blieb sie auch ohne Nachnamen?“

„Inge hatte gegenüber Mechthild volles Vertrauen und hatte damals ihren Nachnamen und ihre Adresse angegeben.“

„Dann war die Beziehung zu dieser Mechthild ja ziemlich frustrierend. Und wo ist nun die Verbindung zu Bruder Franziskus und der Erpressung durch Thorsten Sassen?“

„Bevor ich Inge kennenlernte, hat sie eben über ihre Probleme mit Bruder Franziskus gesprochen. Bruder Franziskus war eine Seele von Mensch, der sich über viele Normen hinwegsetzte. Inge und er haben sich auch Briefe geschrieben. In einem dieser Briefe hat sie ihm von ihrer Liebe zu Mechthild berichtet und ihn gefragt, ob das Sünde sei.“

„Und was hat er ihr geantwortet?“

„Ich kannte ja Bruder Franziskus. Es war oft so schonungslos ehrlich, dass es ihm selbst oft geschadet hat. Er stellte die Emotionen in den Mittelpunkt.“

„Und was hat Bruder Franziskus Inge geschrieben?“

„Dass Homosexualität keine Sünde sei. Um ihr Mut zu machen, offenbarte er sich ihr und schrieb ihr, dass er selbst homosexuell sei und sich schon oft verliebt habe. Schließlich nannte er sogar den Namen eines Bruders, in den er sich verliebt hatte und schrieb auch bald, dass diese Liebe ihre Erwiderung gefunden habe.“

„Und Inge hatte das schriftlich von ihm?“

„Ja. Diese Briefe hat Thorsten Sassen gefunden, und er hat nach Inges Tod damit die Benediktinermönche erpresst. Er hat ihnen angedroht, dass er Bruder Franziskus’ Briefe an eine Zeitung geben würde.“

„Aber Bruder Franziskus war zu diesem Zeitpunkt ja schon tot, oder?“

„Ja, das störte Thorsten aber nicht. Er ging über Leichen.“

„Und er hat kostenloses Wohnen von den Mönchen gefordert?“

„Nach Inges Tod wollte ihn Harald sofort aus dem Haus schmeißen.“

„Warum?“

„Er gab Thorsten die Schuld an Inges Tod. Er behauptete, dass Thorsten Inge durch seine Vergewaltigungen in den Selbstmord getrieben habe.“

„Was ja auch stimmte.“

„Ja.“

„Inge hatte also ihrem Mann von den Vergewaltigungen berichtet?“

„Ja, er hatte ihr nicht geglaubt und dagegengehalten, dass Thorsten gestanden habe, dass sie ihn verführt habe.“

„Nach Inges Tod aber hat er ihr geglaubt?“

„Ja. Außerdem hatte er wohl auch ein schlechtes Gewissen, weil er selbst außereheliche Affären hatte.“

„Wir könnten Thorsten Sassen noch einmal vor Gericht stellen, wenn Sie wollen.“

„Das Opfer, das die Zeugin sein könnte, ist tot. Wer soll ihn den anklagen?“

„Wissen Sie, mich macht das alles sehr wütend. Dass eine Frau einfach so Opfer wird und keiner ihr glaubt.“

„In mir hatte das auch heftige Aggressionen hervorgerufen.“

„Sie haben sich in Inge verliebt, als sie mit ihren Problemen zu Ihnen kam, oder?“

„Inge war eine Frau mit Herz, die jeden ansprach.“

„Ich hätte Inge auch geglaubt. Was war denn nun eigentlich mit Mechthild? Vielleicht war das noch nicht einmal ihr richtiger Name?“

„Wahrscheinlich. Ich hatte auch den Verdacht, dass es diese Mechthild gewesen sein könnte, die Bruder Franziskus ermordet hat.“

„Warum?“

„Inge wollte die Beziehung zu Mechthild beenden und sich nicht mehr heimlich in irgendwelchen Hotels in der Nähe von Berlin treffen. Inge hat damals viel mit Bruder Franziskus über diese Dinge gesprochen und das auch Mechthild gegenüber erwähnt. Mechthild dachte sofort, dass Inge ein Verhältnis mit dem Geistlichen habe und deshalb von ihr Abstand nehme. Vor lauter Eifersucht soll sie Inge sogar das Angebot gemacht haben, mit ihr und den Kindern gemeinsam nach Holland zu fliehen. Dort sei man toleranter gegenüber Homosexuellen.“

„Und Inge hatte das Angebot nicht angenommen?“

„Nein. Und kurz nach der Ablehnung von Mechthilds Angebot wurde Bruder Franziskus ermordet. Inge hatte die heftigsten Schuldgefühle. Sie glaubte, dass Mechthild Franziskus ermordet hatte. Mit diesen Schuldgefühlen kam Inge zu mir und wollte sich auch umbringen. Hinzu kam natürlich der Druck von Thorsten und weil sie den Mord an Bruder Franziskus als mahnendes Zeichen ansah, nicht mehr weiter den Weg der Homosexualität zu gehen."

„Und was haben Sie ihr damals geraten?"

„So genau weiß ich es nicht mehr, aber woran ich mich noch erinnere ist, dass ich ihr riet, mit Mechthild zu reden, damit sich ihre Eifersucht legt."

„Hatte es Erfolg?"

„Wahrscheinlich nicht. Ich selbst nehme an, dass diese Mechthild es nicht ertragen konnte, dass Inge kaum noch Zeit für sie hatte."

„Warum haben Sie Ihren Verdacht bezüglich des Mordes an Bruder Franziskus nicht damals der Polizei mitgeteilt?"

„Dann hätte ich Inge Sassen ganzes Leben aufdecken müssen. Und welches Licht hätte das auf unser Kloster geworfen? Außerdem hielt ich es für unmöglich, Mechthild zu finden. Ich habe diese Frau nie gesehen. Inge hatte kein Bild von ihr. Wir hatten keine Adresse. Wo soll man da suchen?"

„Wir von der Polizei haben da schon andere Möglichkeiten. Würden Sie das, was Sie mir gerade erzählt haben, auch zu Protokoll geben?"

„Was denn? Ich habe Ihnen doch gar nichts erzählt, was Sie dort festhalten könnten."

„Verstehe. Das Wasser, das schon im Kocher zum Brodeln gebracht worden ist, ist jetzt sicher wieder kalt geworden."

„Ja, ach ja richtig, der Tee! Den habe ich ganz vergessen. Wollen Sie noch eine Tasse? Ich mache es schnell wieder warm!"

„Nein, danke. Wer war denn eigentlich der Geistliche, in den sich Bruder Franziskus verliebt hatte?"

„Das hat bisher keiner herausfinden können."

„Schwester Theresa, ich glaube, dass Sie nicht wissen, was das bedeutet, wenn man knapp einem Mordanschlag entgangen ist!"

„Wie soll ich etwas sagen, was ich nicht weiß."

„Ich muss weiter. Aber ich danke Ihnen für den Tee! Ich werde ihn langsam schlürfen, aber er wird mir im Hals steckenbleiben."

„Sie denken schon ganz im Geiste der Exerzitien."

„Nein! Ganz im Geiste der Necarzitien!"

Wo ist das Fieberthermometer?

„Mechthild, ich bin es, Lorena. Hast du ein Fieberthermometer? Ich kann meins irgendwie nicht finden und weiß noch nicht, ob ich morgen zur Arbeit gehe."

„Die Frage kannst du dir aber auch ohne Fieberthermometer beantworten! Du musst endlich einmal zu Hause bleiben! Das Fieberthermometer bringe ich dir schon vorbei."

„Das kann ich mir fast gar nicht leisten. Der Fall hat eine so ganz unerwartete Wendung genommen. Außerdem – bist du noch sauer auf mich?"

„Wenn du so weitermachst mit deiner Arbeitssucht, dann nimmt dein Leben auch noch eine unerwartete Wende. Aber ich bin dir nicht mehr böse."

„Schwester Theresa hat mir so viel offenbart. Natürlich will sie das alles nicht zu Protokoll geben, aber ich glaube ihr."

„Du kannst den Fall auch noch nächste Woche lösen."

Das Puzzle muss neu zusammengebaut werden

„Na, Lorena, bist du wieder gesund?" fragt Kommissar Backhaus Claßen.

„Noch nicht so richtig. Die Nase ist noch ziemlich zu."

„Du solltest länger zu Hause bleiben!"

„Und unser Fall?"

„Wichtig ist, dass du weiterhin Personenschutz hast, und dabei ist es völlig unerheblich, ob du in deiner Wohnung oder hier auf dem Revier bist. Außerdem habe ich schon eine ganze Menge in deiner Abwesenheit herausgefunden."

„Jetzt machst du mich aber wirklich neugierig."

„Was ich herausgefunden habe, reicht für einen Haft- und Durchsuchungsbefehl. Außerdem ist eine Haarprobe angesagt."

„Von wem?"

„Von Renate Sassen."

„Sag an! Was hast du entdeckt?"

„Sie heißt eigentlich Renate Mechthild Sassen, geborene Mühlenberg."

„Ach, das ist ja unglaublich. Sie ist Mechthild. Das kann nicht sein. Das ist unlogisch."

„Wieso?"

„Ich habe dir doch ausführlich berichtet, was Schwester Theresa mir gebeichtet hat.“

„Ja, und?“

„Mechthild war Inge Sassens Geliebte. Sie kann nicht auch zugleich Haralds Geliebte gewesen sein.“

„Nun pass erst einmal auf. Renate Sassen hat nach der Fachhochschulreife den Beruf der Zahntechnikerin erlernt. Dann hat sie nach dem Tod von Harald Sassen ihr Abitur nachgeholt und Medizin studiert. Sie ist dann selbst Zahnärztin geworden. Außerdem könnte das schwarzgefärbte Haar, das wir an der Kleidung von Lisa Behme gefunden haben, ihr Haar sein. Es passt vom Alter. Und Renate Sassen hat ja schwarzgefärbtes Haar. Außerdem habe ich hier ihre Unterschrift aus dem Personalausweis, und diese Unterschrift hat sehr große Ähnlichkeit mit der Schrift aus dem Brief, den Inge Sassen von einer gewissen Mechthild empfangen hat.“

„Hatte nicht Renate Sassen ein Alibi, dass sie zur Tatzeit bei einer Zahnärztin gewesen ist?“

„Ja, sie ist ja auch schon in Pension gegangen. Auch Zahnärzte müssen mal zum Zahnarzt. Aber das Beste kommt noch. Es ist in Lesbenkreisen bekannt, dass diese Zahnärztin homosexuell ist. Auch hat diese Frau Dr. Irene Schidemann versucht das Grundstück in der Luisenstraße 24 zu kaufen. Sie stand auf der Liste der Käufer, die mir Frau Mahlmann gegeben hat.“

„Dass mir das entgangen ist!“

„Also, beantragen wir einen Haft- und Durchsuchungsbefehl bei der Staatsanwältin?“

„Natürlich. Ich dachte nur, dass ich das Puzzle zusammengebaut hätte. Jetzt muss ich erst wieder neu alles zusammensuchen.“

„Auf jeden Fall habe ich das Vortäuschen von dir gelernt. Ich werde gegenüber Renate Sassen einmal behaupten, dass wir bereits ihre Fingeabdrücke an deiner Zahnkrone gefunden haben. Dann kannst du endlich dich wieder ohne Personenschutz bewegen.“

Sie stehen trotzdem noch unter Tatverdacht

„Wir haben Ihre Fingerabdrücke auf der Box gefunden, in welcher der Zahnersatz für Kommissarin Claßen war. Wie erklären Sie sich das?“ richtet Kommissar Backhaus barsch die Frage an Renate Sassen.

„Ich weiß nicht, welche Box Sie meinen", antwortet mit missmutigem Gesicht die Befragte. „Man fasst ja so vieles an. Im Kaufhaus und überall ..."

„Außerdem haben wir an der Kleidung der ermordeten Lisa Behme Ihr Haar gefunden", fährt der Kommissar energisch fort.

„Haare können auch überall hinwehen."

„An der Tatwaffe, nämlich einem Brieföffner, befinden sich ebenfalls eindeutig Ihre Fingerabdrücke! Jetzt hören Sie endlich auf, uns irgendwelche Märchen zu erzählen. Wir haben auch den Abdruck Ihres Schuhs im Garten der Luisenstraße 24 gefunden. Oder wollen Sie uns etwa verkaufen, dass Sie gar nicht wissen, welche Luisenstraße 24 ich meine?"

„Na, gut. Ich bin zur Tatzeit dort gewesen, aber ich bin nicht die Mörderin. Das kleine Mädchen war schon tot. Ich wollte versuchen es zu retten und habe den Brieföffner herausgezogen, aber die Kleine bewegte sich überhaupt nicht mehr. Da bin ich weggerannt, weil ich befürchtete, dass ich in Verdacht geraten könnte."

„Das soll ich Ihnen glauben? Das ist doch lächerlich. Was wollten Sie denn auf dem Grundstück?"

„Ja, ich hatte vor vielen Jahren ein Verhältnis mit Inge Sassen und wusste auch, dass Inge vieles aufgeschrieben hatte, und als ich die aufgeschaufelte Erde und die Kiste sah, wurde ich neugierig. Da kam die Vergangenheit wieder hoch, und alles stand noch einmal so deutlich vor mir."

„Haben Sie den Brieföffner und den Brief, der von Inge Sassen geschrieben wurde, mitgenommen?"

„Nein. Ich ließ alles in der Luisenstraße zurück, so wie es war."

„Was interessierte Sie denn so an dem, was Frau Sassen geschrieben hatte?"

„Das ist meine Privatsache!"

„Gut. Ich kann Sie aber leider noch nicht entlassen. Bisher haben Sie nichts gesagt, das zu Ihrer Entlastung beiträgt."

„Nichts? Haben Sie denn nicht zugehört? Sie haben doch überhaupt keinen Durchblick. Sie glauben da mit Ihrem Spatzenhirn etwas erkennen zu können, aber Sie haben nicht die geringste Ahnung. Wissen Sie überhaupt, dass die Frau die sich Ende der fünfziger Jahre als Inge Sassen erhängt haben soll, überhaupt nicht Inge Sassen war. Lassen Sie das Grab von Inge Sassen ausheben und prüfen Sie meine Behauptung anhand der Gebeine der Frau, die dort unten in der Erde liegt, und dem Speicheltest der Töchter von Inge Sassen. Sie werden dann herausfinden, dass dieses Skelett ganz und gar nicht Inge Sassen sein kann."

„Und wer soll diese Person sein?"

„Ich weiß es auch nicht. Sie hat auf jeden Fall Inge sehr ähnlich gesehen. Sie verstehen, warum es mich zum Grundstück in der Luisenstraße 24 trieb. Seit Jahren beschäftigt mich die Frage: Wo ist eigentlich Inge? Ich glaubte eine Antwort in dem Garten in der Luisenstraße 24 zu finden."

„Da waren Sie ja eine richtige Detektivin", bemerkt der Kommissar im ironischen Ton. „Und warum haben Sie diese Frage nicht der Polizei überlassen?"

„Dafür habe ich meine privaten Gründe."

„Verstehe. Woher wissen Sie das eigentlich alles so genau?"

„Harald und ich hatten damals eine Affäre, bis ich dann seine Frau Inge sah. Ich verliebte mich in sie. Sie wusste nicht, dass ich Haralds Geliebte war, und er wusste nichts von meinen Gefühlen zu Inge. Ihr Tod traf Harald ganz fürchterlich. Auch als er erfuhr, dass Inge schon im vierten Monat schwanger war, gab es gewaltigen Ärger mit Thorsten. Harald war zutiefst verwundet und niedergeschlagen. Ich war es aber auch, weil ich Inge ja noch liebte. Ich suchte Trost bei Harald. Er tat mir so leid, und ich fühlte mich so schuldig, dass ich ihn mit Inge betrogen hatte. Als er die tote Inge identifizieren sollte, konnte er nicht mehr. Er bat mich, dass ich mitkommen sollte, um ihn zu stützen."

„Und das taten Sie dann auch."

„Ja, und ich erlebte eine große Überraschung. Diese Person sah Inge erstaunlich ähnlich, aber sie war es hundert Prozent nicht."

„Warum haben Sie das nicht Harald oder der Polizei gesagt?"

„Tja. Überlegen Sie doch einmal! Dann hätte ich ja zugeben müssen, dass ich Inge gekannt habe. Offiziell bin ich doch nur als Begleitperson mitgekommen, die eigentlich gar nicht wusste, wer Inge Sassen war."

„Und wieso ist das Harald Sassen nicht aufgefallen, dass die Tote nicht seine Frau war?"

„Harald war völlig verwirrt und durcheinander. Er war kaum noch arbeitsfähig. Er machte einen Fehler nach dem anderen. Er traute sich auch gar nicht, die Leiche näher anzusehen. Am meisten störte ihn wohl der leicht gewölbte Bauch. Inge und er hatten seit etwa zehn Monaten nicht mehr miteinander geschlafen. Als wir wieder zu Hause waren, da sagte er, dass der Tod doch einen Menschen sehr verändert. Vielleicht hatte er schon seine Zweifel gehabt, aber er hatte in dieser Situation einfach nicht die Schärfe und Klarheit für die Realität."

„So. Und warum haben Sie ihn nicht in seiner Unsicherheit bestärkt? Sie hätten ja fragen können: Wie meinst du das? Wie verändert der Tod einen Menschen?"

„Ich stand auch neben mir. Ich fragte mich die ganze Zeit: Wie ist das möglich? Es wird eine Person gefunden, die Inge Sassens Kleider trägt, ihr Alter hat und ihr sehr ähnlich sieht. Wie ist das möglich? Das ist keine Attrappe, das ist ein Mensch aus Fleisch und Blut. Ist das Zauberei?"

„Gut, wenn Sie recht haben sollten, ist das wirklich erstaunlich. Wir werden Ihre Behauptungen überprüfen. Ich muss Sie aber trotzdem auf dem Revier behalten. Sie stehen weiter unter Tatverdacht. Sie sind im Mordfall Lisa Behme keineswegs entlastet."

Inge Sassen darf nicht gewarnt werden

„Ich denke zwar auch, dass es klüger ist, wenn niemand davon erfährt, dass wir das Grab von Inge Sassen noch einmal ausheben, nicht einmal ihre Kinder ... aber wie willst du das machen? Die Kinder gehen regelmäßig zum Grab ihrer Mutter. Das wird denen auffallen. Außerdem müssen wir die Familie vorher informieren. So will es die Vorschrift", äußert Kommissar Backhaus seine Bedenken.

„Dann besorgen wir uns eine Sondergenehmigung. Wir heben das Grab nachts aus und richten alles wieder so ein, wie es gewesen ist. Nachts werden die Kinder wohl nicht zum Grab ihrer Mutter gehen", hält Kommissarin Claßen dagegen. „Wir müssen das tun. Sonst ist die wahre Inge Sassen gewarnt und über alle Berge."

„Gut. Aber das wird eine kalte Nacht. Zieh dich warm an! Ich habe so etwas vor Jahren schon einmal gemacht. Ich hoffe, dass ich die Übung darin noch nicht verloren habe. Und wie soll es dann eigentlich weitergehen?"

„Wie meinst du das?"

„Danach müssen wir es ja Inge Sassens Kindern sagen. Schließlich brauchen wir von ihnen Genmaterial, um beweisen zu können, dass das Skelett nicht das ihrer Mutter ist."

„So weit habe ich noch nicht gedacht."

„Wie wäre es, wenn wir sagen, dass ein Zeuge, der nicht genannt werden will, behauptet, dass eine der Töchter von Inge Sassen zur Tatzeit im Garten gewesen ist, und dass wir ein Haar und gewisse Speichelreste noch nicht identifiziert haben ... und deshalb, um jeden Verdacht ausschließen zu können, eine Speichelprobe oder ein Haar brauchen?“

„Das ist genial. Mit welcher der beiden Töchter sollen wir das machen?“

„Vielleicht mit der jüngeren Tochter. Die ältere ist zu kritisch. Die jüngere kauft uns das eher ab.“

„Gut. Übernimmst du das?“

„Vielleicht lieber du? Seitdem ich in die heilige Aura dieser Seminarleiterin hineingelatscht bin, ist die nicht so gut auf mich zu sprechen.“

Eine kalte Nacht

„Weißt du jetzt, wie man ein Grab aushebt, Lars?“

„Ich habe das Ganze schon einmal bei meiner alten Stelle gemacht. Ich hoffe, dass ich alles gut in Erinnerung behalten habe.“

„Ich danke dir noch einmal, dass du meinetwegen die Gesetze brichst.“

„Was kann mir schon passieren. Ein Rüffel von der Chefin. Na ja, die meckert sowieso.“

„Mir ist derart kalt. Die heutige Nacht soll besonders kalt werden. Schaufeln wir uns warm!“ sagt die Kommissarin, gibt sich selbst einen Ruck und ergreift den Spaten. „So kann ich auch meine Wut abarbeiten“, fügt sie nach wenigen Spatenstichen hinzu.

„Worauf bist du wütend?“

„Ach, nicht der Rede wert.“

„Auf Frau Mahlmann?“

„Nein. Auf Mechthild Grunau.“

„Ist da immer noch der Konflikt mit den Seminaren zwischen euch?“

„Ja. Wir kommen da keinen Zentimeter weiter, und heute, obwohl sie Fieber hatte, ist sie noch nach München zu diesem Lichtseminar gereist. Sie ist schon einmal so halb krank dahin gefahren und kam dann noch kränker wieder. Da musste eine Nachbarin ihr noch den Koffer hochtragen. Und nächstes Wochenende, da macht sie doch schon wieder dieses Tantraseminar bei unseren lieben Freunden ... na, du weißt schon, wen ich meine.“

„Und worin besteht das Problem?“

„Würdest du halb krank noch zu einem Seminar fahren?“

„Nein.“

„Eben. Das ist doch Abhängigkeit. Dabei bin ich eher wütend auf die Seminarleiter als auf Mechthild. Dass die die Leute so abhängig machen.“

„Du schleppst dich ja auch oft krank zur Arbeit.“

„Das ist etwas anderes.“

„Ist es das? Jetzt solltest du auch lieber noch zu Hause bleiben. Du bist mit deinem Infekt doch noch nicht durch ... und dann die kalte Nacht ...“

„Ich weiß ja, dass mir das nicht gut tut. Aber ich erwarte ja von meiner Arbeit keine Heilung wie Mechthild von ihrem Seminar. Ich bin da realistischer. Bei mir beruht das alles auf Pflichtgefühlen und nicht auf dem Wunsch nach Heilung.“

„Hhmm. Ein bisschen Heilung würde dir aber auch ganz gut tun.“

„Willst du meine Wut noch mehr anstacheln, damit ich schneller grabe?“

„Nein. Ich hoffe nur, dass wir das Grab nachher wieder so hinbekommen, dass keiner merkt, dass hier herumgeschaufelt wurde. Der Regen, der heute Nacht noch kommen soll, wird unsere Spuren verschleiern.“

Sie machen das einfach so

„Claßen. Einen schönen guten Morgen, Frau Sassen. Entschuldigen Sie, dass ich hier noch einmal bei Ihnen erscheine, aber es ist eine reine Routineuntersuchung.“

„Routineuntersuchung? Wollen Sie mich hier wie eine Ärztin untersuchen?“ fragt die jüngere Tochter von Inge Sassen zurück.

„Nein. Ich will es kurz machen. Ein Zeuge glaubt, ausgerechnet Sie zu der Zeit, als Lisa Behme ermordet wurde, am Tatort gesehen zu haben. Sie kommen als Täterin natürlich überhaupt nicht in Frage, weil Sie kein Motiv haben. Wir müssen diesem Hinweis aber trotzdem nachgehen. Wir brauchen nur eine Speichelprobe, und dann ist dieser absurde Verdacht eh aus der Welt.“

„Die können Sie haben.“

„Danke."

„Sie machen das einfach so", bricht Dagmar Sassen plötzlich das Schweigen, nachdem die Kommissarin die Speichelprobe entnommen hat.

„Wie meinen Sie das?"

„Na ja, Sie holen sich einfach von allen Menschen das, was Sie brauchen. Die Haare, den Speichel, die Fingerabdrücke und irgendwelche Schuhe, um irgendwelche Abdrücke zu vergleichen."

„Ja. Das ist unsere Pflicht."

„Aber Sie holen sich das einfach so. Sie dringen einfach in das Energiefeld von Menschen ein und nehmen sich sogar das, was zum Körper gehört."

„Das müssen Sie gerade sagen", platzt die Kommissarin wütend hervor. „Was machen Sie denn? Sie nehmen sich die Seelen der Menschen und machen sie abhängig, damit sie bequeme Zahler haben, die regelmäßig ihre sauer verdienten Groschen zu Ihnen tragen."

„Das ist eine Unverschämtheit. So etwas muss ich mir nicht sagen lassen!"

„Fragen Sie sich manchmal, ob das wirklich Ihren Seminarteilnehmern nützt? Ob es sie unabhängig macht? Ob Ihre Seminarteilnehmer auch eigene innere Quellen in sich entdecken und nicht immer häufiger bei Ihnen im Seminar Zuflucht suchen müssen? Ein guter Therapeut macht sich immer überflüssiger, aber das machen Sie nicht so."

„Das brauche ich mir nun wirklich nicht bieten zu lassen! Raus! Und zwar sofort! Sonst bekommen Sie von mir unaufgefordert noch eine zweite Speichelprobe und zwar eine saftige!"

Ein Tausch?

In Kommissar Backhaus Büro sitzen Mechthild Grunau und Hauptkommissarin Mahlmann.

„Frau Renate Sassen hatte völlig recht. Die Gebeine, die im Grab von Inge Sassen liegen, gehören nicht zu Inge Sassen. Das hat der Gentest beweisen. Wer aber ist diese Tote, die ja auch schwanger gewesen sein soll. Wo bekommt man plötzlich eine echte Leiche her, die noch dazu Inge Sassen sehr ähnlich sieht und der man dann auch noch Inge Sassen Kleider anziehen kann?" beginnt Kommissar Backhaus das Gespräch, und Mechthild Grunau schreibt fleißig mit.

„Wir sollten uns Hilfe vom BKA holen“, gibt Hauptkommissarin Mahlmann die Empfehlung.

„Das habe ich schon getan. Ich habe mir die Daten und Photos sämtlicher Vermissten aus den fünfziger Jahren und zwar europaweit geben lassen.“

„Und?“

„Es gibt keine Vermisste, auf welche die Beschreibung auch nur annähernd zutrifft.“

„Dann wurde vielleicht ein Tausch vorgenommen. Inge Sassen lebt das Leben der toten Person, die im Grab liegt, weiter“, mischt sich Mechthild Grunau ein.

„Wer bringt sich freiwillig für einen Menschen um, nur damit dieser Mensch ein anderes Leben weiterleben kann? Nein, das ist absurd“, schmettert Hauptkommissarin Mahlmann den Vorschlag von Grunau ab.

„Vielleicht war die Person, die in Inge Sassens Grab liegt, ja auch eine Frau, die untergetaucht war. Von daher konnte man sie vielleicht gar nicht als vermisst melden“, lässt sich Mechthild Grunau nicht abschrecken.

„Das ist durchaus eine gute Idee!“ lobt Kommissar Backhaus.

„Wir werden diesem Verdacht nachgehen. Am besten gleich Montag. Da ist ja auch Kommissarin Claßen sicherlich wieder da. Aber halten Sie sich jetzt bitte zurück. Wir machen das schon. Ihre Arbeit ist das Protokoll.“

Seine Kinder lässt man nicht einfach so im Stich

Ein großes, behagliches Wohnzimmer schützt zwei Personen vor dem Sturm, der wieder einmal draußen tobt. Kommissarin Claßen hat sich auf ihrer Couch in eine Wolldecke gehüllt und ein Fieberthermometer im Mund. Nicht weit von ihr entfernt sitzt ihre Freundin Mechthild Grunau im Schneidersitz lässig auf einem großen Sessel.

„Die Nacht auf dem Friedhof war dermaßen kalt, dass ich jetzt eimen Rückfall bekommen habe. Dann ging es mir trotz des Schupfens in seelischer Hinsicht noch sehr gut, aber seitdem ich weiß, dass die Gebeine von Inge Sassen einer anderen Frau gehören, ist das Fieber wieder zurückgekommen, und ich fühle mich unendlich leer und bedeutungslos. Ich komme mir so vor, als müsste ich noch einmal ganz von vorne anfangen“, spricht Claßen mit erschöpfter Stimme.

„Du denkst, dass du versagt hast?“

„Nein, nicht wirklich. Vielleicht im Unterbewusstsein.“

„Ob Inge Sassens Töchter wissen, dass ihre Mutter lebt?“

„Sicher. Die wollten ja gar nicht so gerne Auskunft geben. Besonders die Tantra-Dame.“

„Welche meinst du?“

„Na, Dagmar Sassen.“

„Das habe ich manchmal auch schon gedacht, aber dann ... Das ist also Inge Sassens Tochter.“

„Behalte das aber alles für dich. Keiner darf wissen, dass Inge Sassen nicht tot ist.“

„Du weißt doch, dass du mir vertrauen kannst.“

„Das muss ich auch, sonst bleibt der Fall ungelöst. Die noch lebende Inge Sassen ist ein wichtiger Schlüssel für die Aufklärung des Mordes an Lisa Behme. Ach, irgendwie ist immer alles anders. Erst denkt man, dass man den richtigen Blick für die Dinge hat, dann aber entpuppt sich alles als doppelter Boden. Wie viele Böden sind noch unter dem Boden, den ich sehe? Wie viele Male muss ich noch hinsehen, um an den eigentlichen Grund zu kommen?“

„Weißt du, wenn ich wüsste, dass meine Mutter gar nicht tot ist, sondern vielleicht noch lebt, dann wäre ich überglücklich ... Obwohl ich auch wütend wäre, dass sie mich so viele Jahre alleingelassen hat. Aber später hätte ich dafür Verständnis.“

„Bei dir ist es vielleicht ja auch noch ein klein wenig anders. Deine Mutter wurde getötet. Sie wollte nicht freiwillig gehen. Jedes Kind aber, dessen Mutter sich selbst umgebracht hat, wird sich fragen: Hatte Mutti mich denn gar nicht lieb? War ihre Liebe zu mir so viel kleiner als ihr Kummer? Warum hat sie es nicht gewollt, für mich noch hier am Leben zu bleiben? Bin ich ihr nicht wichtig gewesen?“

„Das würde ich mich an Stelle von Dagmar Sassen auch fragen. Seltsam, deshalb verstehe ich mich mit Dagmar so gut. Wir sind Seelenverwandte, das spürte ich gleich.“

„Aber bitte sag ihr nichts davon. Von dem Tod ihrer Mutter kannst du ja offiziell gar nichts wissen.“

„Ich weiß. Ich finde es toll, dass du deine Pflichten als Kommissarin vernachlässigst und mich überhaupt in den Fall einweihst. Das ehrt mich sehr!“

„Danke!“

„Aber diese Fragen, die du da eben gestellt hast, werden sich schon viele Kinder fragen, deren Mütter Selbstmord begangen haben."

„Und da sieht man mal, was eine Mutter, die Selbstmord begehen will, durchmacht."

„Wie meinst du das?"

„Na ja, Kinder sind doch Hoffnungsträger. Sie stehen für eine neue Existenzmöglichkeit. Jede Frau würde allein schon wegen ihrer Kinder am Leben bleiben. Das ist Instinkt. Ich muss überleben, weil mein eigen Fleisch und Blut mich noch dringend braucht. Wenn aber eine Mutter Selbstmord begeht, dann ist sie vorher schon viele Tode auf der seelischen Ebene gestorben. Sie ist schon mehrere Male durch die Hölle gegangen. Das weiß ich. Was nur hat Inge Sassen alles erlebt, dass sie ihre Kinder im Stich gelassen hat, nachdem sie den Selbstmord vorgetäuscht hat? Die lässt man nicht einfach so alleine. Was ist da wirklich passiert?"

„Auf jeden Fall ist dein Unterbewusstsein doch schon sehr klug. Denk an deinen Traum, in dem lebte Inge Sassen, und sie und Schwester Theresa wollten, dass du beide in Ruhe lässt. Da hatte dein Unterbewusstsein doch schon den richtigen Riecher."

„Gut, dass du mich daran erinnerst! Vor allem war es Schwester Theresa, die wollte, dass ich beide in Ruhe lasse. Schwester Theresa weiß, dass Inge Sassen noch lebt. Und sie weiß auch, wo sie sich aufhält. Was hat sie noch während der Exerzitien zum Enneagramm gesagt? ‚Früher hätte man denken können, dass Inge Sassen eine Sieben war, aber eigentlich war sie eine Unerlöste Fünf, die zur Sieben gegangen war.' So ähnlich hat sie das formuliert. Wo ist mein Überwachungsbericht über Schwester Theresa? Ich muss sofort ins Büro. Diese Frau besucht Inge Sassen regelmäßig. Wir werden es herausfinden."

„Mit deinem Fieber solltest du lieber hier bleiben."

„Nein, auf keinen Fall."

„Du hast wirklich nichts dazugelernt! Du bleibst jetzt hier."

„Und du? Du fährst doch auch krank zu einem Seminar nach München!"

„Das Seminar tut mir aber gut ... die Arbeit dir offenbar nicht so sehr."

„Doch. Wenn ich den Bericht habe, geht es mir wieder besser."

„Ich fahre ins Büro und besorge dir diesen Bericht, wenn du mir die Schlüssel gibst und sagst, wo ich den Bericht finde, und wenn du mir versprichst, dass du morgen mit deinem Fieber im Bett bleibst! Jetzt tauschen wir einmal die Rollen! Jetzt bin ich mal die Mutter!“

Wo ist die Fünf?

Das Fieber hat Claßen immer noch im Griff. Trotz ihrer Grippe greift sie gleich am frühen Morgen zum Telephon, um mit Kommissar Backhaus zu reden und weitere Ermittlungen in Gang setzen zu können. „Es hat mich diesmal ganz schön erwischt, aber ich hatte Zeit zum Nachdenken, und Mechthild war so nett, mir den Überwachungsbericht über Schwester Theresa zu holen.“

„Du solltest dich lieber entspannen, sonst hält sich die Krankheit noch länger!“

„Schwester Theresa fährt regelmäßig in ein Kloster, das ganz in der Nähe von Saarbrücken liegt. Wo versteckt man eine Fünf besser als im Kloster? Und wenn Inge Sassen die Fünf ist, dann lebt sie jetzt in diesem Kloster.“

„Was meinst du damit?“

„Du weißt doch, diese Exerzitien, die ich im Benediktinerkloster gemacht habe. In der Nähe von Saarbrücken gibt es auch ein Benediktinerkloster. Dort hält sich Inge Sassen vielleicht versteckt, und zwar unter dem Namen einer Nonne. Wenn ich dir die genaue Anschrift des Klosters gebe, kannst du dann einmal die Personalien und sonstigen Daten der dort lebenden Nonnen und Bediensteten überprüfen. Vielleicht hat es ja in diesem Kloster vor oder nach Inge Sassens angeblichen Freitod irgendwelche auffälligen Bewegungen gegeben.“

„Ich kann das machen. Vielleicht finden wir ja einen Anhaltspunkt.“

„Wenn du eine Idee hast, dann ruf mich an. Und was ist mit Renate Mechthild Sassen? Hat sie mittlerweile gestanden?“

„Nein. Sie beharrt fest auf ihrer Unschuld.“

„Dann ist der Mörder wohl aus den Wolken gekommen. Ach – und von den neuen Ermittlungen darf keiner etwas erfahren. Bitte mach alles ganz diskret über unsere Datenbanken. Vor allem Schwester Theresa darf davon nichts mitbekommen, sonst verschrecken wir noch unsere Beute vor dem Schuss.“

„Die Mahlmann darf auf keinen Fall etwas von unserer Aktion wissen.“

„Die auf keinen Fall.“

„Die hängt sich ja noch immer an die Geliebte von Herrn Behme als Hauptverdächtige ran."

„Ich dachte, dass die außen vor sei, weil doch der Speicheltest negativ war."

„Dachte ich auch ... ach, ja Speicheltest. Die Mahlmann hat noch eine Dienstaufsichtsbeschwerde gegen dich."

„Ach, wegen Dagmar Sassen?"

„Ja, aber jetzt sind wir erst einmal mit der Mutter dieser Dame beschäftigt."

„Genau. Zur Not entschuldige ich mich bei Dagmar Sassen. Ich kann sie jetzt eh ein bisschen besser verstehen. Zur Not mache ich da den Kniefall und schreibe mich für zwei Jahre bei ihren Seminaren ein."

Noch am späten Nachmittag ruft Backhaus die Kommissarin zurück. „Geht es dir wirklich schon so gut, dass wir über den Fall reden können?" beginnt der Kommissar vorsichtig.

„Schieß los. Alles, was uns in diesem Fall vorantreibt, macht mich gesund."

„Das ist aber eine sehr ungesunde Haltung."

„Nun mach es nicht so spannend!"

„Einen Tag nach Inges Sassens Freitod ist eine junge Nonne mit Namen Mary Baxford in dieses Kloster gekommen. Vorher hatte sie in einem schweizer Kloster gelebt, war seit zwei Wochen in Deutschland und hat sich dann wohl entschieden, für immer in unserem Land zu bleiben. Heute nennt sie sich Schwester Maria. Diese junge Nonne, die 1933 geboren ist, sah Inge Sassen tatsächlich sehr ähnlich. Wenn ich das Photo auf dem Personalausweis von 1959 betrachte, dann könnte man sie sogar auf den ersten Blick für Inge Sassens Zwillingsschwester halten."

„Na, das ist dir ja gut gelungen. Wir haben sie. Wir sollten aber nach weiteren Beweisen suchen."

„Das habe ich schon. Dabei habe ich selbst erst einmal gar nicht viel getan. Das meiste hat mein schweizer Amtskollege in Zürich erledigt. Er hat sich als ehemaliger Klassenkamerad von Mary Baxford ausgegeben und die Schwester von Mary aufgesucht, die wohnt nämlich auch ganz in der Nähe von Zürich. Er hat gefragt, ob sie die Anschrift von Mary hätte, da ein Klassentreffen anstehe. Mary hat seit 1959 den Kontakt zu ihrer Familie völlig abgebrochen. Die Schwestern schieben diese Veränderung auf das Klosterleben, das eben einen Menschen völlig vereinnahme und von seiner Familie entfremde. Mein schweizer Amtskollege hat Marys Schwester Clara zum Drink ins Café eingeladen. Als die Dame auf die Toilette gegangen ist, hat er ihren fast leeren Kaffeebecher eingesteckt. Dieser Becher reicht für eine Speichelprobe. Morgen Abend schon wissen wir, ob die Gebeine in Inge Sassens Grab zu Mary Baxford gehören oder nicht."

„Rufst du mich an, wenn du Bescheid weißt?"

„Nur, wenn du mit versprichst, dass du morgen wirklich zu Hause bleibst und dich schonst!"

„Na, wenn du mich anrufen sollst, dann muss ich ja wohl zu Hause sein. Hast du dich etwa mit Mechthild Grunau verbündet? Die hat mir auch schon so etwas gesagt. Ach, das erinnert mich daran, dass ich noch die Zentrale für Weltanschauungsfragen anrufen muss. Ich bin da noch gar nicht zu gekommen."

Wir haben sie

„Wir haben sie", flüstert Kommissar Backhaus ins Telephon.

„Inge Sassen?" fragt Claßen zurück und hustet dann laut in den Telephonhörer.

„Ja. Das Skelett, das in Inge Sassens Grab liegt, ist Mary Baxford. Der Gentest mit der Schwester hat die Verwandtschaft eindeutig bewiesen."

„Das ist großartig."

„Wir sind jetzt zwar kurz vorm Ziel, aber trotzdem sollten wir den Schuss noch nicht wagen."

„Sehr klug. Schwester Theresa hat mir nicht die ganze Wahrheit gesagt. Aber sie wird es bald tun, weil sie Inge Sassen liebt. Ich habe da schon eine Idee."

„Ich dachte, dass du dich erst einmal auskurieren solltest."

„Hör zu: Du fährst morgen nach Saarbrücken und lässt Inge Sassen bzw. Mary Baxford verhaften und auf unser Revier bringen. Gleichzeitig fahre ich zu Schwester Theresa und erzähle ihr, dass Inge Sassen lebt und die Mörderin von Lisa Behme ist. Inge Sassen hat Lisa Behme umgebracht, damit ihre falsche Identität und der Mord an Bruder Franziskus nicht aufgedeckt werden. Diese Annahme ist natürlich völliger Blödsinn, aber ich vermutete ..."

„... dass Schwester Theresa dann endlich die ganze Wahrheit sagen wird, um Inge zu schützen."

„Genau."

„Eine gute Idee. Du klingst aber noch sehr angeschlagen. Sollte nicht jemand anders deine Aufgabe übernehmen?"

„Auf keinen Fall. Ich kenne doch Schwester Theresa so gut."

„Vielleicht ist die Vermutung, dass Inge Sassen auch als Mörderin in Frage kommt, gar nicht mal so abwegig. Jeder Verdacht sollte ernstgenommen werden."

„Inge? Nein, die nicht! Das sagt mir schon ihr Blick!"

„Ach übrigens, erinnerst du dich noch an den Drohbrief, den die Benediktinermönche aus der Schweiz bekamen?"

„Ja, natürlich."

„Wir dachten damals, dass die Mönche den Brief selbst geschrieben haben. Vielleicht sollten wir aber auch einmal von der Tatsache ausgehen, dass die Drohung echt war."

„War es wieder dieses Kloster bei Engelberg oder so?"

„Ja. Dort hat Mary Baxford gelebt, bevor sie zu den deutschen Benediktinerinnen kam. Ihr Vater war übrigens Engländer und ist dann irgendwann in die Schweiz übergesiedelt."

Die Zeit ist eine ganz andere

„Sie kommen schon wieder?" begrüßt Schwester Theresa die Kommissarin mit missmutigem Gesicht in ihrem Büro. „Ich kann doch nicht immer für Sie Zeit haben!"

„Ich hoffe, dass es das letzte Mal ist. Der Fall ist so gut wie aufgeklärt."

„Ach?"

„Die Täterin steht fest. Wir brauchen nur noch ein Geständnis."

„Und wer ist es?"

„Inge Sassen."

„Die ist doch tot!"

„Nein. Sie hat damals ihre Identität getauscht. Die Frau, die in Inge Sassens Grab liegt, ist Mary Baxford. Inge Sassen hat versucht unterzutauchen und als Mary Baxford weiterzuleben. Sie steht unter dringendem Tatverdacht Mary Baxford, Bruder Franziskus und eben auch Lisa Behme umgebracht zu haben."

„Sie klingen noch sehr stark erkältet. Sie sollten sich schonen", entgegnet Schwester Theresa mit bleichem Gesicht, erhebt sich und tritt an das Fenster. „Was wollen Sie denn noch von mir, wenn der Fall doch klar ist?"

„Ich dachte, dass Sie uns weiterhelfen können. Es fehlt noch Inge Sassens Geständnis. Sie leugnet alles, aber das wird ihr auf Dauer nichts nützen."

„Für Sie ist alles so einfach. Sehen Sie, Sie könnten ja meine Tochter sein. Sie sind doch sicherlich in den fünfziger Jahren geboren."

„Ja. 1950."

„Da gehören Sie zu den begnadeten Frauen. Sie sind sicherlich schon zwanzig Jahre bei der Polizei, oder?"

„So ungefähr."

„Was sind schon zwanzig Jahre im Leben eines Menschen. Ihre ersten Jahre bei der Polizei kommen Ihnen doch sicher manchmal so wie gestern vor."

„Durchaus."

„Aber, ob jemand 1930 oder 1950 geboren ist, das ist doch ein himmelweiter Unterschied. Die Zeit ist eine ganz andere. Zwischen diesen Jahren liegen Welten. Wenn Sie jemanden treffen, der zwanzig Jahre älter ist als Sie, dann fällt Ihnen sofort auf, dass derjenige in einer anderen Zeit geboren ist. Wenn Sie selbst aber zwanzig Jahre ihres Lebens erleben, dann haben Sie oft nicht die Distanz. Sie denken, dass die Zeit noch die gleiche ist wie vorher. Sie ist es aber nicht. Immer, jeden Tag neu, entsteht eine andere Welt. Sie könnten meine Tochter sein. Zwischen uns beiden liegen Welten. Inge Sassen wurde in eine Welt hineingeboren, in der sie keine Frauenhäuser in ihrer Nähe hatte. Wohin sollte sie fliehen? Eine Frau, die heute geboren wird, hat so viele Möglichkeiten. Sie kann wählen. Inge Sassen konnte nicht wählen. Mit einer Scheidung war das gar nicht so einfach. Heute trennen sich die Frauen so spielend von ihren Männern, haben gleichzeitig drei oder vier Männer, die sie lieben, oder sie sagen, dass sie lesbisch sind und sind auf dieses Gefühl noch stolz, weil es sie zu etwas Exotischem macht. Diese Möglichkeiten hatte sie ganz und gar nicht. Inge Sassen hatte schon zuvor einen Selbstmordversuch gemacht, aber sie wurde gefunden. Sie hatte versucht, sich die Pulsadern aufzuschneiden. Bei allen Selbstmördern ist das Selbstwertgefühl auf den Nullpunkt gesunken. Als man Inge Sassen gefunden hatte, da baute sich kurzfristig ihr Selbstbewusstsein wieder auf. Sie nahm das Leben als Geschenk, sah sich erwünscht in der Welt, aber dann fingen die alten Strukturen wieder an. Thorsten Sassen vergewaltigte sie wieder. Ich selbst habe dann Inge Sassen zu dem Rollentausch geraten. Ich habe alles arrangiert."

„Welchen Rollentausch meinen Sie?"

„Eine Nonne aus der Schweiz mit Namen Mary Baxford hatte sich bei uns im Kloster erhängt. Mary sah Inge unglaublich ähnlich. Ich zeigte Inge den Weg und ließ sie in die Rolle von Mary Baxford schlüpfen. Und dann ... es war ein Geschenk ... wie ein Geschenk ... wie vom Himmel gemacht."

„Schwester Theresa? Ich bin jetzt nicht zum Plaudern und Teetrinken hierher gekommen. Dieses Mal müssen Sie mit mir aufs Revier gehen und Ihre Aussagen zu Protokoll geben. Wir können sonst Inge Sassen nicht freilassen."

„Inge ist auf keinen Fall die Mörderin!"

„Jemand soll sie zur Tatzeit auf dem Grundstück in der Luisenstraße gesehen haben."

„Das ist absurd. Da war Inge bei mir, vielmehr ... ich bin bei ihr gewesen."

„Kommen Sie jetzt mit aufs Revier?"

Der Glaube ist doch ein Wagnis

„Ich muss das leider so machen mit dem Diktiergerät. Es geht nicht anders", entschuldigt sich die Kommissarin.

„Ja, ich weiß, Frau Claßen. Es musste ja irgendwann so kommen", beginnt Schwester Theresa.

„Vielleicht fangen Sie mit Mary Baxford an. Wieso war diese Ordensschwester eigentlich nach Deutschland gekommen?"

„Das war alles sehr spontan. Ich erhielt einen Anruf von Schwester Mary mit der Bitte, dass sie in unser Kloster kommen dürfe. Sie sprach sehr erregt, und heftige Spannungen lagen in ihrer Stimme. Am darauffolgenden Abend reiste sie dann schon an und bat ausschließlich mich um seelische Betreuung. Zu diesem Zeitpunkt begann für mich bereits das Wunder. Mary sah Inge so unglaublich ähnlich, dass ich sie immer wieder anschauen musste. Beide hätten wirklich Zwillingsschwestern sein können. Bald aber bemerkte ich, dass Schwester Mary auch ähnlich Probleme wie Inge hatte. Schwester Mary war ein Opfer der Verführung gewesen und war schon im vierten Monat schwanger. Ich musste dieses Geheimnis für mich behalten. Sie suchte in Deutschland einen Arzt, der ihr helfen sollte, die Vaterschaft nachzuweisen."

„Wer war der Vater?"

„Ein hoher Geistlicher, dessen Namen mir Mary nicht verraten wollte."

„Wieso hat sie diesen Bluttest nicht in der Schweiz machen lassen?"

„Da hätte man ja gleich ihre Schwangerschaft bemerkt. Sie wollte den Test fern von der Heimat machen und sich hier beraten lassen, welche Möglichkeiten sie hat, von einem Mann den Vaterschaftstest zu verlangen. Und sie wollte sich auch noch erkundigen, welche Möglichkeiten sie hatte, ein Kind anonym zu Adoption freizugeben. Sie kam nach Deutschland, weil ihre Mutter Deutsche war. Mary Baxford sprach fließend Deutsch. Da passte alles zusammen."

„Hatte sie etwas erreichen können?"

„Sie ist bei Dr. Kramweder und bei irgendeinem Universitätsarzt gewesen, und sie kam sehr verwirrt und niedergeschlagen zurück. Sie wollte auch über nichts sprechen. In derselben Nacht noch hat sie sich in unserem Kloster in der Vorhalle aufgehängt. Ich fand sie bei meinen nächtlichen Spaziergängen durch das Kloster. Wenn ich nicht schlafen kann, gehe ich immer umher."

„Und da haben Sie Inge angerufen?"

„Nicht gleich. Sehen Sie, Inge Sassen war Monate lang in einer absoluten Notlage gewesen, in der sie oft nur einen Ausweg sah, nämlich den Selbstmord. Thorsten vergewaltigte sie regelmäßig. Er benutze zwar einen Kondom, aber Inge hatte eine derartige Angst vor einer Schwangerschaft. Sie wollte frei sein und nicht noch ein Kind. Sie wollte gehen. Ihr Mann glaubte ihr nicht, wenn sie mit ihm über alles sprechen wollte. Harald ließ sie alleine. Sie litt, sie starb tausend seelische Tode. Thorsten drohte ihr. Er schlug sie. Wo sollte sie hin? Wie oft hatte ich vorher gebetet, dass sich für Inge ein Ausweg zeigen möge. Ich habe auf Gott geschimpft, habe ihn angeschrien, wie er das zulassen kann.

Und dann war da auch noch die wunderbare Predigt von Bruder Franziskus. Es ist seine letzte Predigt gewesen. Er sagte, dass der Glaube ein Wagnis sei. Wir alle seien aufgefordert und persönlich gerufen. Für einen jeden von uns gebe es Momente im Leben, in denen wir ganz persönlich angesprochen sind, etwas zu wagen. Keiner kann die Aufgabe an unserer Stelle übernehmen. ‚Keiner kann dich ersetzen. Nur du bist gefordert, auch wenn du mit deiner Tat aneckst. Wenn du diese Aufgabe nicht übernimmst, dann wird es keiner tun. Wenn du das Wagnis nicht eingehst, dann wird etwas Gutes verhindert. Gutes entsteht oft nur durch ein Wagnis. Wir müssen Grenzen übertreten. Auch Jesus hat dies getan.‘ Ja, ich höre noch genau seine Worte und sehe ihn deutlich vor mir.“

„Und als Sie die tote Schwester Mary sahen, da glaubten oder spürten Sie, dass Ihr Wagnis, Ihre Aufgabe gekommen war?“

„Ja. Dieser Tod bedeutete Leben. Es war ein Geschenk des Himmels. Es war wie das Opfer Christi, das uns zum Leben verhilft. Der Selbstmord von Mary Baxford war schon geschehen. Den konnte ich nicht rückgängigmachen. Aber ein zweiter Selbstmord konnte so verhindert werden. Der Tod ist der Schlüssel zum Leben. Hier lag das Wagnis, von dem Bruder Franziskus gesprochen hatte, und ich spürte eine sonderbare Nähe zu dem toten Bruder. Es war so, als spornten in diesem Augenblick seine Worte mich noch eindringlicher an, endlich mutig zu werden.“

„Und dann haben Sie Inge Sassen angerufen?“

„Nein. Ich fuhr zu ihr, weihte Schwester Brunhild in meinen Plan ein und bat sie, die Leiche zu bewachen.“

„Und Inge Sassen? War sie gleich einverstanden mit Ihrem Plan?“

„Erst nicht. Ich bat sie, mitzukommen. Harald war bei einer Freundin. Alles passte. Als Inge die Leiche sah, als sie diesen Selbstmord so langsam begriff, da wurde ihr bewusst, was das alles bedeutet ... so ein Abschied für immer.“

„Und dann?“

„Zu dritt, Schwester Brunhild, Inge und ich, schafften wir die Erhängte in die kleine Scheune, die damals an Inge Sassens Haus angrenzte. Wir zogen ihr die Kleider aus und tauschten sie mit Inges Kleidungsstücken. Außerdem schnitten wir Schwester Mary noch die Haare, damit es mit Inges Haarlänge übereinstimmte. Inge Sassen trug dann die Kleider einer Toten, die ihr aber zu neuem Leben verhalfen.“

„Ja, richtig. Das war eine Unstimmigkeit mit den frisch abgeschnittenen Haaren, die damals auch im Protokoll vermerkt wurde.“

„Na ja, das Weitere wissen Sie ja. Inges Mann fand die Leiche gegen Mittag in der Scheune. Inge selbst spielte nun die Rolle von Mary Baxford.“

„War das nicht schwierig? Konnte man da nicht auch Fehler machen, so dass der Schwindel auffiel?“

„Mary Baxford sprach ja fließend deutsch mit einem englischen Akzent. Inge selbst war sehr sprachbegabt und sprach fließend Englisch. Das passte also alles. Inge schrieb – in der Rolle von Mary Baxford natürlich – ihrem Kloster, dass sie ein neues Leben anfangen und in einem deutschen Kloster weiterleben wolle. Sie brach den Kontakt zu den Menschen ihrer Vergangenheit völlig ab."

„Und ihre Kinder?"

„Das war besonders schmerzvoll für Inge. Aber der Druck, den sie in ihrem alten Leben hatte, war so groß gewesen, dass sie diesen neuen Weg gehen musste. Als beide Kinder über zwanzig waren, haben wir sie eingeweiht. Sie wissen Bescheid, dass ihre Mutter noch lebt und schweigen wie ein Grab. Sie können ihre Mutter verstehen. Ich hoffe, dass Sie Inge und mich auch verstehen können. Es war eben eine ganz andere Zeit damals. Eine Frau hatte da kaum Möglichkeiten, die sie wählen konnte. Für uns war das der einzige Weg, den wir gehen konnten."

„Wenn Sie meine persönliche Meinung hören wollen, dann kann ich Ihnen nur sagen: sehr mutig. Sie haben die Liebe über alles gestellt. Sie haben sich nicht an Paragraphen und Gesetzen festgeklammert, Sie haben vor allem auf Ihr Gefühl gehört. Sie waren voller Hingabe und hatten nur ein Ziel, nämlich Inge Sassen den Weg zurück ins Leben zu ermöglichen. Es ist immer gut, wenn man die Liebe über alles stellt, über Normen, über Unterschiede zwischen Schichten, Altersunterschiede und sogar über Gesetze, aber an den Gesetzen kommen Sie leider nicht vorbei ... dieser Vorfall muss natürlich vor Gericht, weil man in unserem Lande nicht einfach so eine Leiche wegschaffen und eine Person austauschen kann. Sie verstehen?"

„Ja. Es musste ja irgendwann so kommen."

„Mein Herz hat mehr Respekt vor Ihrer Tat, als Sie sich vorstellen können. Sehen Sie, meine Schwester arbeitet an einer katholischen Schule im Süden Deutschlands. Dort hat eine Fachleiterin gewissermaßen Hausverbot, weil sie sich nämlich geoutet hat und öffentlich zu ihrer Lebenspartnerin steht. Die beiden gehen wohl Hand in Hand. Diese Fachleiterin arbeitet natürlich an einer staatlichen Schule. Vor ihrem Coming-out hatte sie auch Referendare an dieser katholischen Schule zu betreuen. Seit drei Jahren aber lässt man nur eine andere Fachleiterin in die katholischen Hallen. Also wirklich, ich habe Respekt vor Ihrem Mut. Sie haben wirklich Rückgrat."

Inge Sassen

„Schwester Maria, es tut mit leid, dass ich Sie habe verhaften und aus Saarbrücken auf unser Revier habe bringen lassen, aber es ist unsere Pflicht, Verdächtigungen nachzugehen", setzt Claßen zögerlich die Worte.

„Welcher Verdacht besteht?" fragt die Angesprochene schüchtern zurück.

„Sie sollen zur Tatzeit auf einem Grundstück ganz in der Nähe des Opfers Lisa Behme gesehen worden sein. Wir brauchen eigentlich nur eine Speichelprobe und ein Alibi von Ihnen."

„Und dann wollen Sie einen Gentest machen?"

„Ja."

„Den haben Sie doch schon einmal gemacht. Mit meinen Kindern."

„Ich verstehe nicht ganz. Sie haben doch nichts dagegen, wenn Sie mir die folgenden Antworten ins Diktiergerät sprechen, oder?"

„Nein. Machen Sie, was Sie wollen! Sie wollen doch herausfinden, ob ich die Mutter von Dagmar Sassen und Petra Gebert bin, oder? Das ist doch Ihr eigentliches Anliegen! Als Täterin für den Mord an Lisa Behme komme ich doch gar nicht in Frage oder?"

„Und, sind Sie Inge Sassen?"

„Ja. Sie hätten es früher oder später ja doch herausgefunden. Und es ist wohl auch besser so, dass es herauskommt. Diese andere Identität ... gegen Ende meines Lebens ... ich hätte mich auf die Dauer wohl nicht glücklich gefühlt. Es tut mir nur so leid für Schwester Theresa ... sie hängt nun mit in dieser Sache drin ... und das alles meinetwegen. Ich habe heftige Schuldgefühle."

„Sie haben diesen Brief geschrieben, den wir in der Luisenstraße 24 in der Hand der toten Lisa Behme gefunden haben?"

„Ja, davon haben mir meine Töchter auch schon berichtet. Seltsam, wie alles ans Licht kommt. Ich selbst hatte an diesen Brief schon gar nicht mehr gedacht. Damals ging alles so schnell, und ich war ja auch so verwirrt, dass ich an diesen Brief, den ich im Garten vergraben hatte, nicht mehr im Geringsten gedacht habe. Aber als meine Töchter mir berichteten, dass Sie bei ihnen waren und diesen Brief erwähnten, da fiel mir alles wieder ein. Komisch, dass man etwas über Jahre hinweg vergessen und verdrängen kann und dann, dann erinnert man sich an die Vergangenheit, als wenn es gestern gewesen sei."

„Wissen Sie, was noch so alles in diesem Brief gestanden hat? Wir haben ja nur den Anfang gefunden.“

„Ja, ich habe darin schon deutlich gemacht, dass Mechthild die Mörderin von Bruder Franziskus ist. Sie kann es nur gewesen sein. Ich kann es mir gar nicht anders vorstellen.“

„Wie kamen Sie zu dieser Ansicht?“

„Schwester Theresa hat Ihnen ja sicherlich schon alles erzählt, ich meine, von den Schwierigkeiten, die ich mit Mechthild hatte.“

„Ja, dass Mechthild nicht ihren richtigen Namen sagen wollte und dass sie so eifersüchtig war.“

„Genau.“

„Wissen Sie, dass Mechthild Renate Sassen ist. Die zweite Frau Ihres Mannes?“

„Was? Nein! Das ist ja entsetzlich! Deshalb durfte Harald nie ein Photo von ihr machen! Ich glaube es nicht! Das kann doch irgendwie nicht sein! Meine Kinder haben Schwester Theresa – sie hat sich um meine Kinder gekümmert – oft Photos mitgebracht. Nie war ein Photo von Haralds zweiter Frau dabei. Die Kinder sagten: ‚Von Tante Renate dürfen wir kein Photo machen.‘ Das kann doch alles nicht wahr sein!“

„Doch. Renate Sassen sitzt bereits in Untersuchungshaft.“

„Sie hat Bruder Franziskus umgebracht. Ich habe Beweise!“

„Welche?“

„Ich sprach sehr häufig von Bruder Franziskus, weil er mir so gut tat und weil er mich in so vielen Dingen unterstützte.“

„Und weil Sie Schwester Theresa schützen wollten. Sie wollten Bruder Franziskus vorschieben und auf ihn die Eifersucht von Mechthild lenken, weil Sie nicht mehr so viel Zeit für sie hatten, suchten Sie nach einer Person, die Sie als Schutzschild gegen Mechthilds Eifersucht einsetzen konnten.“

„Ich hatte deshalb Jahre lang ein schlechtes Gewissen, weil ich Bruder Franziskus an Mechthild ausgeliefert habe, aber ich wusste doch nicht, dass sie gleich so weit gehen würde.“

„Wie kommen Sie zu Beweisen?“

„Etwa zwei Monate, bevor Mary Baxford sich umgebracht hatte, hatte ich ein Treffen mit Bruder Franziskus vereinbart. Weil das Wetter schön war, hatten wir uns draußen in der Nähe des Klosters bei dem kleinen Wäldchen auf einer Bank verabredet. Ich hatte Mechthild davon erzählt. Zufällig war sie ganz in meiner Nähe und wollte mich sehen.

Wir unterhielten uns kurz am Telephon, und ich erwähnte meine Verabredung. Als ich zu dem Treffpunkt kam, lag da Bruder Franziskus. Er war bereits tot. Dicht neben der Leiche fand ich damals ein Armband, von dem ich wusste, dass es Mechthild gehörte. Ich nahm es mit und fragte sie später, ob sie etwas vermisse. Bei unserem nächsten Treffen forderte ich sie auf, mir ihr Armband zu zeigen. Sie hatte es nicht mehr. Ich sagte, dass ich es neben dem toten Franziskus gefunden hätte. Ich erpresste sie damit und drohte ihr, dass ich zur Polizei gehen würde, wenn sie noch einmal aus Eifersucht jemanden umbringen wollte."

„Wie reagierte sie?"

„Gewaltsam durchsuchte sie mich, aber sie fand nichts. Ich hatte das Armband ja auch in Sicherheit gebracht. Ich habe es bis heute behalten, niemals geputzt. Die Fingerabdrücke sind noch erhalten. Es lag immer sorgfältig aufbewahrt in einer Schachtel. Mechthild behauptete dann felsenfest, dass ich ihr einen Mord unterschieben wollte. Sie hätte das Armband zwar verloren, aber sie hätte Bruder Franziskus nicht umgebracht. Ich weiß, dass ich eine große Schuld auf mich geladen habe, indem ich in die Rolle von Mary Baxford geschlüpft bin. Ich bin mir aber auch nicht sicher, ob Mechthild wirklich die Mörderin ist, aber irgendwie kann sie es nur gewesen sein. Manchmal habe ich meine Zweifel daran, auch wenn ich das alles so felsenfest behaupte."

„Wir werden alles prüfen. Wo waren Sie eigentlich am 6. Juni letzten Jahres zwischen elf und zwölf Uhr?"

„Das weiß ich nicht mehr genau. Ich muss in meinem Terminkalender nachsehen."

„Gut, machen Sie das. Es hat da noch Briefe zwischen Ihnen und Bruder Franziskus gegeben."

„Ja, wir hatten einen regen Briefwechsel."

„Hat Bruder Franziskus Sie in einem seiner Briefe in Ihren homosexuellen Gefühlen unterstützt und hat er dann auch von seinen Empfindungen geschrieben, die in die gleiche Richtung gehen?"

Verlegen lehnt sich Inge Sassen zurück, atmet tief durch und fährt dann fort: „Ja, daran erinnere ich mich."

„Was hat er geschrieben?"

„Dass er selbst auch eine sinnliche, zärtliche Beziehung zu einem Geistlichen hätte."

„Wer war dieser Geistliche?"

„Er schrieb, dass es ein Abt aus einem Kloster ganz in der Nähe von der Benediktinerabtei in Engelberg sei.“

„Hat er seinen Namen genannt?“

„Nein.“

„Diese Briefe hat Ihr Schwager ja später gefunden und damit die Benediktinermönche erpresst.“

„Ja, das weiß ich von Schwester Theresa. In der Nacht, als ich mit Mary Baxford das Leben tauschte, da ging alles so schnell. Ich hätte die Briefe noch vernichten sollen, aber ...“

„Haben Sie eine Idee, wer dieser Abt gewesen sein kann?“

„Nein. Überhaupt nicht! Das hat mich dann auch nicht mehr interessiert.“

„Ich kann Sie und Schwester Theresa zwar sehr gut verstehen und kann die Motive nachempfinden, und ich weiß nicht, ob ich nicht auch in Ihrer Situation diese Chance mit dem Rollentausch ergriffen hätte, aber Sie müssen vor Gericht und dort aussagen. Schließlich kann man in unserem Rechtsstaat nicht einfach so eine Leiche oder eine Identität austauschen.“

„Das ist mir schon klar. Schwester Theresa auch.“

„Aber wir könnten auch Thorsten Sassen endlich vor Gericht stellen.“

„Er ist ein kranker Mann. Im Gefängnis wird er noch kränker. Das macht meine Seele auch nicht wieder gesund, wenn es ihm noch schlechter geht.“

Das scheint eine besondere Begabung von Ihnen zu sein

„Sie sind Frau Renate Sassen, geborene Mühlenberg?“ beginnt Kommissarin Claßen das Verhör.

„Ja.“

„Sie haben sich gegenüber Inge Sassen als Mechthild ausgegeben?“

„Ja.“

„Ist das Ihr Armband, das Sie früher einmal getragen haben?“

„Ja. Es ist schön, dass ich dieses Armband nach so langer Zeit einmal wieder betrachten kann. Ich habe es sehr gemocht.“

„Inge Sassen hat dieses Armband ganz in der Nähe des toten Franziskus gefunden. Wollen Sie auch hier sagen, dass Sie ganz zufällig in die Nähe des Toten gekommen sind? Sie kommen offenbar immer in die Nähe von Ermordeten. Das scheint eine besondere Begabung von Ihnen zu sein."

„Ich gebe zu, dass ich Bruder Franziskus aus Eifersucht gerne umgebracht hätte, aber ich habe es nicht getan. Ich wusste, dass Inge und er sich treffen wollten, und ich wollte beide beobachten und sehen, ob sie ein Verhältnis haben, aber ich fand nur den toten Franziskus."

„Und Sie fanden auch nur die tote Lisa?"

„Ja. Das Kind bekam keine Luft mehr. Da sah ich, dass etwas in seinem Rücken steckte. Ich zog das Teil heraus und lief davon, weil so viel Blut floss. Später habe ich, weil ich völlig verwirrt war, den Brieföffner irgendwo weggeworfen. Das habe ich doch schon zu Protokoll gegeben."

„Gut, dann geht es weiter mit Ihren Märchen. Sie haben ja auch ..."

„Märchen? Ich erzähle keine Märchen!"

„Sie haben doch früher den Beruf der Zahntechnikerin ausgeübt, oder?"

„Ja. Wieso? Was hat das damit zu tun?"

„Dann wissen Sie ja auch, wie man kleine Zyankalikapseln in Zahnkronen unterbringt."

„Wie?"

„Sie wollten mich umbringen, weil ich zu viel herausgefunden hatte. Sie haben ein Gespräch zwischen mir und Schwester Theresa mitangehört, als wir beide in dem Enneagrammseminar waren."

„Nein. Würden Sie etwas zugeben, das Sie nicht getan haben? Ich verweigere jetzt die Aussage und sage nur noch etwas in Anwesenheit meiner Anwältin. Nun reicht es mir aber wirklich."

„Wir haben Ihre Fingerabdrücke an der Tatwaffe, die Abdrücke Ihrer Schuhe im Garten, ein Haar von Ihnen an der Kleidung der Ermordeten. Nun gut, es gibt da noch Lippenstiftreste, die sich an der Tatwaffe befinden. Ihre Speichelprobe stimmt nicht mit diesen Lippenstiftresten überein. Trotzdem wird Sie das nicht entlasten. Wir haben zu viel, was gegen Sie spricht. Und da ist auch noch Ihr Armband, das in der Nähe des ermordeten Franziskus lag. Sollen das alles Zufälle sein? Sehr seltsame Zufälle. Ich bin gespannt, wie Sie das dem Richter erklären wollen. Vielleicht haben Sie dafür ja auch eine besondere Begabung."

Man ging viel zu sehr davon aus, dass es Selbstmord war

„Jetzt bin ich am Ende meiner Weisheit! Ich verstehe nichts mehr. Der Fall ist so unübersichtlich, dass nichts mehr passt!“ meckert Claßen vor sich hin, während Kommissar Backhaus ihr Büro betritt.

„Das geht mir auch so.“

„Willkommen im Club!“

„Es klingt zwar merkwürdig, aber mein Bauchgefühl sagt mir, dass Renate Sassen nicht die Mörderin von Lisa Behme und Bruder Franziskus ist. Sie ist keine Mörderin. Wir haben doch nur ihre Fingerabdrücke an dem Brieföffner gefunden. Außerdem fehlen uns auch noch Abdrücke von einem Herrenschuh, Größe 44, und ein graues Haar von einem Mann, der schon über siebzig sein muss. Dieses Haar befand sich ganz in der Nähe des Opfers. Also, ob dann Renate Sassen wirklich allein als Mörderin verdächtigt werden kann, ist doch wirklich einmal in Frage zu stellen. Vielleicht ist sie nicht für alle Morde verantwortlich.“

„Das wird sich noch zeigen. Was uns fehlt, ist nur noch ihr Geständnis. Wir haben ihre Fingerabdrücke an der Tatwaffe, mit der Lisa Behme ermordet wurde. Reicht das nicht?“

„Ich glaube ihr komischerweise, auch wenn ich sie weiter als Täterin im Auge behalte.“

„Und vor allem auch als meine Attentäterin.“

„Ihre Fingerabdrücke waren an keiner der Boxen und Kisten, die aus dem zahntechnischen Labor stammen.“

„Das spricht sie noch nicht frei. Was wir aber an konkreten Beweisen haben, sind die Tatsachen, dass Inge Sassen noch lebt und dass die Tote in ihrem Grab Mary Baxford ist. Gut, nehmen wir einmal an, dass Renate Sassen nicht die Mörderin ist. Wer kommt dann als Täter oder Täterin in Frage?“

„Vielleicht der heimliche Geliebte von Bruder Franziskus.“

„Daran habe ich auch schon einmal gedacht. Er bleibt ja noch im Dunkeln.“

„Außerdem frage ich mich, ob wir nicht noch einmal das Skelett von Mary Baxford untersuchen lassen sollten. 1959 hat die Gerichtsmedizin entschieden, dass es Selbstmord war, aber war es das wirklich?“

„Ja, man ging viel zu sehr davon aus, dass es Selbstmord war, weil man die Tote für Inge Sassen hielt, die schon einen Selbstmordversuch hinter sich hatte und stets davon sprach, sich umbringen zu wollen.“

„Noch heute müssen wir uns mit Dr. Uhlig in Verbindung setzen. Sie ist doch Spezialistin für Skelette."

„Selbst in der Geisterbahn soll sie sich für Skelette interessieren."

„Ehrlich?"

„Ja. Sie war doch mit ihrem Neffen kürzlich in der Geisterbahn, und da ist ein Arm von einem Skelett abgefallen, und den hat sie erst einmal mitgenommen. Natürlich nur, um ihren Neffen zu beeindrucken."

„Das ist aber Raub oder Diebstahl. Na, na!"

„Nicht zu vergessen: der Drohbrief!"

„Welcher Drohbrief? In der Geisterbahn?"

„Der Drohbrief von den Mönchen. Der war doch echt, wie wir festgestellt hatten. Er wurde in der Schweiz im Kloster bei Engelberg geschrieben. Wir haben die Benediktinermönche ganz wieder vergessen. Schließlich wollten sie doch auch das Grundstück in der Luisenstraße kaufen."

„Ja, diesen Zusammenhang sollten wir wieder näher in den Blickpunkt unserer Untersuchungen nehmen."

Ein vielschichtiges Lächeln

„Diese Frau ist nicht durch Erhängen gestorben", sind die ersten Worte von Dr. Uhlig, mit denen sie die Kommissarin Claßen empfängt. Mit einer gezielten Bewegung zeigt sie auf die Halswirbelsäule. „Hier hat sie einen Schlag ins Genick bekommen. Danach wurde sie aufgehängt."

„Ist das ganz sicher?" fragt Claßen mit einem Lächeln auf den Lippen.

„Ja. Sie haben sonst nie meine Ergebnisse in Frage gestellt. Wieso lächeln Sie heute so vielschichtig?"

„Weil ich einen Funken Hoffnung in mir gefunden habe, den Fall Lisa Behme doch noch lösen zu können."

„Auf wen fällt Ihr Verdacht? Ist es der Abt?"

„Ja. Es gibt da ganz in der Nähe von Engelberg ein Kloster der Benediktiner. Dort wohnt auch Abt Benedikt."

„Vielleicht sollten Sie aber vorerst mit Hauptkommissarin Mahlmann sprechen. Die ist ganz schön wütend. Sie hat wieder einmal etwas gegen unsere Vorgehensweise, dass wir nämlich den Täter erst einmal in Sicherheit wiegen und dann langsam einkreisen."

„Oh, das bespreche ich gleich mal mit ihr."

Der Umweg ist oft die Abkürzung

„Ich bin dieses Räuber- und Gendarmspiel satt. Das ist doch etwas für den Kindergarten. Das ist doch sehr unprofessionell!“ wettert Hauptkommissarin Mahlmann los.

„Im Gegenteil. Wir sind vorsichtig!“ rechtfertigt sich Kommissarin Claßen. „Bei unserer Vorgehensweise kann der Täter die Beweisgegenstände, die ihn überführen würden, nicht entsorgen oder verstecken. Außerdem ist Überraschung die beste Methode.“

„Also, für so klug halte ich schon den Abt Benedikt, dass er seine Spuren verwischt hat.“

„Aber er weiß vielleicht auch gar nicht, wonach wir suchen und was ihn überführen könnte.“

„Eben. Deshalb habe ich schon mit der Staatsanwältin gesprochen. Sie können sich in der nächsten halben Stunde einen Haftbefehl für den Abt Benedikt und einen Durchsuchungsbefehl für die Räume des Klosters, speziell seiner Klosterzelle, abholen.“

„Da muss ich erst einmal alles Weitere mit Kommissar Backhaus besprechen.“

„Tun Sie das, aber zögern Sie nicht zu lange, sonst hat die Beute den Jäger schon lange ausgemacht und ist geflohen! Raben erkennen die Jäger bereits an der Kleidung und fliegen davon.“

„Und Sie halten Abt Benedikt für einen Raben?“

„Das wird sich zeigen. Informieren Sie mich bitte nächstes Mal über Ihre ausgeklügelten Vorgehensweisen. Wir sind doch ein Team, und da müssen wir zusammenhalten und gemeinsam nachdenken. Und schließlich arbeiten wir auch auf Kosten der Steuerzahler, und da kann man die Untersuchungen eines Mordfalles nicht endlos ausdehnen, nur weil man seinen kindlichen Spieltrieb befriedigen will!“

„Der Umweg ist oft die Abkürzung.“

„Philosophische Sätze haben in unserer Arbeit überhaupt nichts verloren. Mein Großvater sagte immer: Von der Philosophie wird die Kuh nicht satt!“

Die „rosa violata“

„Welche Informationen hast du über Ulrich Maria Steermeier, den Benediktinermönch und Abt Benedikt?“ richtet Claßen die Frage an Backhaus mit einem Stirnrunzeln.

„Eigentlich heißt Abt Benedikt Ulrich Maria von Steermeier. Er wurde 1924 in Fischingen, in der Schweiz geboren. Seine Mutter stammt aus Deutschland und war zweimal verheiratet. Ulrich Steermeiers Vater ist ein Adeliger. Seine Familie hat großen Einfluss in der Wirtschaft. Dieser Familie gehören Hallenbäder und einige Fabriken, in denen allerlei elektrische Geräte hergestellt werden. Ulrichs Vater, Conrad von Steermeier, schwimmt im Geld. Ulrich hat die meiste Zeit bei seinem Vater gelebt. Seine Mutter hat den reichen Ehemann verlassen und wieder geheiratet. Dieses Mal einen schlichten Ingenieur. Und rate mal, wer das ist!“

„Weiß nicht.“

„Der Vater von diesem Herrn Stolle, den ich schon einmal verhört habe. Herr Stolle kennt auch Inge Sassen. Herr Stolle und Abt Benedikt sind Halbbrüder.“

„Na, das ist ja interessant. Herr Stolles Mutter muss ihren zweiten Mann wohl wirklich geliebt haben, wenn sie einen so reichen Partner verlässt.“

„Ja. Auch blöd für den armen kleinen Ulrich. Der Weggang der Mutter wird sein Verhältnis zu Frauen belastet haben. Deshalb hat er sich wohl auch für den Orden entschieden. Da war er unter Männern.“

„Das ist sehr wahrscheinlich. Vielleicht hat er auch die besondere Nähe zu einigen Brüdern gesucht.“

„Pass einmal auf, was ich noch über Abt Benedikt herausgefunden habe. Mit 23 Jahren trat er in das Kloster bei Engelberg ein und hatte dann ein steile Karriere. Er wurde nach sieben Jahren zum Abt dieses Klosters ernannt. Zwei Jahre später aber zog er mit einigen Mönchen aus dem Kloster in ein leerstehendes Gebäude, das ganz in der Nähe dieses Klosters lag. Er wollte einen neuen Zweig des Ordens gründen. Die ‚rosa violata‘. Hier einige Grundzüge aus der ‚rosa violata‘: Er ist unsere Aufgabe, die ‚rosa violata‘, die verletzte Rose, jedem Menschen bewusst zu machen. Jeder hat die verletzte Rose in sich, die es zu entdecken gilt. Erst wenn wir die verletzte Rose in uns erkennen, kann unsere Seele heilen. Die Grundlagen des Glaubens sind die Freiheit und die Leidenschaft, welche Heilmittel für die verletzte Rose sind.

Die Leidenschaft ist die Schwester der ‚rosa violata‘. Wenn der Mensch die ‚rosa violata‘ in sich selbst und anderen erkennt, ist er auf dem Weg in die Freiheit. Es ist eine Freiheit, die tolerant macht, von Selbstsucht befreit und auch das Herz über gesellschaftliche Normen und Konventionen stellt. Die Verletzungen entstehen, indem unser Herz in gesellschaftliche Regeln und Prestige gezwängt wird. Jesus selbst hat die ‚rosa violata' in sich aufgespürt, geheilt und die Rose zur vollen Entfaltung gebracht. Wenn wir Priester die verletzte Rose in uns zur Heilung bringen, gibt es keine Trennung mehr zwischen dem weltlichen und geistlichen Reich. Wir Menschen haben ein Geschlecht. Der Mann ist zugleich Frau, und die Frau ist zugleich der Mann. Jeder, der die christliche Botschaft ernst nimmt, teilt mit den Armen. – Na, das klingt doch nicht schlecht, oder?" richtet Kommissar Backhaus mit einem Schmunzeln die Frage an Claßen.

„Also, wenn ich das lese, dann hätte ich auch richtig Lust, in diesen Orden einzutreten. Das ist einmal eine ganz andere Vorstellung von Kirche."

„Es gibt ihn leider nicht mehr. Außerdem könntest du als Frau da gar nicht rein."

„Schade."

„Der Papst hat diese Gemeinschaft 1962 offiziell verboten."

„Schade. Die Grundsätze die Gemeinschaft helfen uns aber schon weiter."

„Das denke ich auch. Er hat sich mit seinem Verhältnis zu Bruder Franziskus wohl wirklich über Normen hinweggesetzt."

„Na ja, das wissen wir ja noch nicht genau."

„Sein Lebensstil war wohl ein Protest gegen seinen Vater und die Normen des Adels."

„Tja. Aber der Adel ist gar nicht so spießig. Schon in den vergangenen Jahrhunderten haben sich die Adeligen über Normen hinweggesetzt. Das Bürgertum war viel spießiger."

„Na ja, aber wenn ich an das englische Königshaus denke, da ist doch alles vorgeschrieben, sogar ein Husten bzw. kein Husten oder Räuspern."

„Ich habe mir übrigens einmal die Gästebücher des Benediktinerordens hier vor Ort geben lassen", lenkt Claßen das Gespräch weiter. Abt Benedikt ist ständiger Gast bei den Mönchen hier vor Ort gewesen und wird es auch wohl noch sein. Auch am 6. Juni letzten Jahres, als Lisa Behme ermordet wurde, war er im Kloster. Ich habe ihn sogar bei der Fronleichnamsprozession gesehen. Außerdem war er ja auch bei seiner Verhaftung hier vor Ort im Benediktinerkloster."

„Und wie war das vorher mit seinen Besuchen im Benediktinerkloster? Ich meine, in den letzten Jahrzehnten?"

„Der Abt kommt so regelmäßig wie ein guter Verwandter. Und er hat den Brüdern hier vor Ort schon oft in finanzieller Hinsicht geholfen."

„Wann?"

„Anfang der sechziger Jahre kam das Benediktinerkloster in eine finanzielle Krise. Abt Benedikt half den Mönchen, indem er Wohnungen für sie kaufte, die sie vermieteten. Die Wohnungen gehören übrigens dem Kloster bei Engelberg, sowie den Mönchen hier vor Ort."

„Ja, und in Engelberg hat der Abt dann auch diesen Drohbrief an die Mönche hier geschrieben. Bruder Jonas und Markus wissen sicherlich Bescheid und haben daher auch Angst."

„Und auch Mary Baxford hat in Engelberg bei den Benediktinerinnen gelebt. Der Abt und die Nonne haben sich also dort kennengelernt."

„Das können wir erst einmal vermuten. Leider ist von dem Embryo, den Mary Baxford noch im Körper gehabt hat, nichts übriggeblieben."

„Das brauchen wir dem Abt ja nicht zu erzählen. Vielleicht sollten wir sogar mit dem Gegenteil blaffen, um ihn zu überführen."

„Eine gute Idee. Wir sollten uns, bevor wir den Abt verhören, noch einmal beide gut präparieren und eine durchdachte Strategie ausfeilen. Und noch eine Sache: Es wird erzählt, dass der junge Ulrich sich in inniger Freundschaft zu einem jungen Mann hingezogen fühlte, der aus einer unteren Gesellschaftsschicht stammte. Dieser junge Mann wurde krank, und es gab kein Geld für geeignete Medikamente. Ulrich soll seinen Vater um Geld gebeten haben, aber dieser habe das verweigert. Sein Freund starb. Kurz danach ging Ulrich ins Kloster. Er setzt sich übrigens vorbildlich für die Benachteiligung von Kranken aus der Unterschicht ein. Wenn es um eine Organspende oder teure Augenoperationen geht, dann kämpft der Abt wie ein Löwe."

„Na, das ist doch ein guter Nährboden für Motive."

„Na ja, im Geiste der ‚rosa violata' hat bestimmt auch Bruder Franziskus gedacht. Er war vielleicht davon angesteckt und hat dann auch Inge Sassen ermutigt, sich von Normen zu befreien. Vielleicht hat er ihr gesagt: ‚Du bist ja schließlich nicht mit dem Papst verheiratet. Wenn ja, dann muss er raus aus deinem Bett!'"

„Natürlich hat der Papst dann irgendwann diese Organisation verboten, als er von der Existenz dieser Gruppe etwas mitbekommen hatte."

„Auffällig ist schon, dass dieser Abt bis 1958 ganz in der Nähe von Mary Baxford war. Er kann der Vater ihres Kindes sein."

„Damals hat Mary Baxford gegenüber ihren Mitschwestern und der Oberschwester ihre häufigen Reisen nach Deutschland mit einer Vision begründet. Sie hatte geträumt, eine der Mitschwestern habe sie ins Ausland geführt und ihr dort ein seltsames Buch gezeigt. Nach dem Lesen dieses Buches sei sie mit einem tiefen Geist der Liebe erfüllt gewesen. Nach dem Aufwachen aus diesem Traum habe sie den dringlichen Wunsch in sich gespürt, dieses Buch zu finden. Mein schweizer Kollege aber hat noch einmal zwei ältere Nonnen aus dem Kloster bei Engelsberg befragt, und die glauben sich erinnern zu können, dass Mary Baxford von einem Geistlichen schwanger war, den sie zur Rechenschaft ziehen wollte."

„Wissen die Nonnen auch von wem? Das klingt ja sehr unkonkret."

„Du weißt doch, wie die Geistlichen sich winden. Konkretisierung ist nicht deren Sache. Das haben wir doch bei den Benediktinern und bei Nonnen des Benediktinerordens auch erlebt. Aber pass mal auf, was eine der Schwestern dann doch noch preisgab: Mary wollte jemanden hochgehen lassen. Wohl den Vater ihres Kindes. Dieser Mann führe ein unverschämtes Doppelleben und hätte auch homoerotische Beziehungen."

„Bruder Franziskus war sein Geliebter."

„Vielleicht."

„Die beiden Nonnen wussten von der Schwangerschaft?"

„Offenbar ja."

„Und hat sich eine der Nonnen nicht einmal gefragt, wo Mary Baxfords Kind geblieben ist?"

„Ja, diese Frage habe ich ihnen auch gestellt."

„Und?"

„Sie behaupten, dass Schwester Mary das Kind verloren und deshalb auch ein neues Leben in einem anderen Kloster angefangen habe. Den Kontakt zu ihren ehemaligen Mitschwestern habe sie abgebrochen, weil sie sich für ihr früheres Leben und ihren Verstoß gegen die Regeln des Klosters geschämt habe."

„Na, die puzzeln sich auch ihre Wirklichkeit zurecht."

„Vielleicht. Oder jemand anders hat den Schwestern eine Wirklichkeit aufgezwungen."

„Was meinst du? Sollen wir wirklich morgen gleich losschlagen und den Abt verhören? Eigentlich muss ich mir die Dinge noch einmal neu logisch zusammenbasteln.“

„Hauptkommissarin Mahlmann will es so. Sie wird uns viel Ärger machen, wenn wir eine andere Vorgehensweise einschlagen.“

„Bei dem Gedanken an eine Begegnung mit Frau Mahlmann fühle ich mich schon ganz krank. Können wir die Vernehmung des Abtes nicht auf den morgigen Nach- oder Spätnachmittag verschieben? Ich brauche noch etwas Zeit.“

Noch eine uneheliche Tochter

„Das Labor hat doch erstaunliche Ergebnisse für uns. Du wirst staunen, Lorena!“ posaunt Kommissar Backhaus über den Flur Claßen zu. „Ich hatte gerade ein Fax von Dr. Uhlig. Das Männerhaar, das uns noch fehlte, gehört zum Kopfhaar des Abtes. Er hat auch Größe 44, und die im Labor haben unter einem seiner Schuhe noch einen winzigen Rest von der Substanz der Erde gefunden, die im Garten der Luisenstraße liegt. Und wir haben auch seine Fingerabdrücke auf der Tatwaffe. Außerdem stimmen die Hautpartikel, die unter Lisas Fingernägeln waren, mit seiner DNA überein.“

„Damit ist der Abt genauso verdächtig wie Renate Sassen. Was ist, wenn er auch behauptet, dass Lisa schon tot war, als er sie fand. Dann können wir bei beiden auf ein Geständnis warten. Das Gericht kann sich dann aussuchen, wen von beiden es schuldig spricht.“

„Wir haben auch die Lippenstiftreste überprüfen lassen. Die DNA des Abtes ist in dem Lippenstiftrest enthalten.“

„Na, sieh mal an. Das erweitert doch mein Weltbild. So ein Abt kann auch mal Lippenstift auflegen oder einen Kuss von einer Frau mit bemalten Lippen bekommen.“

„Außerdem gehört der Kot, der damals in der Nähe des toten Franziskus gefunden wurde, zum Abt Benedikt. Er hat sich also ... na ja ... fast in die Hosen gemacht.“

„Erstaunlich.“

„Der Abt hat noch eine ungewollte Tochter hier in Deutschland.“

„So? Wer ist es denn?“

„Ich nehme das nur an, aber auffällig ist, dass die Familie Steermeiner seit vierzig Jahren einen Betrag von 2400 DM an eine Frau, eine gewisse Sabine Sehrhusen zahlt. Ebenfalls wird eine ähnliche Summe an die Mutter dieser Frau pünktlich am Anfang des Monats überwiesen. Rate mal, wo diese Sabine Stehrhusen arbeitet!"

„Im Kloster?"

„Nein. In eben dem zahntechnischen Labor, das deine Krone an deine Zahnärztin geliefert hat."

„Sabine Sehrhusen ist also Zahntechnikerin?"

„Ja. Sie arbeitet seit etwa 19 Jahren dort in der Firma."

„Wir haben von Abt Benedikt den Speicheltest, oder? Was hindert uns daran, diesen auch von Sabine Sehrhusen zu verlangen."

„Das dachte ich auch."

„Und dann?"

„Machen wir ihr die Anklage deutlich: Versuchter Mord und den Mord an Lisa Behme. Dann wird sie auspacken."

„Hoffentlich! Sehr redselig sind unsere Mörder ja nicht gerade."

„Dass wir von einer gewissen Vaterschaft wissen, brauchen wir ihr ja nicht zu sagen."

„Ja. Wenn wir überhaupt bald diese Vaterschaft beweisen können. Vielleicht liegen wir schon wieder falsch. Ach, übrigens der Abt war auch im Kloster, als ich das Enneagrammseminar besucht habe. Das muss er gewesen sein."

Der Brief im Café Zeitgeist

„Sie sind Frau Sabine Sehrhusen, geboren am 24. Mai 1962 in Seesen?" beginnt der Kommissar das Verhör.

„Ja. Ich weiß gar nicht, warum ich unter Verdacht stehe."

„Wir haben Ihre DNA in der Krone, die für Frau Claßen bestimmt war, gefunden", versucht der Kommissar zu bluffen.

„Na, und? Wenn ich im Labor arbeite, kann das doch schon einmal sein."

„Nicht eine Unbekannte hat die Box vom Zahnlabor zur Praxis transportiert, Sie waren es. Eine Zeugin hat Sie erkannt, und wir werden noch eine Zeugengegenüberstellung machen."

„Ich war es nicht. Ich wurde doch dazu gezwungen. Es ging doch um so viel", verteidigt sich Sabine Sehrhusen und beginnt zu schluchzen.

„Wer hat Sie dazu gezwungen?"

„Das kann ich nicht sagen, aber ich studiere noch Medizin, ein Fernstudium ... Meiner Mutter und mir wären ..."

„Wäre das Geld gekürzt worden? Und das von Abt Benedikt, der Ihr Vater ist?“

„Das darf keiner wissen.“

„Warum nicht? Sie sind es doch, die den leiblichen Vater unter Druck setzen kann. Schließlich gibt es doch Gentests.“

„Meine Mutter ist schwerkrank. Nach dem Krieg hat sie lange Gemüse und Früchte aus einem Garten gegessen, dessen Boden mit Schwermetallen vergiftet war. Das hat ihre Organe altern lassen. Sie braucht sehr kostenaufwendige pflanzliche Mittel. Ich kenne meinen Vater nicht. Meine Mutter sagte mir etwa vor gut einem halben Jahr, dass der Mann, der für mich und sie zahle, nicht mein leiblicher Vater sei. Sie habe damals zwei Männer gekannt. Jetzt habe sich durch einen Gentest herausgestellt, dass ich doch einen ganz anderen Vater hätte. Wen? Das wollte sie mir nicht verraten.“

„Sie haben also den Auftrag erhalten, in der Zahnkrone eine kleine Kapsel unterzubringen. Von wem kam dieser Auftrag?“

„Das wurde mir schriftlich, ohne Absender mitgeteilt. Ich zeigte den Brief meiner Mutter. Sie meinte, dass alles richtig sei, was darin stand.“

„Haben Sie diesen Brief noch?“

„Nein. Der letzte Befehl in diesem Brief war, dass ich ihn nach dem Lesen vernichten sollte.“

„Das sieht ja nicht gut aus für Sie. Schließlich sind Sie selbst jetzt für die Zyankalikapsel und den Mordversuch an Frau Claßen verantwortlich.“

„Mord? Zyankali? Mir wurde versichert, dass ein Betäubungsmittel in der Kapsel sei.“

„Wie wurde Ihnen das mittgeteilt?“

„Na, es stand in dem Brief.“

„Wie war denn genau der Wortlaut?“

„Genau weiß ich es nicht mehr. Etwa so: ‚Damit die Zahlungen an Sie und Ihre Mutter weiterhin geleistet werden können, erbitten wir Ihre Mithilfe in einer kleinen Angelegenheit, die streng vertraulich bleiben muss. Wir bitten Sie, eine Kleinigkeit in eine Zahnkrone zu geben. Der Besitzer dieser Zahnkrone wird Ihnen noch mitgeteilt.‘ Das war alles.“

„Wo wurde Ihnen der Brief überreicht?“

„Ich sollte das Café Zeitgeist in der Altstadt aufsuchen.“

„Und?“

„Als ich dort ankam, hatte jemand schon einen großen Brief hinterlegen lassen.“

„Kannten Sie die Kneipe?“

„Ja, dem Namen nach, aber ich bin nie dort gewesen.“

„Haben Sie eine Ahnung, wer diesen Brief abgegeben hat?“

„Ich habe nachgefragt. Die Kellnerin erinnerte sich nicht mehr.“

„Würden Sie die Kellnerin wiedererkennen?“

„Ja.“

„Nun, gut. Wir müssen Sie vorerst noch einmal in Untersuchungshaft behalten. Alles Weitere wird sich dann entscheiden.“

Ein Mann, den die katholische Kirche braucht

Ein großer, 72-jähriger Mann, dem das graue Haar fast bis auf die Schultern fällt, betritt mit stolzem und ein wenig behäbigem Schritt Claßens Büro.

„Guten Morgen. Setzen Sie sich doch bitte“, begrüßt die Kommissarin den Hereinkommenden, und auch Kommissar Backhaus erhebt sich und reicht die Hand.

„Wir haben einige Fragen an Sie und werden die Antworten gleich auf diesem Tonträger aufnehmen. Das ist für das Vernehmungsprotokoll“, beginnt Backhaus.

„Ja, machen Sie das in Gottes Namen.“

„Sie sind Ulrich Maria von Steermeier, genannt Abt Benedikt, geboren am 8. März 1924 in Fischingen?“

„Ja. Mir ist immer noch nicht ganz klar, weswegen ich verhaftet wurde. Das kann sich doch wohl nur um ein Missverständnis handeln.“

„Vielleicht können Sie dieses Missverständnis aufklären“, ergreift der Kommissar die Führung. „Ihnen wurde ein Speichelprobe entnommen, und wir haben festgestellt, dass Sie sowohl der Vater von Sabine Sehrhusen als auch der Vater des Embryos sind, dessen Skelettrest wir im Grab von Mary Baxford gefunden haben.“

„Mary Baxford? Das kann nicht sein. Mary Baxford lebt.“

„Können Sie das mit Ihrem Gewissen verantworten? Ich meine diese Lügerei? Geht das vor Gott? Mahlen seine Mühlen nicht gerecht?“ hakt Kommissar Backhaus nach.

„Was verstehen Sie denn vom Leben? Haben Sie schon einmal einen Menschen verloren, den Sie sehr geliebt haben?“

„Ja.“

„Aber Sie haben recht. Gerade in der Liebe holt uns die Gerechtigkeit ein. Sie holt mich vor den Richter. Bruder Franziskus sagte immer:

Die Wahrheit steht nackt da. Sie braucht keine Schutzhüllen. Aber er war zu naiv. Sein Denken war für diese Welt nicht geschaffen. Wir können nicht immer völlig nackt dastehen. Wir brauchen auch die Schutzhüllen. Bruder Franziskus hatte eben nicht erkannt, dass das, was man im kleinen Kreis von Gleichgesinnten verwirklichen kann, noch lange nicht in der breiten Öffentlichkeit auf fruchtbaren Boden fällt. Er war ein Illusionär, der an der Wirklichkeit irgendwann gescheitert wäre."

„Wir haben in dem Bericht über den Mord an Bruder Franziskus auch einen Schuhabdruck von Größe 44 – ein Abdruck, der mit Ihrer Schuhgröße übereinstimmt. Haben Sie ihn getötet?"

„Ja."

„Warum?"

„Ich wollte es nicht. Ich liebte Bruder Franziskus über alles. Gerade die Liebe kann tiefe Aggressionen auslösen. Gerade die Liebe macht uns verletzbar. Bruder Franziskus war so ein feiner, so ein edler Mensch. Sehen Sie, Bruder Franziskus war ein leidenschaftlicher Verehrer der Nazarener. Kennen Sie diese Kunstrichtung?"

„Nicht so genau. Irgendwelche religiösen Bilder?" gibt der Kommissar zu, und auch die Kommissarin bekundet mit ihrem Kopfschütteln ihr Unwissen.

„Die Nazarener waren leidenschaftliche Romantiker, und sie verehrten den Hermaphroditus, falls Ihnen das etwas sagt."

„Den Menschen als Zwitter?" fragt Backhaus nach.

„So könnte man das sagen. Sehen Sie, heute stehen so viele junge Männer auf der Bühne und schminken sich wie eine Frau. Die Mädels finden das ganz toll. Heute ist das fast normal. Für Bruder Franziskus ist das auch normal gewesen. Er malte sich die Lippen an, er setzte Frauenhüte auf ... er schlüpfte in beide Rollen. Er suchte das Überpersönliche. Er wollte den Menschen finden, der nicht in einer Frauen- oder Männerrolle gefangen ist.

Er fuhr nach Italien und sah sich dort die Fresken in der Casa Bartholdy an. Er wollte den Menschen von Zwängen befreien. Er war sehr kreativ. Er hatte sogar eine neue Form des Gottesdienstes entworfen. Die Menschen sollten raus aus den monotonen Zeremonien, raus aus einem Gottesdienst, in welchem nur der Priester spricht und darüber bestimmt, wann die Menschen aufstehen und sich wieder setzen dürfen und was sie beten. Die Menschen sollten im Gottesdienst mitreden und selbst entscheiden können, wann sie aufstehen.

Er kritisierte die Macht, welche die katholische Kirche ausübte, indem sie die Menschen in einengende Strukturen presste. Ich höre ihn noch im Geiste sagen: ‚Nur labile Menschen haben die Sehnsucht nach einer engen und rigiden Struktur. Aber ändert euren Sinn, Menschen. Ihr seid stark! Ihr braucht diese entmündigenden Strukturen nicht.‘ Sehen Sie, das war doch ein wunderbarer Mensch, unser Franziskus. Wer hat heute noch diesen Mut und diesen Durchblick! Die meisten sind doch Mitläufer.“

„Da gebe ich Ihnen recht. Auch ich habe etwas gegen feste und einengende Strukturen“, gibt Claßen ihre Zustimmung und fährt dann fort: „Aber trotzdem haben Sie ihn getötet?“

„Ja, Bruder Franziskus war zu weltfremd. Er konnte die Realität total verdrängen, was gefährlich ist. Als ich kürzlich im Gottesdienst saß und einmal nicht selbst die Zeremonie leitete, da sang man hier in Deutschland so ein schönes Lied. ‚Wo Menschen neue Wege gehen, da berühren sich Himmel und Erde.‘ Ein wirklich schönes Lied und eine ganz besondere Botschaft, aber wehe, jemand geht neue Wege. Dann ist es aus.“

„Wie meinen Sie das?“ hakt Claßen nach.

„In der Sexualethik gehen so viele Menschen neue Wege. Gleichgeschlechtliche Partnerschaften, uneheliche heterosexuelle Bindungen, Geschlechtsumwandlungen, Querschnittsgelähmte wollen heiraten und so vieles mehr. Zu all dem sagt die Kirche: ‚Nein, geht nicht.‘ Immer wenn da ein Priester predigt: ‚Gott nimmt euch so an, wie ihr seid‘, dann kann ich nur lachen, aber ich lache nur innerlich, niemals laut. Und das hat Bruder Franziskus nie begriffen. Er war zu idealistisch. Er sah die Realität nicht mehr, die zwei Reiche, die hier eben noch existieren. Seine Leidenschaft trieb ihn sogar dahin, ein Buch über unsere Bewegung zu schreiben, und natürlich brachte er sehr viel eigene Gedanken mit ein.“

„Was schrieb er denn?“

„Sein Buch trug den Titel: ‚Ich habe ja auch noch den Papst geheiratet‘. Allein schon dieser Titel war provozierend für die damalige Zeit.“

„Und er hat Inge Sassen von diesem literarischen Werk erzählt?“ fragt die Kommissarin.

„Bruder Franziskus war ein sehr gebildeter und vielseitig interessierter Mann, ein Mann, den die katholische Kirche eigentlich braucht. Er liebte auch C. G. Jung. Er verschlang Jungs Bücher geradezu. C. G. Jung verfasste Theorien über Vater- und Mutterkomplexe. Er schreibt da ungefähr so: ‚Wenn eine Frau ihren Vater fragt: Soll ich den heiraten? Was meinst Du?, dann steckt sie tief in einem Vaterkomplex und ist eigentlich innerlich mit ihrem Vater verheiratet.' Bruder Franziskus übertrug Jungs Gedanken auf alle Menschen, die den Papst fragen, ob sie noch mal heiraten dürfen.

Ja, in diesem Buch wollte er Frauen und Männern dazu aufrufen, den Papst aus ihren Betten herauszuschmeißen. ‚Befreit euch von euren Komplexen und fragt euch selbst, was wohl gut ist', schreibt Bruder Franziskus in seinem Buch. Jedes System braucht seine Kritiker, sonst kann es sich nicht wie die Schlange häuten. Es wird zugrunde gehen. Die katholische Kirche braucht eigentlich einen Mann wie Bruder Franziskus. Aber mit diesem Buch ging er einfach zu weit."

„Wir haben in Inge Sassens Brief eben diese Aussagen von Bruder Franziskus gefunden", greift Claßen in das Gespräch ein. „Hatte Bruder Franziskus Inge Sassen ausführlich in seine Arbeit eingeweiht?"

„Ich denke, dass er das getan hat", fährt Abt Benedikt fort. „Ich traf ihn am Tage seines Todes zufällig. Er saß auf einer Bank und sagte, dass er mit Inge Sassen verabredet sei. Ich erfuhr dann in der weiteren Unterhaltung auch, dass er Inge Sassen von unserer Liebe berichtet hatte. Ich war erst einmal entsetzt. Er aber sagte, dass ich mir keine Sorgen machen müsse und dass die Liebe sich nicht verstecken muss. Jede Liebe dränge nach Offenbarung, flüsterte er mir zu. ‚Du Kleingläubiger, fürchtest du dich über das Wasser zu gehen? Ist dein Vertrauen so gering?' sagte er zärtlich. Aber das war noch nicht alles. Der Gipfel kam noch. Mein Herz war unglaublich aufgewühlt. Mein Verstand hatte die Emotionen nicht im Griff."

„Und was war der Gipfel?"

„Bruder Franziskus hatte in seinem Buch über unsere Liebe und all das geschrieben, was wir Mönche in der ‚rosa violata' zu verwirklichen versuchten. Er zeigte mir das Manuskript von ungefähr dreihundert Seiten. Er war wie ein Wahnsinniger von der Idee besessen, dieses Buch zu veröffentlichen. Auch Inge Sassen wollte er dieses Manuskript zeigen. Nichts schien ihn von dieser Idee abhalten zu können, selbst meine Liebe nicht. Auch wollte er mit der Veröffentlichung nicht mehr warten. Verstehen Sie, was das bedeutete? Dieses Buch, das er in der Hand hielt, war wie eine Bombe.“

„Und was hätte diese Bombe stoppen können?“ hakt Kommissar Backhaus nach.

„Sehen Sie, Sie sind Kommissar und kein Theologe. Sie haben es mit konkreten Mordfällen zu tun und nicht mit nur mit Ideen und Gedanken. Wissen Sie, wenn man ein kleines Eisbärenbaby in der Sahara leben lässt, dann fühlt es sich dort sicherlich nicht wohl. Dieses Leben entspricht sicherlich auch nicht der eigentlichen Bestimmung dieses Wesens. Wenn man aber nun als Reformer daherkommt und dem ausgewachsenen Eisbären erzählt, dass er eigentlich an den Nordpol gehört, und wenn man dann diesen Eisbären einfach so zum Nordpol transportiert und dort aussetzt, dann stirbt das Tier.“

„Schon möglich. Und was wollen Sie damit beweisen?“ will Claßen wissen.

„Ideen brauchen Zeit, sie müssen reifen und sich langsam wandeln. Bruder Franziskus war zu extrem und zu radikal. Der Blick für die Realität war ihm völlig verlorengegangen. Es wäre nicht auszudenken gewesen, was er alles mit seinem Werk angerichtet hätte.“

„Und Sie? Sie waren doch auch sehr radikal?“ treibt die Kommissarin das Gespräch voran.

„Ich geriet außer Kontrolle, weil er von seinem Plan durch keinen vernünftigen Gedanken abzubringen war. Ich erstach ihn mit dem Brieföffner, den ich in der Kutte hatte. Ich bin mir meiner Schuld bewusst. Es war nicht richtig. Mein Wille war zu schwach. In dem Augenblick der Tat sah ich keine andere Möglichkeit, Bruder Franziskus von seinem Vorhaben abzuhalten. Ich habe auch bei Franziskus’ Mitbrüdern noch ein weiteres Manuskript gefunden, das wir natürlich vernichtet haben.“

„Und Mary Baxford?“

„Bruder Franziskus hatte diese Nonne kennengelernt und als erste Frau für die ‚rosa violata‘ gewinnen können. Schwester Mary war in ihrem tiefsten Wesen eine Romantikerin, die von der Vorstellung, dass wir alle den Hermaphroditen in uns haben, ganz und gar angetan war. Sie war die erste Frau, in der ich auch den Mann sehen konnte. Sie war die erste Frau, die mir nicht fremd war, die erste Frau, in der ich eine Seelenverwandte sah.“

„Wie kam es zu der Vaterschaft?“

„Sie schrieb mir romantische Gedichte, in denen sie ihre Sinnlichkeit ausdrückte. Sie behauptete, dass sie unfruchtbar sei. Auch sie war von Bruder Franziskus' Idee, mit der ‚rosa violata' an die Öffentlichkeit zu treten, ganz besessen. Das war wie ein Virus, der um sich ging. Mary hat mir sehr zärtlich gesagt: ‚Warum fürchtest du dich vor unserem gemeinsamen Kind? Du kannst auch Bruder Franziskus weiterhin lieben. Die Liebe zu ihm wird auch unsere Liebe vermehren. Stell dir doch einmal Jesus vor. Hätte er uns verdammt, wenn wir ein gemeinsames Kind hätten? Hätte er Homosexualität verboten oder verteufelt? Nein. Jesus hätte die Liebe über alles gestellt. Komm, lass uns einen neuen Anfang machen. Die Gesellschaft ist reif dafür. Auch die Kirche ist es. Bruder Franziskus' Buch wird die Herzen verändern. Eine neue Zeit wird anbrechen, und wir werden sie mitgestalten und formen.' So ungefähr hat sie geredet. Alle waren plötzlich wie in Trance, und ich konnte keinen zum Aufwachen bringen. Wenn das Buch damals an die Öffentlichkeit gekommen wäre ... die Zeit war nicht reif dafür."

„Wie kam es zu dem Mord an Mary Baxford?"

„Ich schlug ihr mit einer schweren Steinfigur ins Genick. Sie war sofort tot. Ich arrangierte alles so, dass es wie ein Selbstmord aussah. Ich wusste, dass Mary Baxford als Inge Sassen begraben wurde, und ich behielt die neue Mary Baxford und auch das Grundstück in der Luisenstraße 24 im Auge."

„Sie haben es zu kaufen versucht?"

„Ja. Ich wollte sichergehen, dass nicht noch irgendwelche Briefe auf diesem Grundstück vergraben sind."

„Wie kam es zu dem Mord an Lisa Behme?"

„Das war wie eine Fügung des Schicksals. Ich sehe noch alles genau vor mir, als wenn es gestern gewesen wäre. Am Donnerstag, dem 6. Juni letzten Jahres, bin ich vor der Fronleichnamsprozession, zu der ich als Ehrengast eingeladen war, durch die Luisenstraße geschlendert. Plötzlich musste ich an Bruder Franziskus denken. Ich sah ihn deutlich vor mir. Er hatte ein gütiges Gesicht. Er zog den Lippenstift aus der Tasche und trug die rote Farbe auf seinen Lippen auf. Ich tat es auch. An diesem Vormittag waren die Straßen wie leergefegt. Ich behielt den Lippenstift auf meinem Mund und genoss diese Freiheit.

Dann sah ich die Kleine, ein entzückendes Mädchen. Sie hatte im Garten etwas ausgegraben. Erst wollte sie mir die Briefe gar nicht zeigen. Ich musste mich sehr um die Briefe bemühen. Dann erzählte ich der Kleinen, wie viele Schätze ich schon mit anderen gefunden und geteilt hätte und dass man gemeinsam einen Schatz leichter findet. Schließlich war sie bereit. Ich durfte ihr das Geschriebene vorlesen, was ich natürlich nicht tat. Ich wurde kreidebleich, mir schlotterten die Knie. Inge Sassen schwärmte in ausführlichen Beschreibungen von der ‚rosa violata' und offenbarte dabei unangenehme Einzelheiten unserer Gemeinschaft. Dann kam der Gipfel des Ganzen. Sie setzte kühn und entschlossen die Worte und schrieb, dass sie die Wahrheit über den Tod von Bruder Franziskus wisse, sich aber noch warm schreiben und auf den nächsten Seiten alle Beweise darlegen wolle.

Mein Herz erstarrte zu Eis. Ich konnte nicht weiterlesen. Das brauchte ich ja auch nicht, wo ich doch selbst alle Details besser kannte als Inge Sassen das je beschreiben konnte. Ich wusste ja genau, was auf den nächsten Seiten kommen würde. In meiner Panik habe ich diesen Brief während der Fronleichnamsprozession auch noch verloren. Lange habe ich nach ihm gesucht, aber er war nicht zu finden.

Zurück zu der kleinen Lisa. Um von der Wahrheit dieses Briefes abzulenken, erfand ich einen Text, der davon handelte, wie man den Schatz, der unendlich groß sei, finden könnte. Ich riet dem Mädchen weiterzuschaufeln, denn ich hatte ihr vorgelesen, dass noch weitere Schätze eben hier im Garten vergraben seien. Während die Kleine grub, suchte ich nach einem Ausweg. Der Brief durfte nicht in fremde Hände geraten, aber die Kleine wollte ihn bald, nachdem sie des Grabens müde geworden war, unbedingt zurück und schrie laut. Da ... es war wie im Rausch ... ich hatte so große Angst, dass sich alles wiederholen würde. Dinge, die wir nicht verarbeitet haben, wiederholen wir, ob wir es wollen oder nicht. Ich ... ich wollte das Mädchen nicht töten."

„Wie Sie auch Bruder Franziskus und Schwester Mary Baxford nicht töten wollten. Aber der Mensch stirbt nun mal, wenn man ihm ins Genick schlägt oder ihm mit einem spitzen Brieföffner in den Rücken sticht", zieht der Kommissar die Schlussfolgerung.

„Ja. Ich werde versuchen, das Unrecht, das ich getan habe, ein wenig wieder gutzumachen. Ich habe Bruder Franziskus' Buch in einem Safe aufbewahrt. Ich gebe es zur Veröffentlichung frei. Der Gewinn, der durch den Verkauf dieses Buches entsteht, soll armen und kranken Kindern zukommen. Und ich werde es noch miterleben, ob Bruder Franziskus und Schwester Mary recht hatten und ob unsere Gesellschaft und unsere Kirche reif für einen neuen Anfang sind. Ja, gute Ideen brauchen Opfer. Auch Jesus hat sich für seine Idee geopfert. Vielleicht sind Bruder Franziskus und Schwester Mary die Opfer für eine neue christliche Gesellschaft."

„Aus der Sicht des Täters lässt sich sehr leicht und großzügig über Opfer sprechen ... und wie war das mit mir? Ich sollte ja auch wohl Ihr Opfer werden?" hakt die Kommissarin nach.

„Sie wussten zu viel. Sie hatten die verborgenen Verbindungen aufgedeckt, und Sie hatten ein allzu gutes Händchen für Schwester Theresa. Sie hat eine Schwäche für Frauen, und sie mag Sie. Das spürte ich. Das konnte nicht gutgehen."

„Sie haben durch Ihre uneheliche Tochter Sabine Sehrhusen den Anschlag auf mich arrangieren lassen."

„Es ist nicht ihre Schuld. Ich habe sie unter Druck gesetzt. Sie wusste nichts von einer Zyankalikapsel. Sie dachte, dass es ein Schlafmittel sei."

„Und diese zweite DNA im Lippenstiftrest? Die stammt ja von einer Frau, deren Identität wir noch nicht festgestellt haben", hakt Kommissar Backhaus nach.

„Diese Identität werden Sie auch nicht von mir erfahren."

„Warum? Haben Sie die Dame auch umgebracht?"

„Um Gottes willen, nein! Dazu liebe ich diese Frau viel zu sehr, Kommissar!"

„Liebe und Mord, das gehört bei Ihnen irgendwie zusammen, oder?"

„Bei Margarethe von Trotta übrigens auch. Da gibt es doch diesen Film ... wie heißt er doch noch mal ... auf jeden Fall behauptet sie, dass ein Mann den Mann, den er liebt, tötet."

„Und die Frau?"

„Heterosexualität ist ja legitim. Da ist ein Mord überflüssig. Und den Namen der Frau, die ich mit meinem bemalten Mund süß geküsst habe, diesen Namen erfahren Sie von mir nicht. Diesen Namen schützt die Liebe."

„Wie Sie wollen. Alles Weitere müssen Sie dem Richter und dem Staatsanwalt erklären", setzt Kommissar Backhaus den Schluss für die Verhörung.

Radikaler Respekt?

„Haben wir nun wirklich den Fall geklärt? Haben wir neunmal, wie beim Enneagramm, auf jeden Menschen mit Achtsamkeit geblickt, oder liegt hinter der Wahrheit, die wir herausgefunden haben, eine noch ganz andere Wirklichkeit?“ murmelt die Kommissarin vor sich hin und schaut dabei etwas versunken zu Kommissar Backhaus herüber.

„Das weiß man nie. Wir haben drei Morde geklärt. Noch dazu einen Mord, der als Selbstmord deklariert wurde. Wir haben unsere Arbeit getan.“

„Ich bin misstrauisch. Es würde mich nicht wundern, wenn morgen der Fall schon wieder ganz anders aussieht.“

„Du kannst wohl nicht loslassen, was? Willst du bis zu deiner Pensionierung an diesem Fall sitzen?“

„Ja, diese Mordfälle, die machen etwas mit uns. Sie verändern uns und unsere Sichtweise zum Leben. Also, dieser Abt Benedikt ... so einem Menschen bin ich in meinem Leben noch nicht begegnet. Er hat deutlich seine Licht- und seine Schattenseiten.“

„Was mich wirklich wundert, ist, dass er dem Benediktinerorden treu geblieben und nicht ausgetreten ist.“

„Geld, um gut zu leben, hätte er ja gehabt.“

„Vielleicht war es die Gewohnheit oder eben dieses Ambivalente in ihm.“

„Er ist da wahrscheinlich auch ein Kind seiner Zeit. So etwas machte man eben nicht, dass man aus dem Orden austrat. Da hielt man bis zum bitteren Ende durch.“

„Diese drei Morde wären wahrscheinlich auch nicht passiert, wenn die katholische Kirche nicht diese strengen Normen hätte.“

„Ja. Normen sind für den Menschen da, und der Mensch ist nicht für die Normen da.“

„Und wenn sie gegen den Menschen sind, dann machen sie Angst. Diese Angst kann irgendetwas Verdrehtes erzeugen. Ohne diese strengen Sexualnormen hätte eben der Abt Bruder Franziskus lieben können, Inge Sassen und Schwester Theresa hätten sich zu ihrer Liebe bekannt, alles wäre unkompliziert gewesen ... aber so?“

„Trotzdem ist der Abt im Orden geblieben, wo eben die äußerste Normenstrenge herrschte.“

„Er war ein Idealist ... vielleicht hoffte er im Orden noch etwas zu finden, aber unheimlich ist er mir schon.“

„Eben ein Mann mit Licht- und Schattenseiten. Apropos Licht, Mechthild hat mich schon fast überredet, dass ich mit ihr zu einem

Lichtseminar nach Frankfurt fahre. Sie hat jetzt eine neue Lichttherapeutin gefunden."

„Ach? Bist du jetzt auch bekehrt?"

„Mechthild war gestern da und hat mir zu Recht vorgeworfen, dass ich etwas kritisiere, was ich noch gar nicht kenne."

„Und du willst jetzt diese Lichttherapie kennenlernen?"

„Mechthild meint, dass ich mich bei diesem Seminar auf seltsame und übersinnliche Art und Weise mit den Kursteilnehmern verbunden fühlen werde. Ich bin skeptisch, aber ich komme mit. Dann weiß ich, worüber wir reden. Ich werde versuchen, mir ein eigenes Bild von allem zu machen. Außerdem lese ich gerade ein interessantes Buch über Kommunikation. Eine gute Kommunikation zeigt radikalen Respekt vor dem Denken des anderen, und vielleicht werde ich Mechthilds Denken besser verstehen, auch wenn es nicht meins ist. Vielleicht wird sie meine Kritik dann auch eher verstehen."

„Das ist ja ein Abenteuer."

„Ich habe es endlich geschafft, bei dieser Zentrale für Weltanschauungsfragen anzurufen. Diese Tantragruppe mit der Tochter von Inge Sassen zählt wohl nicht eindeutig zu den Sekten, weil sie nicht alle Kriterien erfüllen. Einige Merkmale für Sekten weisen sie allerdings schon auf, vor allem das Geheimhalten von speziellen Atemtechniken, die im Seminar vermittelt werden und strikt geheim bleiben müssen. Außerdem binden die Seminarleiter die Mitglieder der Tantragruppe so intensiv an sich, dass sich die Mitglieder verschulden, um alle Kurse bezahlen zu können. Ferner tragen Dagmar Sassen und die anderen einen zweiten Namen, der ihre Zugehörigkeit zur Bhagwan eindeutig kennzeichnet. Dagmar und Norbert sind Sannyasins, und in deren Lager gab es ja auch immer viel Totalitäres, für das wir alle aufgrund des Dritten Reiches immer noch empfänglich sind. Diese neue Lichttherapeutin und die Gruppe um Dagmar Sassen gehören zusammen und arbeiten gemeinsam an vielen Projekten. Trotzdem – wir müssen immer im Dialog bleiben. Das Institut für Weltanschauungsfragen meinte, dass gerade das Gespräch wichtig sei. Wenn wir Menschen ausgrenzen, verhalten wir uns nicht anders und besser als die Sekten selbst. Und wir müssen auch den radikalen Respekt vor der Meinung des anderen haben, damit wir selbst gehört werden können. Das ist natürlich nicht so leicht im Alltag umzusetzen."

„Gehört zum radikalen Respekt auch der Respekt vor der Kritik des anderen."

„Ja, natürlich."

„Ob man auch bei einem Mörder radikalen Respekt vor seinem Denken zeigen soll?"

„Eine gute Frage."